特級ギルドへようこそ！
～看板娘の愛されエルフはみんなの心を和ませる～

5

著 阿井りいあ
イラスト にもし

TOブックス

キャラクター紹介

メグ

気付けば美幼女エルフに憑依していた元日本人アラサー社畜の女性。前向きな性格と見た目の愛らしさで周囲を癒す。頑張り屋さん。

ギルナンディオ

特級ギルドオルトゥス内で一、二を争う実力者で影鷲の亜人。寡黙で無表情。仕事中にメグを見つけて保護する。親バカになりがち。

シュリエレツィーノ

穏やかで真面目な男性エルフ。腹黒な一面も。メグの自然魔術の師匠となる。その笑顔でたくさんの人を魅了している。

サウラディーテ

オルトゥスの統括を務めるサバサバした小人族の女性。存在感はピカイチ。えげつないトラップを得意とする。

ジュマ

戦闘馬鹿な脳筋の鬼族。物理的にも精神的にも打たれ強く、その回復力もオルトゥス一である。後先を考えない言動が多い。

ケイ

オルトゥス一のイケメンと言われている女性。華蛇の亜人で音もなく忍び寄る癖がある。ナチュラルに気障な言動をする。

Welcome to
the Special Guild

ヴェロニカ

火輪獅子の亜人で大柄な男性。大胆で豪快だが、意外と人を気遣える常識人。声も大きいことから人を怖がらせてしまいがち。

レキ

オルトゥス医療担当見習い。虹狼の亜人で角度によって色が変わって見える美しい毛並みを持つ。素直ではない性格だが根は優しい。

ユージン

オルトゥスの頭領。仲間を家族のように思い、ギルドを我が家と呼ぶ、変わり者と言われる懐の深い年配の男性。

ザハリアーシュ

魔大陸で実質最強と言われる魔王。まるで彫刻のような美しさを持ち、威圧感を放つが、素直過ぎる性格が故にやや残念な一面も。

リヒト

日本人顔の少年。人間でありながら成人した亜人並みの魔力を持つ。メグやロニーの兄貴分として二人を守ろうとするしっかり者。

ロナウド

通称ロニー。ドワーフの子ども。小柄ながらも力持ちで、とても優しい気質の少年。人と話すのが少し苦手。

ラビィ

リヒトの育ての親で姉御肌な人間の女冒険者。面倒見がいいものの、意外とスパルタな一面も。責任感が強い。

ゴードン

鉱山近くの山小屋に住んでいるラビィの古い友人。言葉使いや態度がやや荒々しい中年の男。

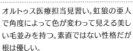

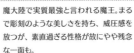

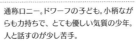

目次

Welcome to the Special Guild

イラスト：にもし Nimoshi　デザイン：ヴェイア Veia

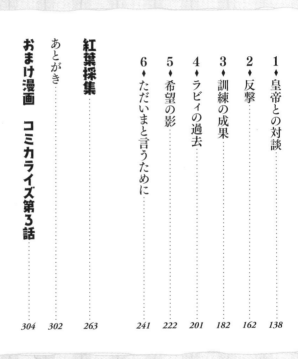

第1章・いざ目的地へ

1　ラビィの旧友

三人で一つのベッドで眠った日。それは一生忘れないだろうな、という思い出になった気がする。近くには自分たちを追う騎士団の人がいて、どこか情緒《じょうちょ》不安定にも思えるラビィさんだけを残して眠るなんて……。不安でいっぱいだった。だというのに、リヒトとロニーの存在を感じながら目を閉じていたら、不思議とそんな不安も飛んでいってしまって、ついついぐっすりと眠っちゃったんだよね。空気の読めない幼女で申し訳ない。体力回復という意味ではぐっすり眠るのはいいことなんだけど。

「まさか、三人揃《そろ》って寝坊するなんてなぁ……」

そうなのだ。早く起きてラビィさんと見張りを交代しようと思っていたというのに、私たちが起きたのは今さっき。窓の外から日が差し込んでいる時間帯であった。いや、下手したらまだ寝ていた可能性が高い。なぜなら、こんな私たちを起こしてくれたのが他ならぬラビィさんだったのだから。ゆさゆさと身体を揺すられ、あんたたち三人で寝てたのかい？　とクスクス笑いながら起こされた時は本当にビックリしたよ！　部屋のドアもノックしたっていうけど、それさえ聞こえなかったもん。あれぇ？

もう騎士団も出立したから、あたしも少しベッドで休ませてもらうよ、と言い残して部屋から出て行くラビィさんの背中を見送り、今に至るというわけだ。残された私たちはベッドの上で上半身を起こして呆然《ぼうぜん》。そして今、そのままの状態で反省会が開かれているのであった。

「やばいな、三人同じ場所で寝るの。安心感が半端ない……！」

「気付いたら、朝だった……」

「うぅ、ラビィさんに悪いことしちゃったぁ……」

ズーン、と音が鳴りそうな勢いで落ち込みまくる私たち。しかーし、いつまでもそうしていても仕方ないよね！　さっさと動き始めよう、と思ってベッドから下りようとするも、隣に座るロニーを乗り越えられずに四苦八苦。結局、先にベッドを下りたロニーに抱え上げられ、ベッドから下ろしてもらいました。あぁ、情けない。

「お昼頃に出発、でいいよね。まずは私たちの朝ご飯と、ラビィさんが起きた時に食べられるご飯の準備しよ！」

「そうだな。どのみちしばらくはここから出ない方が良さそうだし。旅の準備と計画も立てておこうぜ」

「ん、鉱山に着いてからのことも、話したい。気を付けた方がいいこと、とか」

そうだ、やることは色々あるんだから、反省はすれどもまずは動かないとね！　たくさん寝て元気いっぱいだし！　こうして、私たちはそれぞれ着替えを済ませ、一階に下りていった。

さて、本日の朝食は厚切りトーストと目玉焼きに太いソーセージを一本ずつ。それからインスタントのスープだ。サラダは野菜の残りが少ないので今はなし。というか、あれだけたくさんあった食事も、そろそろ底を突きそうなのだ。毎日三食、四人で食べていたらそれもそうなるよね。これでも時々、ラビィさんが町で買ってきたものを食べたり、狩ってきた小型獣を捌《さば》いて食べたりと節約はしてきたんだけどね。え？　狩るのも捌くのも全部ラビィさんがやりましたよ？　私は怖くて見ることさえ出来ない役立たずでしたがなにか。……いやぁ、本当に申し訳ない。このくらいは慣れなきゃって思ってはいるんだよ。でもまだまだ時間がかかりそうだ。だって血を見ただけで目眩《めまい》がするんだもん。とほほ。

「もうすぐ鉱山に着くな。なんか、感慨《かんがい》深いよな……」

朝食を摂りながら話すのはそんな内容。もうすぐ、とはいってもまだかかるけど、やっぱり思うところはあるよね。

「でも、最後まで、気を抜けない。騎士団も、いることだし」

そうだ、だからって安心しきっていてはダメなのである。実際、昨日はちょっと危機的な状況だったわけだし。はぁ、何ごともなく騎士団が去ってくれてよかったよ。簡易テントと魔道具には本当に助けられてる。

「家に着くまでが旅だもんね！」

家に着くまでが遠足です！　みたいなことを言ってみる。すると、ロニーはそうだね、と微笑み、リヒトは吹き出した。

「メグ、そんな先生みたいなこと……あ」

「先生？」

リヒトは途中で言葉を切り、ハッと息を呑《の》む。ロニーは首を傾げているから意味がわかってないみたいだ。それもそうだよね。このネタが通じるのは日本人くらいだもん。ああ、反応したい。私ももう少しそのノリで盛り上がりたい。でもロニーが混乱するから。ロニーにならら知られてもいいって思うような気がしなくもないけど、それはただの私の考えに過ぎないし、この話題はデリケートなものなので慎重に扱わないとね。

「なんでもない。昔、お世話になった人が同じようなことを言ってたの、思い出したんだ」

でも、そう言ったリヒトが少し寂しそうに微笑んでいたから、早く伝えたいなって、気持ちを共有したいなって……そう思った。

しばらくして目覚めたラビィさんは、昨日よりもスッキリとした顔をしていた。ちょっと情緒不安定かな？　と心配だったから安心したよ。そりゃあまだ疲れた顔はしているけれど、少なくとも今はぐっすり眠れたんだと思う。

「ちょっとのんびりしすぎたかな？　ごめんねみんな」

「何言ってんだよ。騎士団と遭遇《そうぐう》しないためにもしっかり時間は空けときたかったし、ラビィにもたくさん休んでもらいたかったからちょうど良かったくらいだ」

そうそう、だからラビィさんは謝らなくていい、と私とロニーもリヒトの言葉に続く。さっき、ラビィさんのことについても三人でしっかり話し合ったのだ。これまで、たくさん負担をかけてきただろうから、少しでも様子がおかしかったら休憩を挟もうって。それでもラビィさんは進もうとするかもしれないから、その時は私が休みたいと声を上げればいいって。私が言えば無理はさせないだろう、というリヒトの案だ。騙《だま》すみたいで気がひけるけど、ラビィさんのためになるなら手段を選んではいられないのである！

「そうかい？　ま、おかげで久しぶりによく寝れたけどね。ありがと」

私たちの勢いに押され気味になったラビィさんは、はにかみながらお礼を言ってくれた。やっぱりゆっくり休むのは大事だね！　昨日とは違って、ちゃんと私たちの気遣いを受け取れる余裕が出来たみたいだから。よかった……！

「じゃ、しっかり気力体力も回復したところで……。行こうか」

「おう！」

「うん！」

「はーい！」

ラビィさんが食事を終えて立ち上がりながら言った言葉に、私たちも元気に答えた。よーし、あと一息、頑張るぞー！

それからは、訓練もせずにひたすら目的地へ向かって歩き続けた。口数は少ない。だって、いつ騎士団と遭遇しちゃうかわからないもん。近くにいたらすぐに気付けるように、出来るだけ静かに移動することにしたのである。昨日までは、どこか気が緩んでいたんだよね。こんな森の奥には誰も来ないだろうって。嫌な予感はあったけど、私も気のせいだろうって油断してた。だから近くまで来ていたのに気付かなかったんだって反省したんだよ。そんな反省を踏《ふ》まえて、ちょっと精神的な負担は増えるけどもっと慎重に進もうってみんなで決めたのだ！

「ん、ラビィさん。どうしたの？」

一つ、気になることがあった。歩いていると、頻繁《ひんぱん》にラビィさんが目的地とは違う方向に視線を向けるのだ。その度にどこか落ち着きがなさそうというかソワソワしているというか、何か気になることでもあるような素振《そぶ》りを見せるものだから、ついに我慢が出来なくなって聞いてしまった。

そう思っていたのは私だけではないようで、リヒトも腰に手を当てて口を開く。

「そうだぞ。さっきからあっちを気にしてばっかりだよな。なんか気になる気配でも感じたのかよ？」

「えっ、あ、いや、そういうわけじゃないんだよ」

慌てたように否定するその姿はやっぱり変だ。いつものラビィさんじゃない。必要以上に周囲の警戒をしているのかもしれないけど、それともなんだか違う気がした。まだ疲れが残ってるのかな。そりゃあ残るよね……。早く安心させてあげたいけど。

「ごめんごめん。なんでもないからさ。ほら、行こう！」

「あ、ちょっ、ラビィっ」

答える気はないみたいだ。うーん、話しにくいことなのかな。気になる。でも無理に聞き出すのもよくないよね。とはいえ、負担を出来るだけ減らそうねって決めた矢先のことだからなんとももどかしい。あー、腑甲斐《ふがい》ない。結局ラビィさんが話してくれるまで待つことしか出来ないのかな。

リヒトとロニーと顔を見合わせ、私たちは揃って小さくため息を吐いた。次の休憩でまた探ってみる、というリヒトの言葉に頷《うなず》き、私たちはまた足を動かし始めた。

何ごともなく夕方まで歩き続けた私たち。とはいっても、鉱山に近付いているということは、人の集まる村にも近付いているということ。出来るだけ人が通った形跡のない道を進んでいたとはいえ、限界はある。だから、人の気配を感じ始めたところで例のスプレーを撒《ま》き、冒険者らしき人たちが近付いては息を潜めたり、と緊張感漂う道中ではあった。変装はしてるけど、見つからないに越したことはないからね。おかげでスプレーはもう空っぽ。次に見つかったらしっかり隠れるか逃げるかしなきゃいけなくなった。ふおぉ、スリル満点。

「よく頑張ったね、みんな。もうじき鉱山の入り口に辿《たど》り着くよ！　とは言ってもあと丸一日はかかるけどね」

今夜はここまでと決めて、いつも通り簡易テントで休むこととなった。途中でラビィさんが狩ったウサギのような小動物のお肉が入ったスープで簡単な夕食を終えた頃、ラビィさんがそう切り出した。いつの間にかこうして、ラビィさんが一日の終わりに話してくれるのが日課になっている。

本当によくぞ無事にここまで辿り着いたよね。しみじみ思うと共に、感慨深くて涙が出そうだ。

「本当にみんなよく弱音も吐かずに歩いたよ。あたしは途中で脱落すると思っていたからね」

「俺らはともかく、メグはすげぇ頑張ったよな！　最後の方はロニーに背負われなくても自分で歩きるようになったしさ！」

「うん。覚えも早いし、体力がついたら、もっと強くなる」

みんなが口々に褒《ほ》めてくれる。そ、そうかなぁ？　みんな褒めすぎじゃないかなぁ？　それでも私は言葉をそのまま受け取り、えへへと照れ笑いを返す。まだまだみんなの方がずっとすごいけど、褒められるのは素直に嬉しいものだ。

「謙遜してるかもしれないけど、本当だよ？　メグ。この短期間で一番伸びたのはメグで間違いないんだから、自信持ちな！」

「う、うん！　ありがとー！　これからも、がんばる！」

それもこれも、ラビィさんがわかりやすく説明してくれたり、絶妙なタイミングでサポートしてくれたおかげだと思う。それに、いつも励《はげ》ましてくれたリヒトやロニーのおかげでもあるよ！　それぞれが大変な思いをしているのに、私のことをいつも気遣ってくれて……だから私も最後まで諦《あきら》めずに頑張れたのだ。私がみんなにそう伝えると、それぞれが少し恥ずかしそうに微笑んでくれた。なんだか胸があったかくなった。

「さて、寝る前に一つ、大事な話があるんだけど……」

ラビィさんが座り直し、真面目な顔をしてそんな風に話を切り出したので、私たちも同じように座り直し、姿勢を正す。もしかして、今日一日を通して落ち着かない様子だった原因を話してくれるのかな。私も、それからリヒトやロニーも黙って続きを待つ。

「もうすぐ鉱山に着くっていうのに、本当に申し訳ないんだけど……。ちょっと立ち寄りたい場所があるんだよ」

「立ち寄りたい場所？」

リヒトが聞き返すと、ラビィさんはそうだよと頷いた。思ってもみなかった内容に、私たち三人はキョトンとしてしまう。

「知り合いがね、この近くの山中にある小屋に住んでるんだ……。最後に一度、会っておきたいと思って」

最後に一度、とラビィさんは言った。その言葉の意味は考えなくてもわかる。ラビィさんは今や、この大陸では犯罪者として追われる身だ。実際は犯罪者じゃないのに！　その誤解は何としてでも解きたいけど……。そう簡単にはいかないもんね。きっと、もう会えないかもしれないって、覚悟を決めてるんだ。それがわかって胸がギュッと締め付けられる。……大丈夫。もし、人間の大陸にいられなくなったら、一緒に魔大陸に連れて行くもん。みんなに、きちんとお願いするんだから！

「挨拶《あいさつ》ぐらいは、ね。しておきたいって思ったんだけど……」

眉尻を下げてラビィさんはそう言うと、そこで言葉を切って俯《うつむ》いてしまった。ラビィさんの気持ちを完全に理解することは出来ないけれど、慣れ親しんだ地から離れなきゃいけない辛さは、何となくわかる。きっと、本当はまだ葛藤《かっとう》してるんだろうな。

「や、やっぱりいいや。一刻も早く行きたいもんね！　ごめん、変なこと言ってさ！」

そして再び顔を上げたラビィさんは笑顔でそう言った。やけに明るい声色で、無理に笑顔を作っちゃってさ。そのくらい、私にだってわかる！

「っ、変なことじゃないだろ!?」

そんな微妙な雰囲気を最初に打ち破ったのはリヒトだった。そうだよね。ずっと一緒にいたんだもん。リヒトがラビィさんの無理した様子に気付かないわけがない。

「変なのはラビィだ！　くだらねぇ遠慮すんなよ！　今更ちょっとくらい遅くなったって気にしない。俺は、だけど……」

「僕も、気にしない」

「私も！　ラビィさん、挨拶に行こう？」

リヒトの言葉に続いて、ロニーも私もすぐに声を上げる。ラビィさんが、あんたたち……って小さく呟いたのが聞こえた。

「本当に、いいのかい……？」

「もちろんだ！」

一瞬、ラビィさんの表情が曇《くも》った。それが少し引っかかったけど……。遠慮してるのかな。気なんか遣わなくていいのに。これまで散々助けてもらって、お世話になったのは私たちの方なんだから。

「そうと決まりゃ早速、明日の朝一で行こうぜ！　どこにいんだよ、その知り合いは」

「ラビィさんの知り合いなんて、会えるの楽しみ！」

有無《うむ》を言わせない勢いでリヒトが決めるので、私もそれに乗った。こうすれば、ラビィさんももう行かないとは言えなくなるでしょ。思惑《おもわく》通り、ラビィさんは未《いま》だに困惑したように眉を下げていたけれど、フッと一つ息を吐くと顔を上げて諦めたように肩をすくめた。

「……わかったよ。あたしも腹を括《くく》ろう。それなら明日はいつもより早起きだ。今日はもうさっさと寝るんだよ！」

「はーい！」

吹っ切れたような様子でラビィさんがやっとそう言ってくれたので、私は元気に返事をした。みんなが生温《なまぬる》い眼差しで微笑んでいたのはきっと気のせい！　友達に会うことで、少しでもラビィさんの心が軽くなってくれるといいな。


早くに寝たおかげで翌朝は誰も寝坊することなく、まだ暗いうちに目覚めることが出来た。すぐに身支度を整え、ラビィさんの後に続き私たちは黙って進む。ちなみに髪と目の色は今朝、黒に変えた。人間の髪色はそこまで種類もないので一周回ってしまったのと、もうすぐ帰れるということで最初にここに来た時の色に戻してみたのだ。無事に戻れるように、という験担《げんかつ》ぎみたいなものである。鉱山へ向かうならこのまま真っ直《す》ぐだそうなんだけど、ラビィさんの知り合いのところへ行くため、左の方へと逸《そ》れて行く。森の中を突っ切るように進む、獣道とすら呼べそうにない道だ。これまでの修行でこういった場所は慣れているので、歩くのに苦はないんだけど、ラビィさんの知り合いって人嫌いなの？　と思ってしまう。森の奥に行けば行くほど、人と会う危険が少なくなるから安心ではあるんだけどね。

「あー……確かに、人とはあまり関わりたがらないね」

その友達に対する素朴な疑問を直接ラビィさんに聞いてみると、やっぱりそうかという回答。もしかしたら変わり者なのかもしれない。ラビィさんが友達と話している間は、少し離れた場所で待ってた方がいいかもね。それもラビィさんに一応言ってみる。

「んー、まぁ人見知りってわけではないし平気だよ。ただ、言葉遣いが荒くて乱暴に聞こえるから、メグなんかは怖がるかもね。ま、私からも気を付けるように言っておくから」

顎《あご》に手を当てて、ラビィさんは少し考えてからそう言った。おおう、口調が乱暴なんだね。でもそういう人はギルドでもよく見かけたし、きっと大丈夫だ。でも、しばらくは様子見ってことでお口チャックを意識しよう。

途中でお昼休憩を挟み、歩き続けること半日。生い茂っていた木々が少なくなり、所々に切株《きりかぶ》が見られるようになってきた。あ、もしかしてその知り合いさんって……。そう考えている時、見えてきたよというラビィさんの声に意識を戻す。

「あの小屋？　もしかして、木こりなのか？」

私が何か言う前に、リヒトが口を開いた。小屋の周りは開けていて、伐採《ばっさい》した木を切るであろう空間と、運ぶためであろう立派な馬車の荷台が置いてあるから、私もそう思ったのだ。奥の方には馬小屋らしき建物も見えるし、間違いないっぽい。

「そうだよ。この時期は大体この小屋にいるのさ。だからちょっと寄りたいと思ってね……。思いの外《ほか》、ここまで来るのに時間がかかっちゃったけど」

なるほど。ちょうどいいタイミングだったってわけか。私が一人納得していると、ラビィさんが早速、小屋のドアを叩《たた》いた。ノックなんて可愛らしいものではない。ドンドンと、まるで借金の取り立てのような叩き方である。わ、わいるど……！

「ゴードン！　いるかい!?　あたしだ、ラビィだよ！」

何度かそう呼びかけながらドアを叩いていると、小屋の中からうるせえっ！　という怒鳴り声が聞こえてきた。かなりの大声だ。ひえっ、この声で乱暴な口調なんて、きっと迫力満点だよね……！　今、私の顔は盛大に引きつっていることだろう。

「てめぇ、ラビィ……。相っ変わらず乱暴な女だなぁ？　ああっ⁉　もっとお上品にノックとか出来ねぇのかよ」

「ふんっ、アンタも年だろ？　耳が遠くなってんじゃないかと思ってね？」

内側から乱暴に開けられたドア。それから間を置かずにどすの利いた声でそう言う家主に、ラビィさんは飄々《ひょうひょう》と腕を組んで答えた。ラビィさん、男前ぇ……！

「……何しに来やがった」

「……見てわからないかい？　アンタに会いに来たのさ」

「ほう？」

軽口《かるくち》を叩き合う二人は、口調は荒いけど仲はいいみたいだ。旧知の仲、という雰囲気。だからこその口調という感じだ。

「逃げてきた、の間違いじゃねぇのか？　誘拐犯なんだろ？」

家主はニヤリと笑ってそう言った。その言葉に一瞬息を呑んだけど、たぶんわかってて言ってる、この人。

「ここまで広まってんだねぇ。あたしも随分有名になったもんだ」

そんな彼に対して軽く肩をすくめて返事をしたラビィさんに、ふっと極悪《ごくあく》な顔付きで笑った家主は、私たちをチラッと見やり、入れ、と一言そう告げた。……ほ、本当に悪い人とかじゃ、ない、よねぇ……？　いやいや、見た目で判断しちゃダメだよね！　ラビィさんの友達なんだし！　おいで、というラビィさんの声に、私たち子ども組三人は、少し緊張した面持ちで小屋に足を踏み入れた。お、お邪魔《じゃま》しまーす。

家主のゴードンさんは見た目がアレなだけで悪い人ではなさそうに思えた。たぶん。ラビィさんが言っていたように、人と関わるのが得意ではないのだろう。愛想は良くないけど私たちのことを詮索《せんさく》しないし、わざわざお風呂も沸《わ》かしてくれた。私たちが順番にお風呂に入った後は、なんとお茶まで準備していてくれたし。これは手厚く歓迎されていると思っていいのだろうか。あ、お茶おいしー。

私たち子ども三人で、椅子に座ってお茶を飲みつつ休憩している間、ラビィさんとゴードンさんは二人で何やら内緒話をしている。気にはなるけどそこはほら、大人だし。それに二人は友達なのだ。久しぶりに会った二人の会話に首を突っ込むほどデリカシーがないわけではない。積もる話もあるはずだから、とリヒトもロニーも気にせず大人しく待っている。

ただちょっと、ラビィさんが苦しそうな顔をしていたのが心配だ。苦しそうというか、悲しそうというか、なんだか深刻な話をしている雰囲気なのだ。私たちのせいで、何か問題があったのかな……。悩みごとなら聞いてあげたいけど、自分たちに原因があるかもしれないっていうのは大いにあり得るだけにしゃしゃり出ることも出来ない。うーん、もどかしいよう！

「ああ、そんな顔するんじゃないよ。ごめん。待たせちまったね」

そんな私の考えすらもお見通しなのだろう。ラビィさんには本当に頭が上がらないよ！　話が一段落着いたのかこちらに歩み寄り、申し訳なさそうに私の頭を撫《な》でてくれたけど、こちらこそだからね⁉　でも、気の利いたセリフの一つも言えない自分が憎い……！

「それともう一つごめん。今日はここに泊まらせてもらうことになったよ。断るのも悪いと思って勝手に決めちゃった」

「いいよ、そんなの！　せっかく会えたんだもん。せめて今日はゆっくりお話しして？」

心苦しい、とばかりに心底申し訳なさそうに言うものだから、つい拳を握りしめて言い返してしまった。もう、ラビィさんたら！

「そうだぞ、ラビィ。遠慮なんて、らしくないじゃねーか」

「僕たちも、明日までに、しっかり身体を、休めるから」

「あんたたち……」

続いてリヒトもロニーも同じように言うと、ラビィさんは言葉を詰まらせた。心なしか目が潤《うる》んでる気もする。なんだか、本当にらしくない。どうしたんだろう。悩みごとがあるから？　思わず心配になって顔を覗《のぞ》き込んだ。

「……メグ、久しぶりにお昼寝するといい。少し寝るだけでも疲れが取れるだろうからね。あんたは特に、ここのところ頑張り通しだったろ？」

ラビィさんは、そっと私の頭に手を置いてそんなことを口にした。ああ、きっと触れられたくないんだな。そう思って私は素直に言葉に従うことにした。でも、いつか話してくれたらいいな。

『俺のせいだ……全部、俺が悪い……』

夢だ。それも予知夢。最近ではそれがすぐにわかるようになったからハッキリとそう断言出来る。

でも、これは……！

『お前らは何も悪くない……！　何とかして、逃げなきゃ……』

暗い部屋で、リヒトが両手両足を縛られて項垂《うなだ》れている。よく見れば私やロニーも身動きが出来ないみたいだ。私たち、ここまで来て捕まっちゃうの⁉

『リヒト、悪くない。……誰も、悪くない』

『そんなわけあるかよ！　そもそも俺が……っ！』

ロニーのフォローの言葉を遮《さえぎ》って、リヒトは叫ぶ。だけどその言葉は最後まで言えず、リヒトは声を詰まらせていた。

『なんで……どうしてこんなこと……』

何だかその姿がとても痛々しくて、悲しくて。声をかけてあげなきゃいけないのに、夢の中の私もロニーも、かける言葉が見つからないみたいで黙っている。

ダメだよ。何か、何か言わなきゃ。このままじゃ、リヒトの心が折れてしまいそうだ。大丈夫、大丈夫だよ、リヒト。何があったのかはわからないけど、リヒトがそんなに責任を感じることなんてない。きっと何とかなる。だから、顔を上げて？　ほら、夢の中の私！　声を出してよ――。

「メグ、メグ！　どうした？　たぶんそれはただの夢だぞ！」

目覚めると、そこは寝る前と同じ小屋の一室。窓からは月明かりが差し込んでいて、ほんのり薄暗い。夢の中の部屋とは違うし、私たちは捕まってもいない。そこまで確認してようやくホッと息を吐く。よかった、夢だった。ぼやっとしていたのだろう、私を見てリヒトが心配そうに顔を覗き込んできた。

「まだ寝ぼけてんのか？　結構寝てたもんな……。魘《うな》されてたからちょっと心配したぞ？　どんな夢見てたんだ？」

「え、えと……わ、忘れちゃった」

「何だよー。ま、夢なんてそんなもんか」

フッと笑ってリヒトは立ち上がる。それからそろそろ夕飯だぞ、と手を伸ばしてくれたのでその手をとった。……あったかい。リヒトはまだ、元気だ。そうだ、そうだよ。まだ私たちは捕まってない。見たのは未来に起こることだけど、まだ起きてないんだ。どんな状況であんな事態になるのかはわからないけど、心構えも準備も出来る。もしかしたら回避だって出来るかもしれない。怖がってる場合じゃないよね。予知夢のことまではさすがにみんなに言えないから、ここは私が何とかしなきゃ！　そう心に決めて、私はリヒトに手を引かれながら食卓へと向かった。

食卓に着くと、すでにみんなが食事を前に座っていた。後は私が来るのを待っていたらしい。なんかすみません……！

「ご、ごめんなさい！　お手伝いも出来なくて……」

「そんなもんいらん。ほら、さっさと食え」

私が頭を下げて謝ると、ゴードンさんは素っ気なくそれだけを言い、自分の食事に手をつけた。態度は悪いけど、何だかんだ言っても今まで待っていてくれたんだと思うと気にならない。ラビィさんも苦笑を浮かべているから、たぶん誰にでもこうなんだろうなっていうのがわかった。

「でも、ずいぶんぐっすり寝てたねぇ。……夜、寝れるのかい？」

食事しながらラビィさんが少し心配顔で聞いてきた。自分ではそんなことないと思ってたけど、やっぱり疲れてたんだろうなぁ。ということはたぶん、まだ寝れるはず。幼女だもん。寝る体力もたくさんある！

「寝れなかったら俺が話し相手になってやるよ！」

「僕も」

パンとスープを頬張《ほおば》りながら、リヒトがからかうようにそう言い、ロニーがそれに続いた。ありがたいけど、そのニヤニヤやめてっ！　でも、この前みたいに三人一緒にベッドに入ったらコロッと寝ちゃうかも。あれは熟睡間違いなしの安心感だったからね。

「寝てもらわなきゃ困るよあんた達……」

「何でだよ。俺はもうすぐ大人だし、少しくらい寝なくたって平気だぜ？」

「いや、それはそうかもしれないけど、あと一息ってところでぶっ潰れるよ？」

ラビィさんが眉根を寄せて、リヒトの額を人差し指で軽くつつく。それもそうだよね。あとちょっとで着くからって、無事に辿り着けるとはかぎらないんだから。最後まで気を抜いちゃダメ。そのためにも夜はしっかり休まないと。

はぁ、それにしても本当にあと少しなんだな。随分、長いこと旅をしてきたような気がする。この数ヶ月は、私にとって過酷でもあり、楽しくもあった旅だった。オルトゥスのみんなに会いたくてたまらないよ？　寂しくて仕方ないよ？　でも、明るく前を向き続けていられたのは、リヒト、ロニー、そしてラビィさんがいてくれたからだ。みんなのおかげで私、ちょっとは強くなれたよね？　成長した姿をみんなに見せて、私は平気だよって早く伝えたい。

「もうすぐみんなに会えるんだ……。ふふっ。それなら余計に元気な姿でいないとダメだよね！　私、夜もちゃんと寝るよ！」

なんだかワクワクが止まらなくなってきた。オルトゥスにいるみんなの顔が次々と脳内に蘇《よみがえ》る。最初は泣きたくなってしまうからって思い出さないようにしていたけど、今はあと少しで会える期待でいっぱいで、ちっとも悲しくなんてならない。

サウラさんは、メグちゃーんって呼びながら駆け寄って、きっとギュッとしてくれるだろうな。ジュマ兄は、よく無事だったなーって乱暴に頭を撫でるかも。ルド医師は心配そうに私を診察して、レキはぶっきらぼうに、でも優しく癒《いや》しのモフモフを触らせてくれるかもしれない。シュリエさんはよく頑張りましたねって抱き上げてくれそうだ。あのいい匂いが懐かしい。ケイさんは服がボロボロだねって新しい服を用意してくれそう。出世払いが増えちゃうな。父様は過保護を発動して魔王城になかなか帰らなくってクロンさんに怒られちゃうかな。

そして、お父さんは心配したんだぞって怒るかも。もう離れないって約束したのに、ごめんねって言わなきゃいけないよね。それから、ギルさん。実は寂しがりなところがあるの、私は知ってるんだ。守れなかったって謝ってくるかもしれない。だから、大丈夫だよって抱きしめてあげなくちゃ。怖がらせてごめんなさいって、私も謝らなきゃね。

よし、再会出来た時の妄想《もうそう》はここまで！　さっき視たばかりの夢のこともあるんだ。最後の最後まで気を抜くな私！

「メグ……！」

「？　ラビィさん？」

突然、ラビィさんが私を抱きしめてきた。あれ？　そんなにぼんやりしてたかな、私。そう思って首を傾げていたんだけど……。ラビィさんが震えているのがわかってハッとする。どうしたんだろう。やっぱり変だ！　リヒトやロニーも、ラビィさんの突然の行動を見て心配そうな顔になってる。すると、そんな私たちの様子を見ていたゴードンさんが口を挟んできた。

「はっ、情が移ったか？　あとお前ら、安心しろ。寝れねぇかも、だなんて要《い》らぬ心配だぜ？　ちょっとやそっとじゃ起きられないくらいぐっすり眠れるだろうからよ」

その言葉の意味を、すぐに理解することは出来なかった。それになんだか、ゴードンさんの笑顔がどうしても不気味に見えて仕方がない。胸がざわつくし、嫌な感じだ。どういう、意味……？

「なんでそんなこと、言える……あ、れ……？」

「リヒト!?」

突如《とつじょ》、リヒトの身体が大きく傾いた。そしてそのまま床に倒れこんでしまう。えっ、何!?　驚いた拍子にラビィさんが私を離し、叫びながらリヒトに駆け寄った。

「リヒト⁉　どうし、た……の」

「ロニー‼」

その様子を見てすぐに立ち上がったロニーもまた、ぐらりと揺れ、同じように倒れてしまった。リヒトを抱き起こしながらロニーを呼ぶラビィさんの声が耳に入ってくる。私は理解が追いつかなくて声を出せないでいた。どうして？　何があったの……⁉

「まさかゴードン……お前っ！」

「……悪いなラビィ」

ラビィさんが抱えていたリヒトをそっと下ろし、勢いよく立ち上がる。そしてそのままゴードンさんに掴みかかった。え、どういうこと？　二人は友達なんでしょ？　なのにどうしてラビィさんはそんなに怖い顔をして……。

「ゴードン！──って、──だろ！」

「ただの睡眠薬──。お前を──……」

二人が言い合っているのを呆然と見ているしか出来なかった私だったけど、急激に声が聞こえなくなってきて、意識が遠ざかっていくのを感じた。あれ？　なんだろう、これ。おかしいな、さっきまで寝ていたから今はまだ眠くなんてないのに。ゴードンさんは今、睡眠薬って言ったよね。そっか、食事に盛られたんだ。それって、こんなに効果があるもの、なの……？　ゆらり、と身体が傾いていく感覚が私を襲う。完全に意識を飛ばす直前に、掴み合って怒鳴り合う二人の姿を視界の隅《すみ》で捉えた気がした。

2　保護者たちの焦り

【ギルナンディオ】


「この向こうに転移陣《てんいじん》がある。俺も、共に向こうへ行く。皆が乗ったら魔力を流せ。ただしかなりの魔力が必要になる」

鉄扉《てっぴ》の前でドワーフの族長、ロドリゴが告げた。

「魔力ならいくらでも流してやる。アーシュが」

「我か!?　まぁ、構わぬが」

問題ないとばかりに頷きながら答えたのは頭領《ドン》だ。魔王は目を見開いて驚いていたが、魔王の魔力量なら確かに問題はないだろう。

ロドリゴの後について鉱山を進んできたが、内部はかなり入り組んでいて、恐らく俺でも途中で迷うだろう作りになっていた。何せ、一度通った道が次も合ってるとは限らないのだ。ドワーフもこうしてその身と鉱山、そして転移陣を守っているのだろう。これは案内がないと無理だ。うまい仕組みになっている。こうして辿り着いたその場所は、重厚な扉に閉ざされた小部屋だった。岩や鉱石ばかりの鉱山内部において、これほどの存在感を放つ鉄扉は異様でもある。かなり複雑な魔術も組み込まれているな……。無理に開けようとすると入り口に逆戻りか。随分とえげつない。サウラのトラップを彷彿《ほうふつ》とさせる。

「よし、開けるぞ」

ロドリゴが扉についている魔石《ませき》に手をかざした。黒く、かなり大きな魔石だ。ドワーフたちの魔力を感知しているのだろう。程なくして扉が重々しい音を立てながら開き始める。

「あの陣に乗れ。まだ魔力を流すなよ」

指示通り俺たちは転移陣の中央に立つ。全員が転移陣の中央に立ったのを確認し、ロドリゴが頷く。それを受け、魔王が頷き返した。

「では流すぞ、良いな？」

それぞれ目で返事をし、それを確認した魔王は強すぎず、弱すぎない絶妙な魔力バランスで転移陣に魔力を流し始めた。これが初めてのことではないとはいえ、一切の無駄がない作業に内心で感嘆した。魔力を感知した転移陣は中央から外側に向かって満遍《まんべん》なく光を放ち始め、あっという間に隅々まで魔力が行き渡り、発動した。さすがは魔王、魔力の量ももちろんのことだが、質も桁《けた》違いだな。

「む、着いたようだぞ」

「……相変わらず魔王だと早いな。俺たちは、倍以上かかるうえに、三日に一度発動させるので精一杯だ」

転移独特の魔力が纏《まと》わり付く感覚と光が収まった頃、魔王がなんてことのないように口を開く。それに対してロドリゴは呆れたように呟いた。なるほど、初めて起動させた時も同じように無駄のない手際の良さだったのだろう。まったく、恐れ入る。

「あー、ありがとな、ロドリゴ。カッとなって怒鳴っちまって悪かった」

頭領がやや気まずそうに鼻頭《はながしら》を指で掻《か》く。するとロドリゴは腕を組んで鼻を鳴らした。

「ふんっ、あれで怒鳴ったつもりか。生温いことを言う」

「こっ、んの、頑固ジジイめ……!」

ふむ、根本的に頭領はロドリゴと合わないのだろう。カチンときたらしい頭領だったが、どうにか怒りを収め、軽く息を吐いて気持ちを落ち着けていた。今は特にだろうが、頭領は短気なところがあるからな。まぁいい。今はそれどころではない。

「ロドリゴ、息子の特徴を詳しく教えてくれ。手がかりが必要だ」

俺は一秒でも早くメグを連れて帰ってやりたいと思っているのだから。恐らくメグとドワーフの息子は共にいる。だが、それが息子本人だと確認する必要がある。その為《ため》にせめて名前を、と俺はロドリゴに訊《たず》ねた。

「息子の名前はロナウド。赤茶の髪を俺みたいに後ろに結ってる。背丈は俺より少し低いくらいだ」

「わかった。感謝する」

その少年がメグとともにいてくれればいいが……。二人で協力していたら身の安全性も増すからな。それに、転移陣のことや鉱山までの道のりも、もしかしたら知るかもしれない。メグはあんな見た目だからか周囲から心配されがちだが、実は頭が良い。まぁ、俺も心配性である自覚はある。魂《たましい》は成人しているというから、おそらく困難な状況でもただ流れに身を任せるようなことはなく、色々と考えて行動しているだろうとは思う。だが、自分が周囲からどう思われているかの自覚がとにかく足りない。甘やかし過ぎたゆえに、一般常識もなさそうだ。……反省はしている。

よし、落ち着け。俺たちが思っている以上に、メグはなんとかやれていると信じよう。だが、もしも何かあった時は……。いや、今考えるべきことではないな。俺は軽く頭を振った。

「しっかし、やっぱ魔素《まそ》が少ないな」

「確かに、少し回復に時間がかかりそうですね……」

頭領とアドルのそんな会話が耳に入る。俺たち魔大陸の者にとって、魔素は栄養源のようなものだ。それが少ないこの大陸では、動きをかなり制限されてしまう。まぁ、ここにいるメンバーならそれでも人間に遅れをとることはまずないと思うが。

「む、甘いぞ？　ここはまだ鉱山内部であるからな。周辺もまだ魔素はあるが、鉱山を離れればほぼ魔素はない。思うように魔術を使おうと思えば、自身の体内にある魔力を使うしかなくなる」

「それなー。魔力回復も自力だから時間がかかるんだよ。うかうか怪我《けが》も出来ねぇ」

そうなのか。俺自身もこの大陸は初めてだからな。しかと心に留めておこう。

「そ、そんな……今でさえ少し怠《だる》く感じるのに、メグさんは大丈夫でしょうか」

アドルの呟きに俺もハッとさせられたが、頭領はあっさりとそこは大丈夫だろう、と答えた。

「怠く感じるのは転移した直後だけだから心配すんな。メグはまだ幼いから子どもの順応性《じゅんのうせい》の高さがあればあっという間に身体は慣れるだろ。ただ、怪我なんかは心配だけどな……。薬を作れる水の精霊がいるから大丈夫って傷薬の類は持ってなかったと思うんだ。だがこの大陸じゃそうそう作れねぇだろうし、あっても大怪我までは治せねぇ。魔力回復薬はそこそこ持ってただろうが、それも数に限りがあるだろう」

「む、心配になってきた……。ユージン、早く捜索《そうさく》を開始しようぞ」

怪我をしてもあまり薬に頼れない、か。その辺りも軽傷であれば子どもの回復力もあって問題ないだろうが……。いや、軽傷であろうともメグに傷が付くのは許しがたい。帰ったら徹底的にルドに診てもらわないとな。

「あ、あの、すみませんが、私は暫《しばら》く何の役にも立たなさそうです……」

そこでアドルが申し訳なさそうにそう言い出した。何を言うんだこの男は。ここまで辿り着くのに自分がどれほど大仕事をこなしたかわかっていないのだろうか？

「そんな顔すんな、アドル。大丈夫だ、俺がちゃんと連れて行ってやるから。まずここまで来られたのはお前のおかげなんだからな」

俺たちの意見を頭領が代弁してくれた。魔王も頷いている。それを見てアドルは恥ずかしそうに俯いた。

「しっかり身体を休めて魔力回復してくれよ。ただ、大仕事をもう一つ頼むかもしれねぇ」

「大仕事、ですか……？」

頭領はニヤリと口角を上げて再び口を開く。

「俺たちはまず、人間の大陸で最も大きな国、コルティーガの中央の都に向かう」

魔素がない上に魔大陸よりずっと広いため、魔術での捜索があまり出来ないこの地での捜索は、ひたすら身体を動かすしかないという。その上で、効率よく情報を得るためにそのコルティーガという国の中央部へ向かうと頭領は言った。

「そこに行きゃ、少なくともコルティーガ国内の情報は手に入る。良くも悪くもメグは目立つからな。運が良けりゃその情報も掴んでいるかもしれねぇ」

頭領のその言葉に、アドルがしっかりと頷く。

「その可能性は高いと思いますね。あれほどの転移陣をこの人間の大陸で使用したのだとしたら……。相当数の人員や金銭が動いた筈《はず》ですから。よほど大きな組織じゃないと、使えませんよあれは」

「そうだな。だからこそ向かう。……俺たちの敵が誰か、そこから知ろうじゃねぇか」

俺たちの敵。その言葉に魔王や俺も魔力を体内に循環《じゅんかん》させた。さすがにこの地で外に放出してしまう、というヘマはしない。魔力は節約しなければならないのだから。だが、体内で循環させただけでもビリビリと空気が震えた。アドルが少々顔を強張らせている。

「……行こうか。皇帝に会いに」

皇帝か。コルティーガという大国の頂点に立つ人物。その者に直接会いに行く、というわけだ。そこで全てがわかるわけでもないだろうが、何かしらの手がかりが見つかれば十分だ。俺たちは各々《おのおの》頷きを返した。

鉱山の前でロドリゴに別れを告げ、俺たちはひたすら都に向かって歩みを進めていた。地図などはないが、頭領はこの辺りの地理には詳しいらしく、迷いのない足取りで向かっている。……のだが。

「はぁぁぁぁぁ」

「何度目の溜息だ、ユージンよ。まぁ、気持ちはよくわかるが」

道中、何度もこうしたやり取りがなされている。ため息を吐きたくなる気持ちも、何度目だと言いたくなる気持ちもよくわかるので何も言わずに黙っている。

「まぁ、移動手段が馬車くらいしかない、となればそうもなりますよね……」

「いかに魔術に頼り切ってたかわかるってもんだよな。はぁ、ギルとアーシュに魔物型になってもらってパーッと飛んで行きてぇ」

「……うむ、いっそそうしてしまうか？」

「やめてください！　この大陸で影鷲《かげわし》や龍が飛んでたら大騒ぎ、下手したら戦争騒動になりますから！　というかこのやり取りも何度目ですか⁉」

毎度アドルも止めに入るあたり律儀《りちぎ》な性格だと思う。だが、これがないと本当に飛んでいきそうだから実際助かっている。それほど歯痒い思いをしているということは理解出来るのだが。とはいえ、俺のみではあるがこの移動も行きの道のりだけだ。これまで通った各所に影鳥《かげとり》を置いてきているからな。常に影となる場所であれば一羽ずつ置いておけるし、置くだけなら魔力も消費しない。

まぁ生み出すのに多少の消費はするが、大した量ではないから問題もない。つまり影鳥を配置した場所なら、今後は一瞬で移動出来るというわけだ。距離によって消費魔力も増えるがそれも大したことではない。万が一、メグが自力で鉱山に辿り着いていたという時に、すぐにでも駆け付けられるように。それに、メグの気配を影鳥が察知したらすぐ俺に伝わる。そうはいっても、この地で出来る魔力での捜索はこれが限界というのがもどかしい。

「いいよな、ギルは。帰り道は楽チンで。俺も影の中を通れたらいいのに……」

俺が影鳥を放つのを見ながら、頭領が恨みがましい目で俺を見てくる。そう言われても無理なものは無理だ。諦めてもらうしかない。

「……内部は影だ。精神がおかしくなってもいいなら、連れて行くが」

「……やめておく」

「俺もやりたくはない」

一応そう答えてやると、頭領は力なく首を横に振った。一度、痛い目に遭《あ》っているからな。無理もない。

「む？　随分諦めが早いのだな。ユージンにしては珍しい」

「一度、興味本位で覗いたことがあるからな」

そう。昔、頭領は同じようなことを言って俺の影に勝手に入ったことがある。入った、といっても顔を突っ込んだだけだが。その間ほんの数秒だったが、本人曰《いわ》く、数日間も影の中から抜け出せない悪夢だった、と珍しく顔面蒼白《そうはく》となっていたのを覚えている。

「どんな敵もその影に押し込めばイチコロだろうよ」

「わ、我でもか!?　恐ろしい男よ……」

「いや。影に他者を入れること自体、俺もかなりのダメージを負う。二度とやらない」

そう、顔を入れただけのあの時でさえ、俺も感じたことのない程の目眩を覚えた。人一人が入ったらどうなるかなど、考えたくもない。あの時は、俺もどうなるか興味があったから止めなかっただけのことで、もうやろうとは思わない。ただ、己が認めた「番《つがい》」なら共に通れると聞いたことはある。しかし、あんな目に遭った後に試そうとは思えないからな。第一、番に出会える気もしない。とっくの昔に諦めている。

「はぁ。ま、つべこべ言ってても仕方ねぇか。アドル、お前なら魔物型になってもあんまり問題ないよな？　ちと魔物型になってくれ」

「え？　構いませんけど」

確かにアドルなら魔物型になっても少し大きめの黒い鳥だ。珍しくはあるだろうが、こういう鳥だと言い張れば魔物だと言うことはバレないだろう。言われた通りアドルは魔物型になると、頭領は魔物型のアドルを小脇に抱えた。

「うっし、走るぞお前ら」

「おお、なるほど。久しぶりに競争でもしようか、ユージン」

「おっ、いいな！　この先にある村まで競争な！」

さっきまでのうんざりしたような表情から一変《いっぺん》、頭領は子どものように無邪気な笑みを浮かべた。

提案を聞いた魔王も乗り気なようだ。

『ちょっ、待ってください！　次の村までどれほどの距離があると……!?　それに人に見られたら大変なことになりますよ⁉』

なるほど。疲労困憊《こんぱい》なアドルがいるから徒歩での移動だったが、頭領が抱えるのなら問題はない。当然、走った方が速いからな。アドルが羽をバタつかせながら抗議をしているが、おそらく無駄だろう。

「アドル、心配すんな。俺らが人間に見られる速度で走るとでも思ってんのか？」

「ふははは！　最近運動不足であったからな！……敵をぶちのめす前の準備運動くらいしておかねばなるまい」

無邪気な笑みが黒い笑みに変化した。よほどストレスが溜まっているのだろう。

『い、いや、確かに見られはしないでしょうけど、突然地面が抉《えぐ》れたり、木がなぎ倒されたり、ものすごい突風が来たらさすがに人間だって異変に気付くでしょう⁉』

それはそうだな。いくら俺たちの姿を視認出来なくとも、痕跡《こんせき》が残れば何ごとだと騒ぐかもしれない。だが、痕跡を残さず移動するには魔力を使う必要がある。しかし、この地では魔力を出来るだけ節約せねばならない。

「ああ、それは……自然災害だ」

「うむ、不幸な自然災害であるな。なぁに、人に被害は出さぬよ」

そういう問題ではありません、とアドルはいまだ諦めずに叫ぶが、正直なところ、俺は賛成だ。人的被害さえなければやるべきだと思う。今は一秒でも惜《お》しいのだから。

「ギルも大丈夫だな？」

「問題ない」

「ふ、頼もしいな。お主、我らについて来られるか？」

魔王が期待を込めた眼差しで俺を見ながら、挑発的なことを口にする。嫌味を言いたいのか、こちらを鼓舞《こぶ》したいのかいまいちわからないが。

「……魔王の方こそ、置いていかれないように気をつけた方がいい」

俺がそう答えると、頭領が嬉しそうに口笛を吹いた。

「おー、言うなぁギル！　まぁ、俺らも年だし？　若者についていけないかもしれねぇよなー」

「なにぃ!?　良い度胸ではないかギルとやら。後で弱音を吐いても遅いからな！」

魔王はなんというか、子どもなところがあるんだな。頭領にうまいこと乗せられているように見える。

『ああ、ギルさんまで……。もう諦めるしかなさそうですね。はぁ』

ついにアドルも諦めたようだ。そこでようやく俺たちは一度目配せをし合い、同時に走り出した。スタートダッシュのせいか、今までいた場所には大きな穴が空いているが仕方ないだろう。その他の道中は極力破壊しないように気を付けるとしよう。


俺たちは人間には見えないだろう速度で駆け抜けていく。とはいっても魔力は使わないのでそれぞれの身体能力だけで走っている。これは種族特性によるところも大きい。頭領は元々普通の人間なので例外だが。もちろん、走るのが苦手な亜人《あじん》もいる。たまたまこのメンバーは、アドルを除いて走るのが得意な者たちだった、というだけの話だ。……本当に人間であるはずの頭領の身体は一体どうなっているのか、不思議でならない。おっと、所々で影鳥を放つのを忘れないようにしないといけないな。

こうして、普通に行けば二十日はかかる村までの道を、俺たちは夜通し止まらずに走り続けることで六日で走りきった。村が少し見えて来たところで徐々にスピードを緩め、止まる。突然止まってもいいが、魔術で保護が出来ない分、巻き起こる風や地面への影響も考えないといけないからな。

人間の大陸は面倒なことが多くて困る。

「よし、あの村で軽く休憩ついでに飯でも食っていこう。さすがに六日もノンストップだったから ちと休まねぇとな。村人から話も聞いてみたいし」

村に立ち寄るのか。それを聞いた俺は、外していたフードとマスクを装着した。やはりあまり人に顔を見られたくはない。

「ギル……アーシュというとびきり目立つヤツがいるから大丈夫だろ？」

「おい、ユージンよ。どういう意味であるか？」

そんな俺を見て頭領が肩をすくめる。魔王は隠す気などないようだから、確かに注目の的になるだろうな。だが。

「より目立たなくなる方がいい」

「ふぅん、徹底してんなぁ、ギルは」

「だから、なぜ我が目立つのだ!?」

魔王の質問に対し、頭領はチラッと顔を見て長い溜息を吐いただけで無視し続けている。本人にあまり自覚はないようだが、魔王は恐ろしいほどに見目がいい。良すぎて人が避けてしまうほどだ。それならそれで人は寄ってこないからいいだろうとは思うが……。注目を浴びるのは間違いない。どうしてそれで平気でいられるのか理解に苦しむ。だがまあ、おかげでちょうどいい隠れ蓑《みの》にはなりそうで助かるが。

『では、私も戻りますね。頭領、運んでくださりありがとうございました』

そう言ってアドルも人型に戻る。顔色が戻っているようだな。だいぶ回復したようで安心した。

「んじゃ、行くか。……懐かしいな。村のみんなは元気でやってっかな」

そんなアドルを見た頭領は、安堵《あんど》したような表情を見せてから、ググッと両腕を伸ばし、村の方を目を細めて眺めている。

「む、来たことがあるのか？」

「わりと最近な。イェンナを探してる時だ」

なるほど、頭領が人間の大陸を旅するのは二回目だ。魔王の依頼で長いことメグの母を探し回っていた。ずいぶん長いことオルトゥスを留守にしていたが、人間の大陸にいたのならそれも納得出来る。ここは魔に属する者にとっては生きにくいことこの上ない環境だからな。人探しは余計に難易度が高い。この大陸で二度目の人探しともなれば、要領も得ているだろう。その際に出来た知り合いがいるなら、話も聞きやすいだろうしな。さすがだ。

こうして俺たちは人間の村へと足を踏み入れた。

「おー、あんま変わってない……と思ったけど随分暮らしやすくなってんな！」

「えっ、あっ！　ユージンさん!?　ユージンさんじゃないか！」

村に着いた瞬間、懐かしむように頭領が口にすると、それに気付いた村人が頭領を見て大声を上げた。予想外の反応だったのだろう、頭領は嬉しいような気恥ずかしいような、といった複雑な表情を浮かべている。声に気付いた村人たちがわらわらと集まってきたため、俺はマスクを上げ直し、フードをより深くかぶった。

「ひっさし振りだなぁ、ユージンさん。元気にしてましたか？」

「ああ。お前も変わらなさそうだな」

「ははは、あれから二十年以上は過ぎてるから、だいぶジジイになっちまったけどな！　まあ中身は変わらんさ。ユージンさんの方こそ変わらなくて驚いたよ。本当に亜人は年をとるのがゆっくりなんだなぁ……。村はだいぶ綺麗になったろ？　ユージンさんの助言に従ってからは病気になるヤツもほとんどいなくなったしな！　本当に感謝してる。アンタはこの村の救世主だ！」

この村人たちは、頭領を亜人だと思っているようだ。人間だと聞いたらひっくり返るかもしれないな。それにしても、皆が歓迎ムードで少々驚く。ここでも頭領は人を誑《たら》し込んだのだろう。大方、村の環境整備に手を貸して感謝されたんだろうな。困っている者がいると放って置けないのがこの人だ。聞かなくても大体わかる。

「別に大したことはしてねぇだろ。俺にはこれといった専門知識があるわけじゃねぇから、治療も出来なかったしな。手洗いうがいや家の中の換気、排泄物《はいせつぶつ》の処理に気を使う、などの基本的なことをちょっと口出ししただけだぜ？」

人間の大陸も中心部に行けばそれらは常識で下水もあったりするが、末端の小さな村などはやはり目が行き届かない分その辺りがかなり遅れていた、と頭領は言う。前回の調査でついでに立ち寄った似たような村には全部それらを徹底させて回ったんだ、と頭領は懐かしむように目を細めて口にした。人間の大陸など、そうそう来ることもない上に、教えてやる義理もない。だがそれを当たり前のようにやってのけるのが頭領だ。そして巡《めぐ》り巡って今、こうして歓迎されている。現地の者が友好的だと、メグの探索《たんさく》もかなり楽になる。主に情報提供において苦労することがないのはかなり大きい。常日頃から頭領が口にしていた、善行も悪行もいずれは自分に返ってくる、というのはこういうことかと納得した。返ってくるなら良いことの方がいいだろ、と笑っていた理由も今になって初めて理解出来た気がする。

「ユージンさん、探してる人は見つかったのか？」

どうやらこの村人は頭領が誰かを探していた、ということを知っていたのだろう。その質問に曖昧《あいまい》に「おう」と返事をしたことで、村人たちは自分のことのように喜んでいる。実際、目的の人物であるメグの母親が見つかったわけではないが、解決したという意味で返事をしたからか、頭領はやや苦笑を浮かべていた。まぁ、細かい事情を話せば長くなるからそれでいい、と思ったのだろうな。

「しかし、今回はなんでまたこんな辺鄙《へんぴ》な村に？　一人じゃないみたいだが……っ⁉」

一通りの挨拶が済んだのだろう、村人はようやく頭領の後ろに並ぶ俺たちに目を向けた。そして、絶句している。恐らく、魔王の見目の良さが原因だろう。散々言われたから少し気にしたのか、魔王は一応フードを着用しているが、俺のようにマスクで覆《おお》ってるわけでもないため、その容姿がとにかく目立っている。

「む？　なんだその目はユージンよ」

「……いや、見た目で得してんだか損してんだかわかんねぇよなアーシュって、と思って」

「微妙に貶《けな》されている気がするのは気のせいか？」

「安心しろ。気のせいじゃねぇ」

どういう意味だと憤慨《ふんがい》する魔王を横目に、頭領は中身が残念だという自覚を少しも持ってねーんだよな、と呆れたようにボヤく。まぁ、素直過ぎるだけで悪い人物ではないのだが、多少の成長はしないものかと俺も少し思うことはある。

「今回もまた人探しなんだ。あの時とは別件でな。その為に中央の都まで行こうと思ってる。で、こいつらは俺の仲間だ。信用していい」

「そ、そうかい。まぁ、ユージンさんだしな。どんな仲間がいても不思議ではないよなぁ」

「魔大陸から来た仲間ってことだろう？　そりゃユージンさんと同じように魔物も拳で一撃なんだろうよ」

ここは鉱山から比較的近いということもあって弱い魔物がごく稀《まれ》に現れるんだ、と頭領は俺たちに耳打ちする。ふむ、人間にとって魔物はたとえ弱い個体だとしてもかなりの脅威だと聞く。それでもここに村を作っている以上、この者たちは人間の中でもそれなりに腕が立つ者たちなのだろう。それだというのにそう言うということは、魔物を拳で一撃で倒すのは人間の中では非常識なのが窺えた。

そんな中、頭領が魔物を殴って倒したのを見て衝撃を受けた、というところだろうか。アドルのやや引き気味な眼差しに、あれは不可抗力《ふかこうりょく》だ。仕方なかった！　と弁解する頭領を見る限り大体合っているのだろう。つまり、そのせいで村人たちは頭領を亜人だと思っているってことか。余計な混乱を招かないためにも、誤解を解く気はないのだろうな。英断ではある。

「で、だ。ちと聞きたいんだが、最近のこの国で変わったことや注意することなんかはあるか？　移動も続くし、頭に入れておきたいんだよ」

そしてさり気なく情報を探る。あれほどの転移陣を使ったんだ。何か騒ぎになってる可能性はあるからな。村人たちはそれぞれ顔を見合わせつつ特にないよな、と囁《ささや》きあっている。ここでは情報は得られなさそうだ、と思いかけた時、一人の男がそういえば、と口を開いた。

「王国騎士団が動いて何か探してるって話は聞いたな」

「あ、そういえば聞いたな！　自分たちには関係ないと思って聞き流してたよ」

王国騎士団、か。そんな組織が動くのならよほどの任務なのだろう。そして詳細は極秘《ごくひ》である可能性もある。小さな村に細かい情報が伝わっていないのは当然ともいえる。

「動いてるのは中央と東の騎士団だったと思う。南も動き出したんだよな？」

「それも結構前の話だろ。解決してなきゃ今は北も西も全部が乗り出してるんじゃないか？」

む、これは俺たちが求めている情報のようだな。まさかこんなにすぐ手がかりが得られるとは。良い誤算だ。

「そりゃ大々的な捜査《そうさ》じゃねぇか。一体国は何を探してるんだ？」

「いやー、それはわかんねぇな。ここは田舎《いなか》だしよぉ」

「もっと中央寄りの村か、町なら詳しくわかるだろうよ。知りたければそっちで聞いてみてくれ！　悪いなぁ、大して力になれなくて」

「十分さ。ありがとうな」

十中八九《じっちゅうはっく》、この国が探している物、ないし人はメグに関係があるのだろう。探しているのはメグを含む転移させられた魔力持ちの子ども達か、それとも転移陣を発動させた誰か、か。国の目的はなんだ？　もし国が探しているのがメグたちなら、大所帯なのではなかろうか。どれほどの子どもが集められたのかにもよる、か。数人ならなんとかなりそうではあるが、それでも子どもだけで移動を続けているのだろうか？　信用に値すると確認が出来ない限り保護されていたとしても不安は残る。まだ見つかっていないのだとしたら、それはそれで別の危険の可能性が浮上してくるし、どのみち安心は出来ない。悪人はなにも一つの組織だけとは限らないのだから。ふむ、情報が足りないな。悪い可能性がまだまだ残っている以上、立ち止まってなどいられない。

「……マジでのんびりしている暇《ひま》はねぇな」

「良からぬ者たちに捕まる可能性は極めて高いですね。今もまだ無事でいるといいんですが……」

「頭領、すぐに行こう」

頭領の呟きにアドルも反応を返した。誰もが焦ったような様子だ。今もなお逃走中ならまだいいが、もし悪しき者に捕われているというのなら、それこそ一秒たりとも無駄には出来ない。こうしている間にも、メグが傷付き、苦しんでいるかもしれないのだから。想像するだけで怒りで我を忘れそうになる。それに、ざわざわと落ち着かない嫌な感覚が、俺の中で渦巻き始めている。まだ誰が信用出来るかわからない。国も、だ。オルトゥスの者は皆、亡き料理長レオポルトに何度も言われてきたんだ。人間とは油断ならない生き物なのだ、と。メグもそれを知っているはずだ。その言葉を思い出し、心に刻み、誰にも心を許すな、捕まらないでいてくれと、ただただ祈るのみだ。心臓が、うるさい。

「皆、まだまだ休まずに行けるか？　無理だと言っても我は先に行くぞ」

そう考えているのは俺だけではない。魔王も威圧《いあつ》を放たんばかりにピリついている。周囲で様子を窺っていた村人たちが震え始めたのを見てすぐにそれを抑えたが。ギリギリのところで理性が仕事したようだな。

「てめぇアーシュ、俺らを誰だと思ってやがる。行けるに決まってんだろ！　アドルは？　行けそうか？」

「はい。頭領に運んでもらえたおかげでかなり回復しましたから。ですが、私の速度は遅いと思います。足を引っ張ることになるかと……」

アドルは申し訳なさそうにそう言ったが、自分の力量を認識して素直にそう言えるというのはなかなか難しかったりする。それをハッキリと伝えることの出来たアドルは十分有能だ。

「まぁそうだよな。今後ビシバシ鍛《きた》えなおすとして、今は俺がまた連れて行ってやる」

「う、すみません……」

「その代わり、帰ったらしっかり修行に励めよ？」

「もちろんです！　もう二度とこんなに悔しい思いはしたくないですからね！」

良い返事だ。オルトゥスのルールでもある向上心《こうじょうしん》に溢《あふ》れた姿勢は実に好ましい。うちのギルドは素直なヤツが多くて嬉しいね、と頭領は笑った。……まぁ、素直じゃないのもいると思うが、それはそれだろう。

「鍛え直したとしても、この者達について行けるようになるには、なかなか厳しいものがあると思うのだが」

それは確かにそうかもしれないが……。魔王も空気の読めないことを言う。反射的に頭領が魔王の後頭部を拳で殴りつけたが気持ちはわかる。何をする⁉　と抗議をしてくる声は無視のようだ。

「確かに難しいどころか、私には一生かかっても辿り着けない領域ですよ」

ほらみろ、と頭領が魔王を睨《にら》みつけた。アドルは苦笑いをしてその言葉を受け止めている。魔王もさすがに悪いことを言ったと思ったのか、少々うろたえているようだ。

「でも目標は高く持つ方が、上達は早いと思うんですよね。私は諦めませんから。気にしないでください」

「お、いいなその考え方。さすがはアドルだ。期待してるぞ。アーシュ、お前は反省しろよ」

「わ、悪かったと思っておる！」

拳を握りしめてそう宣言したアドルの顔は、少し逞《たくま》しくなったように見えた。精神面も強いようでなによりだ。アドルはまだまだ強くなれる。

「頭領」

話は済んだだろう、という意味も込めて呼びかけると、頭領もわかっているというように軽く頷く。村に長居する理由はもうないからな。あと月が一巡りする程度なら休まず移動も出来る。栄養補給も移動中に済ませられるしな。

「村のヤツらに挨拶してくるから、先に北に向かっていてくれ。すぐに追いつく」

「追いつけるのか？　ユージンよ」

「はんっ、愚問だな。ほら、さっさと行け。アドルは俺と来い」

追い払うように頭領に言われた俺と魔王は一瞬だけ目で合図を交わすとすぐに足を踏み出した。せめて村を出てから走れよ、と頭領に言われそうではあったが、すでにその場にはいないので言ったかどうかは定かではない。俺には今、あまり余裕がないんだ。妙に胸がざわつく……！　待っていろ、メグ。もうすぐ迎えに行く。

3　皇帝

【ユージン】

アーシュとギルがものすごい爆音とクレーターを残して姿を消したため、村人たちは呆気《あっけ》にとられて立ち尽くしていた。あまりの音のデカさに、家の中にいた者たちまで何ごとだと出てきちまったじゃねぇか。っとに、後始末は誰がすると思ってやがんだ。

「……すまねぇな。ちょっと急いでんだわ」

「い、いや、なんだか大変な状況みたいですからね」

俺たちが難しい顔で話し合っていたから村人たちも察してくれたのだろう。いいから行ってくれと言ってくれた。でもさすがにこのクレーターだけでもどうにかしねーとな、と思ってそっちに顔を向けると、すでにアドルがその穴を魔術で埋めてくれていた。周囲にいた者たちが魔術を目《ま》の当たりにして歓声を上げている。おいおいアドル、魔力は大丈夫なのかよ？

「また頭領が運んでくれますからね。このくらいなら平気ですよ。さすがに村の中にこれは、申し訳ないですしね。頭領も、遠慮なく踏み込んでいいですよ。補助します」

自分がここで魔術を使うのはこういう時くらいなので、と告げてからアドルは魔物型へと姿を変えた。その様子に再び村人がどよめく。ま、この村では正体もバレてるからな。隠す必要はねぇし、今はさっさとあいつらに追いつくのが先だ。

「よし、んじゃ頼むわアドル。というわけで、ゆっくり出来なくて悪いな。騒がしい知らせが耳に入るかもしれねぇが、迷惑はかけねぇように気を付けるからよ」

「な、何か世の中が騒ぐようなことをするんですね、はは。えーと、気を付けて。俺たちはほら、田舎で変わらずのんびり過ごすだけだ！」

暗に、自分たちは何も知らないで通すぞ、と言ってくれてるんだな。その気遣いに感謝だ。その気持ちを込めて一度握手をした俺は、元気でな、と言い残してグッと腰を落とす。アドルの魔術が発動した気配を確認し、そのままドンッという爆音を響かせながら駆け出す。土煙は上がっただろうが、アドルのおかげで煙がおさまる頃にはクレーターも残ってないだろうし、許してくれよと心の中で謝罪した。

こうして俺たちは一ヶ月ほどぶっ続けで走った。友との約束を果たし、自ら殺されに行くために走るあの話を思い出すな……。日本にいる時に親娘《おやこ》で幾度となく読んだっけなぁ。こういうのをメグと語り合いたいものだ。というか、今はその物語より遥かに過酷な道中だが、この身体がもはや疲れ知らずなのが恐ろしい。三日後の夕方にはアーシュやギルとも合流したし。俺が本気出しゃそんなもんだ。悔しそうな二人の顔を見るのはなかなかにいい気分だったな。あ、一応ちゃんと休憩も一日一回は挟んでるぞ。さすがに俺も年だから多少の疲れが出るし、街での情報収集もしなきゃいけねぇしな。

「明日には着きそうだな、中央の都」

「ふむ、ならばあと少しで元凶を消し炭に……」

『魔王様？　すぐに実力行使に持っていこうとするのはいい加減やめましょう？』

その日の夕方、休憩中に俺が呟くと、待ちきれないとでも言うようにアーシュが言う。アドルのツッコミもそろそろ疲労が滲《にじ》んでいるな。ちなみにこの疲労は旅疲れでは決してない。じゃあ何かって？　決まってる。いやぁ、血の気の多い俺ら三人を、よく抑えてくれていると思うぜ実際。ギルは一見そうでもないが、こいつは静かに怒りの炎を燃やすタイプだし。いつ爆発するかわかんねえ厄介《やっかい》さもあってアドルの気疲れがヤバい。わかっちゃいるけど俺もなかなか自制が利かないんだよな。すまん、アドル。

「かなり情報も纏まってきたしなぁ。やっぱ大きな街は違うぜ。女たちはアーシュが聞けばペラペラ喋《しゃべ》ってくれるし」

「解せぬ。ギルでも良かったであろうに」

「断る」

情報を集めるのに色男ってのは得だよなぁ。どこに行っても目立つという欠点はあるが、聞いてもないことまで喋ってくれたり、食事の時なんかもサービスしてくれたりするんだから。その点でいえば、ギルももちろん適任だが本人が人嫌い、主に女嫌いだもんなぁ。美男美女な両親ではあったものの、父親が早くに亡くなり、魔大陸ではかなり珍しく、母親から虐待《ぎゃくたい》されて育ったギルにしてみれば無理もない。その後、引き取ってくれた親代わりの亜人たちがたくさんの愛情を注いでくれたらしいが……。幼い頃に植え付けられたトラウマってのはそう簡単には消えないようだ。恐怖というよりも不快な感情が根強く残っているんだろう。

「ようやく、敵が見えてきた」

マスクとフードを外し、軽く首を回したギルはそう呟く。目が据《す》わってるな。相当メグを攫《さら》ったヤツらに対してキレてやがる。もちろん俺も同じ気持ちだが。

『お気持ちはよくわかりますが……。とにかく明日、皇帝と話をする間は大人しくしていてくださいね？　そもそも、連絡もなしでこの国のトップである皇帝に会えるかもわかりませんし……』

アドルが魔物型のまま、黒い翼をバサバサさせて訴えてくる。それを俺はわかってる、わかってる、と手で制した。

「会える。いや、必ず会ってもらうから安心せよ、アドル。……我は、魔王であるぞ？」

ドス黒い威圧が僅《わず》かに放たれた。アドルはその場で硬直し、ギルは眉をピクリと動かす。俺はアーシュの対となる存在だから影響はないが、こんなにも近くで威圧を放たれた亜人が、この程度で耐えていられるのはさすがで実に誇らしい。アーシュも、普段はかなり残念なヤツだが、こういう時にこいつは国の、そして魔大陸のトップに立つ人物なんだと実感するな。

「俺も人のことは言えねぇが、アーシュ。人間の前でその威圧は出すなよ？　人間がそれを感じたら卒倒《そっとう》して話が出来なくなる」

「安心せよ。心得ておる」

この威圧は、魔力の放出とは少し違うからな。「気」みたいなもんで、血縁関係でもないと避けようがない。それでも、亜人に比べれば人間が受ける影響の方がマシだろうけど、そもそも脆弱《ぜいじゃく》な人間にしちゃあ、たまったもんじゃないだろうよ。だからやるなら魔力の放出にしとけ、と俺は付け加えた。身体を巡る魔力が乱されることで、鍛えてない者はダメージをくらっちまうが、元々魔力を持たない者は、乱される魔力もほとんどないから影響が少なく、気付かないことがほとんどだ。だからこの大陸で魔力を放出するなんて、単なる無駄遣いでしかない。魔素が少ないからあっという間に溶けて消えちまうし。影響を受けちまうアドルやギルには迷惑かもしれねぇが、この二人なら大丈夫だろう。それらを理解した上で、アーシュは抑えきれない時はそうする、と素直に返事をした。

「うしっ。最後のひとっ走りと行きますかね。中央の都はすぐそこだ。この調子で走りゃ朝には着くだろ」

それぞれが軽く足や腕を回したり、屈伸《くっしん》をして身体の調子を確かめる。チラッと視線を送ると三人から頷きが返ってきた。うん、皆問題はなさそうだな。頷きを返したところで、俺たちは再び走り出した。


「ふむ、ここが中央の都か。なかなかに仰々《ぎょうぎょう》しい佇《たたず》まいであるな」

「魔道具がありゃこんなでっけぇ門なんか要らないのに、人間ってのは不便だよな」

「……お主も人間であろうに。いや、元か」

「やめろ。俺が一番疑問視してるデリケートな問題だそれは」

中央の都に近づくに連れて、やはり人通りも多くなってきた。そんな中を爆走するわけにもいかねぇから、俺たちは少し離れた木の陰で一度止まり、流れに合わせて歩くことにした。アドルも人型に戻っている。

「魔道具があれば、人間が二人分の高さがあれば十分ですもんね。あとは結界が張られるのはもちろん、人が常駐していなくても魔力の感知で自由に出入り出来ますし」

「かなり高い塀《へい》だ。人が十人分ほど、か……？」

街を取り囲むように巡らされた塀を見上げながら、アドルとギルがそれぞれの感想を口にしている。ここに来るのは二度目だが、相変わらずその圧迫感には驚かされるね。それだけ高くて重厚感のある壁が、都全体を囲むように建てられてるんだからよ。都自体も広すぎるから、壁はどこまでも続いてるように見えるし。にしても高さ、こんなに必要か？

「む、あの行列はなんだ、ユージンよ」

「あー……あれはな、都に入るための列だ」

周囲を見回して目に入った人の列が目に留まったアーシュが首を傾げて聞いてきたので答えてやる。一応この都に魔道具はあるんだが、性能が良くねぇし結局は一人一人確認しなきゃなんねぇからあんな風に行列が出来るんだよな。今はちょうど朝の一番混んでる時間でもある。他所《よそ》からの行商人はもちろん、昨晩の門限までに戻れなかった者たちが一斉《いっせい》に帰ってくるいわゆるピークタイムだから余計に。都の中からも仕事で出て行く者たちが多いからな。かといって出入り口の門を増やしたり広げたりするとセキュリティー面が緩くなっちまう。もっと効率のよくなる方法を考えりゃいいのに、とは思うが、ここらに住んでる者たちにとってこれはもはや日常。あまり気にもしてないのかもしれない。

「なっ、あんなに並ばねば入れぬのか⁉」

だが当然、急いでいる俺たちにはうんざりするような光景だな。眉を顰《ひそ》めて驚くアーシュに、アドルが説明をしてくれた。

「こればかりは仕方ありませんね。身分の高い者なら別の入り口からすぐに入れる、と何かの書物で読みましたけど。確か特別門、と呼ぶんですよ」

「ならば、我らもそこから行こうぞ」

ん、そんな別ルートなんてものがあったのか。初耳だ。アドルは物知りだな。確かにアーシュは身分が高いっちゃ高い。魔大陸で、だけど。それを人間の、ただの門兵が受け入れてくれるのかが問題だが。

「行ってみるか。時間も惜しいしな」

「大陸の代表者ですしね。期待は出来ると思いますよ？　そこから城に連絡してもらえれば、皇帝にもすぐ会えるよう話が伝わるかもしれませんしね」

一理あるな。いざとなった時の奥の手もあることだし。そうと決まれば早速、その別の門の方へと向かうとするか。ただ、一つだけ釘を刺しておかねぇとな。

「……わかってもらえないからって、威圧を無闇《むやみ》に放つなよ？」

気絶されたら意味がねぇ。それどころか、不審者として捕まえられて、面倒なことになり兼ねない。俺らが人間の兵に捕まって身動きがとれなくなる、なんてことはねぇけど、メグの捜索に支障をきたすのは避けたい。

「もちろん、加減を間違えることはせぬ。わかってもらうためには、多少は致し方ないであろうが、な？」

「……使うつもりだな？」

加減、って言ったもんな？　油断ならねぇ魔王だな？　ま、わかってた答えだけどな。というのも……。

「ならば、ユージンは人間達が我らの言葉だけでわかってくれると思うのか？」

それだよ。残念ながら俺もわかってもらえるとは思わない。人間のお貴族様と違って、身分証があるわけでもないからなぁ。俺はため息を吐くしかなかった。

「なんとかなるであろう。アドルが交渉《こうしょう》してくれるのであろう？」

「……丸投げですか。構いませんけど。でも、話の進めやすさが変わりますから威圧は放たないよう本当に気をつけてくださいね!?」

色々と不安しかないが、もう行くしかねぇ。俺たちは周囲の人間たちから好奇《こうき》の目で見られながら、特別門の前まで移動した。はぁ。


「……は？　も、もう一度言ってもらえますか？」

案の定《じょう》、特別に連絡も入れていなかった俺たちは、門兵に伝えるのに手間取っていた。人間たちの間なら、有名どころのお貴族様はみんな見覚えがあるのに対し、俺たちは初めて見る顔。その上、許可証も証明書もわかりやすい紋章さえないんだから警戒されても無理もない。だからこそ、まずは名乗るべきだろうとアーシュが前に出たんだが。

「我は魔大陸を統べる魔王、ザハリアーシュだと言っておろう。名さえも聞いたことはないのか？」

「い、いえっ、その、お名前はお聞きしたことがあるのですが……」

そうなるよなぁ、ってな具合なのだ。通行人たちの怪訝《けげん》な顔や視線が刺さるぜ。

「ふむ、やはり信用出来ぬか。とは言っても魔王たる証など持ってはおらぬからな……。やはり威圧か？　ユージンよ」

　気は乗らねぇが、もう面倒臭ぇし、それしかないかと思ったところで、アドルからのストップがかかった。

「魔王様、半魔型《はんまがた》になってはいかがですか？　人間は目に見える変化の方が信じてもらいやすいと聞きます。よくわからない圧を感じさせるより余程《よほど》いいと思いますよ」

「ふむ。なるほど。門兵よ、それで良いか？」

「えっ、あっ、はい、えぇっ……⁉」

　そうか、アーシュたちは半魔型になれるんだったな。俺がなれないから盲点《もうてん》だったぜ。アーシュは門兵の返事を聞く前にさっと半魔型へと姿を変えた。その瞬間、門兵たちはもちろん、こちらを見ていた者たちからも悲鳴やどよめきが上がる。そういえばアーシュの半魔型なんて、俺も初めて見るな。魔力が漏れ出してしまうのを防ぐために人型でいることが多いからなぁ。周囲の魔力持ちにとっちゃ、半魔型でもアーシュの魔力を浴びて萎縮《いしゅく》しちまうし、魔物型は論外だ。完全に外へ漏れる魔力を封じられるのが人型形態だったからすっかり忘れてた。

「む、久し振りにこの姿になったが、違和感しかないな」

　自身の姿を見下ろしながら、アーシュは眉間にシワを寄せている。自分でもそう思うのか。

「……普通、魔力を押し込める人型の方が苦しいので、半魔型は楽になるはずなのですが」

「慣れとは恐ろしいものよ。我はどちらかというと、いつ魔力を暴走させてしまうか気が気でないぞ」

「そこは抑えてくれよ、アーシュ」

半魔型のアーシュは頭部から角を生やし、顔や腕など、皮膚の所々が鱗《うろこ》で覆われている。太く長い尻尾も生えてて時折シュルシュル動くのが少し面白い。竜型亜人との違いはあんまりなさそうだ。アーシュは龍だもんな。

「あっ、わ、ほん、もの……!? すっすみません! すぐ城の方に確認して参りますので!! しっ暫《しば》しお待ちくださいっ!!」

門兵は慌てたように声を裏返しながらなんとかそれだけ言うと、すぐに門内へと駆けて行く。おいおい、俺らを放置していいのかよ。あとざわつく周囲の人間たちも! 俺らが勝手に入ったり暴れたりしたらどうする? 当然そんなことしないし、いてもいなくても変わんねぇけどそれはそれだ。残ってる門兵も怖がって陰から覗き見てないで出てこいっての! それでも都を守る門兵かお前らっ! 確かに人間からすれば半魔型のアーシュは見た目だけで恐ろしいかもしれねぇが、さすがに頼りなさすぎるぞ。

「亜人ということがわかっただけで、魔王という証明までは出来てないんですけどね……」

「……まず魔に属する者が珍しいんだろう。そんな反応だった」

アドルの言葉にギルが呟く。この大陸に亜人が来ることなんか滅多にないからな。数少ない奴隷《どれい》の亜人も、金持ちか権力者がしっかり管理していることになってるから、そもそも一般的に亜人を見る機会なんざないってことだ。

「だな。ギルやアドルが半魔型になっててもあんな反応をしたかもしれねぇ」

「多少は驚くでしょうが、あそこまで恐れ戦《おのの》いたのは魔王様だからこそでしょう」

そういや、アドルは見たことあるがギルの半魔型は見たことないな。そう思ってチラッとギルを見た。

「ならないぞ？　意味がないからな」

「考えを読むなよ……」

元々、秘密主義なところのある男だ。そんなこったろうとは思ったけどな！

そうこうしている間に、どうやら先ほどの門兵が戻ってきたようだ。軽く息を荒くさせているが、おいおい運動不足か？　大した距離じゃない癖にその程度で息を切らすなんて……。いや、俺も普通の人間ならそうかもしれない。でも門兵だし、もう少し鍛えてほしいものだ。

「と、とりあえずここはお通しします。ですが我々のような末端の人間には荷が重すぎて……。通った先で待っている中央騎士団の団長と、率いる騎士団員数名が城まで案内いたします。そこで団長に説明していただけると……」

「ああ、人間は魔術や魔道具で声を届けることは出来ぬのだな。なんとも不便であるな」

わざわざ何度も色んな人物に説明しなきゃならないことに眉根を寄せるアーシュ。あぁ、確かに面倒だよな。だけど、伝言ゲーム形式で伝えられるのも、途中で話が変わりそうだし、ここはこのルールに従うしかない。

「それだけじゃねぇぞ。人間ってのは上に立つ者と、直接話が出来るってこと自体が難しいんだ。魔王と違って上に立つ者が強いやつってわけじゃねぇからな。直接話しに来て、襲われるって可能性もあるんだ」

「む。刺客《しかく》ならば、我も日常茶飯事《にちじょうさはんじ》であるが、本人に対抗手段がないのであればたしかに危険であるな」

「だから護衛の騎士団とかがいんだよ。国を守る騎士団と、王族専門の護衛騎士団と、それぞれあったと思うぞ。だよな？」

俺が確認のために門兵に訊ねると、慌てたようにそうです、と答えた。この先で待っているという団長ってのが国を守る方の騎士団長だそうだ。中央騎士団と呼ばれているらしい。あぁ、北の王城とか南の王城とかで五つに分かれてるんだもんな。

「では私の後に続いてお通りください。あ、見えますでしょうか。あちらの先頭に立っている者が騎士団長のフリードです」

門を開いてもらい、すぐ門兵の後に付いて行くと、数歩と歩かないうちに門の内側の景色が目に入る。赤を基調とした鎧《よろい》を着た男が五人ほど並んで立ち、その前に一際身体のゴツい男が姿勢良く立っている。

「フリード団長、この方々が魔王様と供の方です」

「ああ、ここからは俺が引き受けよう。業務に戻ってくれ」

門兵が騎士団長に声をかけると、騎士団長の低めの声が簡単に指示を出す。すると、門兵は軽く俺たちに頭を下げ、素早く元の場所へと戻って行った。ここまで案内するだけでも緊張したんだろうな。慌てたような後ろ姿を見てたらなんだか申し訳なく思えるぜ。にしてもお供の方、ね。確かに名乗ってはいないいけどアーシュのお供って響きがなんかムカつく。

「お待たせ致しました。まずは今一度名乗っていただいてもよろしいでしょうか。これも決まりですので」

騎士団長は軽く目礼した後、すぐに形式張った言葉を続けた。アーシュやギルは何とも不思議そうな様子を見せている。こういった習慣は魔大陸ではあんまりないもんな。大抵纏う気や魔力で相手のことがわかったりするし、同じ所属なら誰かに言えば皆にすぐ伝わるんだから。

「うむ、よくはわからぬが決まりならば仕方なかろう。我は魔大陸を統べる魔王ザハリアーシュという。この国の皇帝に問いたいことがあってきた」

「魔王様、直々に、ですか……」

大陸のトップに立つ者が直接足を運ぶなど、人間にとっちゃありえないよな。護衛のようにも見える俺たちお供も三人だし。実際は護衛なんかじゃねぇけど。騎士団長の瞳には疑惑の色が浮かんでいるのが見えた。そうなるとは思ったけどな。揉《も》める前に奥の手を使っておくか。

「俺はユージンという。先代皇帝とは顔馴染《なじ》みなんだが、言い聞かされてないか？　俺が訪ねてきたら、話を聞いてやれ、と」

「！　ユージン、様……！　か、確認のために、先代の名を……」

「イーサンだろ？」

俺の言葉に団長のフリードは目を見開いた。知っていてくれたようで安心したぜ。団長ってくらいだから知っていてもおかしくはないと思ってはいたけどな。

「……『コルティーガは闇の中』？」

おっ、しかも国のトップしか知り得ない合言葉も知っていたか。こいつは皇帝からの信頼も厚いヤツなんだな。俺はニヤッと笑って合言葉の後半を答えてやる。

「『民の道標《みちしるべ》となる光であれ』。皇帝に会わせてくれ」

「……確かに聞き届けました。必ずやお連れいたしましょう」

フリードはここでようやく胸に拳を当て、頭を下げた。背後の団員も揃って同じように頭を下げている。ちなみに俺の背後では、事情を説明しろという三つの視線が突き刺さっていた。わぁったよ！　話すよ！

「まぁなんだ、昔ちょっと……手助けしてやったんだよ。国がデカすぎてどーにもならねぇっていうから」

「かなり説明を省略されていますが、それだけで大体何をしたのかわかるあたり頭領ですよね……」

時間もないし場所も場所だから手短に先代皇帝と関わったキッカケを話すと、どうにも釈然《しゃくぜん》としない反応が返ってきた。おいこら、アーシュもギルも納得とばかりに頷いてんじゃねぇぞ。こちらそれじゃ説明になってない、と文句言われるかと思ってたのに。納得してくれたなら別にいいけどよ、なんとも微妙な心境だぜ。

「どうせ国が立て直すまで面倒をみたのであろう？　辺境の村々にも情報が伝わる連絡網を張ったりとかな」

「どうせとか言うな、こら」

「ギルドの連絡システムは魔道具だそうですしね。頭領が開発に携わったのでしょう。それが最も納得できる、この地でも各所で魔道具が使われている理由です」

「広めたのは事実だがもう少し人間の底力を信用してもいいんじゃねぇ？　魔道具の構造なんかは人間の考案だぜ？」

「……さすが頭領」

「……お前ら、話聞け。な？」

こいつら、順番に好き勝手言いやがって……。しかも経緯が大体当たってるから余計に悔しい。そんなにわかりやすいか？　俺の行動は。


どうでもいい話をしている間に、俺たちは城内に入っていた。街中を歩く時にどうしても注目を浴びはしたが、出来るだけ人通りの少ない道を選んでくれたようで、そこまでの騒ぎにはならなかった。その辺の配慮には感謝している。しているが……一つだけ問いたい。ここらの兵はちゃんと鍛錬《たんれん》してんのか!?　城門前にも中にもズラーッと兵がたくさん並んでいるが、全く脅威《きょうい》に思わない。いや、人間基準なら脅威なのか？　でも恐らく、戦闘職ではないアドルだけで、しかも魔術を使わずにあっさり全滅させられる程度のレベルだと思う。心配になるな……。でもこれが人間の普通なんだよな。感覚がわからなくなってるな、俺。

「では、こちらでお待ちください。立たせたままで申し訳ありませんが……まずは皇帝陛下に確認をとってまいりますので」

そう言って立ち去ろうとしたフリードだったが、それをアーシュが引き止める。

「簡潔に用件を言う。それを伝えてきてくれぬか？……我の大切な娘が突如、強制転移されたのだ。解析の結果、人間の大陸にいることはわかっている。そちらの対応次第では、我らは力を抑えられそうにない」

ほんのわずかに漏れるアーシュの気に、団長を含めた兵たちが全身を強張らせた。冷や汗を流し、青ざめている者までいる。これだけで、己らが把《たば》になっても敵わない相手だと悟ったのだろう。

「早急に話し合わなければならぬ。……今後とも、良い関係を築くために」

「……っわかりました。そのように、伝えてまいります」

アーシュとここの現皇帝は、手紙でのやり取りは何度かしている。鉱山を通じて貿易をしてるわけだしな。だが、まだ互いに顔を合わせたことはない。つまり、今回が初めてってわけだ。ちなみに俺も今代の皇帝と会うのは初めてのようなものだ。一度会ったことはあるが、あん時ゃ皇帝はまだ幼い子どもだったから覚えてねぇだろうし。

皇帝は間違いなく俺たちと会う。そうしなきゃならない状況だ。そもそも、大陸を渡ってまで魔に属する者がわざわざ来るなんてことはまずない。しかも相手は魔王。魔王である証明ができなかったとしても、亜人がいるってだけでこの大陸にとっちゃ脅威だ。一人で国一つくらい滅ぼせちまうからな。対応を間違えるとヤバいと誰もが思うだろう。俺との約束もあるんだ。悩んでないでさっさと決断しろよ？　見ろ、兵たちの顔色と震え。かわいそうになってきたからな？

「お、お待たせしました。すぐに客間へとご案内いたします」

「客間？　謁見の間じゃなくていいのか？」

「貴方様方は、大切なお客様です。謁見の間などとんでもない、と……」
なるほどな。それはほぼ事実だろうが、きっと他の者たちが萎縮しないように、最小限の人員で
って考えだろう。皇帝なら亜人がどれほどの強者か理解してるだろうしな。人数がいようと、戦闘
になれば勝ち目がないことをわかってる。護衛が多かろうが少なかろうが関係ないなら、話し合い
は少人数がいいと判断したんだろう。今代の皇帝も、ちゃんと教育を受けているようで安心したぜ。
俺たちが了承すると、フリードはこちらです、とすぐに案内を始めた。騎士団長ともあろう人物
が、俺たちに背を向けて案内、か。信頼の証と受け取るべきだろうな。ここで俺らが暴れようもの
なら、そりゃ無粋《ぶすい》ってもんだ。
「失礼します！　お連れしました！」
フリードは一際大きな部屋の扉の前で立ち止まると、扉をノックして中の者に声をかけた。する
と、内側から扉が開かれる。俺たちは後に続いて部屋に入っていった。部屋の奥では、一人の青年
がお茶の用意されたテーブルから席を立ち、こちらを向いている。その後ろには護衛騎士団らしき
人物が数人。ふむ、この青年が今代の皇帝か。青年って年じゃないんだろうけど、かなり若く見え
るからなぁ。
「……お会いするのは初めまして、だな。私が今代の皇帝、ルーカスだ」
ふっ、いい目をしてやがる。こちらに謙《へりくだ》ることも、逆に優位に立とうともしない態度だ。そうで
なくちゃ対等な立場とは言えねぇからな。魔王と皇帝は対等であるべきだ。
「ふむ、其方《そち》がルーカス殿であったか。此度は突然の訪問、申し訳ない。我は魔王、ザハリアーシ

ュだ」

それに対してまずアーシュが名乗る。その後、二人して俺の方に目を向けてきたので俺も名乗るとしよう。

「俺がユージンだ。先代皇帝とは色々あって。まぁ、仲良くさせてもらってたよ」

と言うか助けてやったのは俺の方だが、それを言っちゃあ押し付けがましいし、説明するのも面倒だ。そう思って軽く頭を掻いて誤魔化《ごまか》した。

「ご謙遜を。貴方の活躍は何度も聞かされているぞ、ユージン殿。我々の救世主ではないか。もちろん今後も語り継がせていただく。……とはいえ、確かに訪問は突然だったからな。大したもてなしが出来ないことは了承していただきたい」

「構わぬ。事は一刻を争うのだ。早速、話をさせてもらいたいのだが」

先代皇帝イーサンは、今後も代々ずっと語り継ぐと言ってたが、事実そうしていたようだ。あん時はもう会わないと思ってたから気にしてなかったが、実際それを目の当たりにすると妙な気分だ。反応に困っていたから、アーシュがすぐに話題を振ってくれたのは助かった。

「それは突然の訪問からもわかる。ではここに掛けてくれ。……しかしザハリアーシュ殿とユージン殿が顔見知りであるとは。その辺りも関係してくるのだろうか？」

俺とアーシュが皇帝の前の席に座り、ギルとアドルは後ろに立つ。しっかしこの皇帝、なかなか肝が据わってる。俺らを前にしても堂々としているからな。間違いなく皇帝の器だ。

「そうであるな。では最初から本題に入らせてもらおうぞ。……我が娘、メグが突如、強制転移させられた。飛ばされた場所は、この人間の大陸であったのだ」

アーシュがそう言うと、皇帝の顔が引き攣った。……やはり何かを知っている。

「その件について心当たりはあるだろうか。いや、あるのであろう？　これほどの距離を強制転移させたのだ。ましてや魔素の少ないこの大陸で。かなり大規模な魔術であったはず。それをこの国の皇帝ともあろう其方が、気付かぬはずがない」

ピリピリとした空気が部屋を包み込む。魔力の放出はしていないし、威圧ってほどでもない。ただの気だが、殺気《さっき》を抑えているのがバレバレではあるな。皇帝の後ろの護衛や、扉前で立っているフリードも冷や汗をかいている。

「知っていることを全て話してもらおう。魔王として跡継ぎを攫われたことも、父として娘を攫われたことも、我は決して許せそうにない」

アーシュは無表情でそう言い放ったが、整いすぎたその顔は、感情を表さないことでより恐ろしさを演出している。そして、暫しの間を置き、ついに皇帝が口を開いた。

4　真実

【メグ】

朝、私はいつもカーテンの隙間《すきま》から射し込む陽の光で目覚める。大人になれば数日は眠らなくても平気になるらしいけど、まだ子どもな私は毎晩しっかり九時間は寝ていると思う。夜になったら眠気に抗《あらが》えなくなるんだもん。本当に平気になる日が来るのかな、と疑う日々だ。

ベッドの上で伸びをして、それからまずは顔を洗う。その後はクローゼットに行って今日の洋服を決めるのだ。色んな人がたくさんの服をくれるので、未だに自分で服を買うということがない。これでも看板娘として働いてお給料をもらってるからいつかは自分で！　と思ってるんだけど……。こんなにたくさんあると、追加で買う必要なんてなくない？　ってなるのだ。私の身体は一つしかないのだから、みなさんにはその辺わかってもらいたい。いや、可愛い服ばかりで嬉しいんだけどね！

「メグちゃん、おはよう！　よく眠れた？」

こうして軽く悩んでから服を決めて着替えを済ますと、すぐに食堂へと向かう。起きたばかりは腹ペコだからね。いつもではないけど、この通り道でよくサウラさんと遭遇する。明るく声をかけてくれるので、私も元気に挨拶を返すと、今日も可愛いわねー、と言いながらハグをしてくれる。もー、可愛いのはサウラさんの方だよ！　って思いながら私もハグを返すんだ。朝の幸せタイムである。今日はいいことありそう！

「んー、メグちゃん、寝癖がついてるよ？」

颯爽《さっそう》と仕事へと向かうサウラさんをいってらっしゃいと見送ると、今度はケイさんに呼び止められた。あはは、恥ずかしいな。ちゃんと鏡の前で確認したはずなのに後ろ髪だったから自分では気付かなかったみたいだ。クスクス笑いながらケイさんがその場で直してくれた。お礼を言って今度はケイさんを見送ったところで食堂に到着する。今日の朝ご飯はなにかなーって思いながらカウンターに向かうと、チオ姉が溌剌《はつらつ》とした声でメニューを教えてくれた。今日はふわとろオムレツにクロワッサンだ！　聞いただけでよだれが垂れそう。

「おや、おはようございます、メグ。これから朝食ですか？　ぜひご一緒させてください」

朝食の載ったトレーを持って席に着くと、同じようにトレーをもったシュリエさんにそう声をかけられたので喜んで快諾《かいだく》した。断る理由がないもんね！


――起きて……。


……あれ？　今、誰かの声が聞こえた気がしたなぁ。何だろう？　気のせい？

「どうしたのですか、メグ。ふふ、まだ寝ぼけているんですか？」

私がぼやっとしていたからだろう、シュリエさんに笑われてしまった。うっ、おかしいな。今日はスッキリとした目覚めだったのに。しっかりしろ、メグっ。ちゃんと目を覚まして今日は……。えっと、今日はいつも通り午前中は看板娘のお仕事、だったよね？　たぶん、そう。

「お、メグ。これから仕事か？」

お父さんに声をかけられてハッとする。そうだと答えると、そうかそうかと頭を撫でられた。あ、あれ？　私、いつの間に朝ご飯を食べ終わったんだろ。気付けばオルトゥスのホールに立っている。

「そういや、アーシュから手紙が届いてたぞ。お前専用受付カウンターに置いといたから、後で読んで返事を書いといてくれ。まーた分厚い紙の束になってたぞ。ほんと、毎度よくそんだけ書けるよな。その点については感心するぜ」

父様から？　それは楽しみだな。魔王城にいる父様とはあまり会えないからちょっと寂しいので、こうしてよく手紙でやり取りしてるのだ。父様から送られてくる手紙はいつもすごい枚数で、その全てにビッシリと文字が書かれているんだよね。内容は会えなくて寂しいとか、次に会えたら何をしたいとか、そういうことばっかりなんだけど。それでも今の父様の状況が知れるのは嬉しいし、何より楽しいので私も届いたらすぐに返事を書くようにしてるんだ！　まぁ、頻度《ひんど》が多すぎて私の書く内容も毎回似たようなものになっちゃうんだけどね。でも、日々の小さな幸せとか、楽しかったこと、頑張ったことを書くようにしてる。

「俺はしばらく出張でギルドを空ける。だから、いい子にしてろよ」

立ち去り際に、お父さんはそう言って私の頭を撫でた。出張？　なんだか突然だなぁ。いつもは前もって言ってくれるはずなのに。それとも、私が忘れてるだけ？

「絶対に見つけ出す。……待ってろよ」

突如、鋭い眼差しになったお父さんはもうこっちを見ていなくて、どこか遠くを見ているようだった。その横顔はとても真剣で、すごく大切なものを探してるんだなっていうのがなんとなく伝わった。何を探してるんだろう？　ちょっと気になったけど、これだけ真剣なのだ。仕事の邪魔はしたくない。そう思って私は黙ってお父さんの背を見送った。

よし、切り替え切り替え！　私もしっかりお仕事しなきゃ。とはいっても、看板娘の仕事なんてしれてるんだけどね。ニコニコ笑って挨拶をするのがメインである。けど、だいぶ出来る仕事は増えてきたんだよ？　いつかはサウラさんみたいに受付や事務仕事を任せてもらえるようになるのが夢だ。だって、私が大人になった時にオルトゥスで出来そうな仕事って考えると、ギルド内での仕事になるでしょ？　ルド医師やメアリーラさん、レキみたいな医療の知識なんてもってないし、ニカさんやジュマ兄のように武闘派でもないから魔物の討伐なんてもっての外だ。外に出て難しい依頼をこなしてくるっていうのも鈍臭《どんくさ》い私には出来そうもないし。あ、でも清掃とかちょっとした薬草の採集くらいなら出来るかな。いやいや、そういう簡単な依頼は、外部から仕事を探しにやってくる人たちのために取っておかなきゃいけないんだった。オルトゥスの一員はそれ以外の重要な仕事をこなさなきゃなんだよね、たしか。

んー、考えれば考えるほど、私にそんな大層な仕事が出来るのかって疑問に思っちゃうけど、まだまだ伸び代《しろ》はある！　私は子どもだし、焦らず一つ一つ出来ることを増やしていけばいいよね。今は鍛錬だってしてるし……ん？　あれ？　してたっけ？　過保護な大人が多いから、軽い運動程度で鍛錬はさせてもらってないよね、私。じゃあなんで、そう思ったんだろう。

「メグ」

首を傾げていたところで、聞き慣れた懐かしい声が聞こえてきて胸がトクンと音を立てた。あれ？　懐かしいってなんだ。聞き慣れてるのに懐かしいとはこれいかに。でも、なんだか妙に心に響いたのだ。大好きな、ギルさんの声が。なにかがおかしい。違和感があるような……？

「午前の仕事が終わったんだろう。午後は、街に行こう」

だけど、ギルさんのそんな提案に疑問なんて吹き飛んでしまった。だってギルさんとデートだよ？　会えない日もあるくらい、いつも忙しいあのギルさんと！　嬉しいなぁ、一緒に街に出かけられるなんて、いつぶりだろう。だからウキウキしてスキップしちゃうのは仕方ないことなのだ！

街に出ると、相変わらず賑やかで、すでに顔見知りとなった人たちは私を見掛けると気軽に声をかけてくれる。ギルさんとお出かけかい？　とか、今日も可愛いね、とか言ってくれる。子どもは珍しいからね！　みんなが可愛がってくれるのだ。ミィナちゃんというまだ赤ちゃんの女の子も、こうして街を歩けるようになったら同じように可愛がってもらえると思う。一日だけメアリーラさんとお世話をした時は大変だったなぁ。でもすっごく可愛くて幸せな気持ちになれた。私はお姉ちゃんだから、ミィナちゃんがもう少し大きくなったら色々教えてあげるんだっ！　小さくなって着られなくなった服も、あげられたらいいな。そのためにも、大事に着ないと。

「ん、ギルにメグか。二人でお出掛けかな？」

あ、ルド医師だ！　レキやメアリーラさんもいる。訪問診療の帰りかな？　でも医療チームの代表ともいえるこの三人が揃って外に出てるなんて珍しい。

「いいなぁ、ギルさん。私もメグちゃんとデートしたいのです。メグちゃん、今度は私と一緒にスイーツ食べに行きましょうなのです！」

うわぁ、それは魅力的なお誘い！　サウラさんもだけど、メアリーラさんも美味しいスイーツをたくさん知ってるんだよね。いっそのこと、サウラさんも交えてスイーツ女子会をするのも楽しそうだ。

「太るぞ」

レキは！　一言！　多いのですよ！　とメアリーラさんがプンプンしている。本当に、レキはな

んでそんな地雷発言をするかなぁ？　私はもっと肉をつけろって言われてるから、ちょっとくらい平気、だよね？　ね？　でも甘いものばっかり食べてたら脂肪だけがついていっちゃうかな……。バランスよく食べよう。うん。

「おーい！　ギル！　メグー！」

ふと、上空から声が聞こえてきたので見上げると、軽い足取りで空を駆けるジュマ兄が大きく手を振ってきていた。

「ちょっと海の方にクラーケンが出たって聞いたからさー！　狩ってくるってサウラに言っといてー！」

そ、そんなちょっとそこまで、みたいなノリで言う内容かな、それ⁉　でもまぁ、ジュマ兄ならそのくらいは難なく狩ってきちゃうんだろうけど。それにしても生き生きとしてるなぁ。鬼族《おにぞく》だし、戦いが好きなんだろうなぁ。すごい。

「ったく、ジュマのヤツは思いつきで行動するからなぁ」

後ろから呆れたようにそう言うニカさんの声がしたので振り向く。苦笑を浮かべながらニカさんは私の頭を撫でてきた。

「お前さんらはまだ出かけてる途中だろぉ？　俺がついでに伝えておくから、ギルも影鳥を飛ばして連絡しなくていいぞ」

「助かる、ニカ」

まぁ、慌てて伝えなきゃいけない内容でもなさそうだしね。ジュマ兄でなければ緊急連絡事案なんだけどね……！ニカさんは豪快《ごうかい》に笑いながらギルドの方へと歩き去っていく。いつ見ても大きい。なんだか今日は、やけにみんなと会うなぁ。オルトゥスはみんな仕事で忙しいから、ギルド内で働いている人でさえ会えない日もあるというのに。それに、何かが変だ。違和感があるっていうか……。

――起きて……。

ん？　まただ。さっきもあったよね。なんだろう、私、何かを忘れてる？

「メグ、どうした」

私が俯いて考え始めたからだろう。心配そうにギルさんが私に目線を合わせて聞いてきた。あのね、ギルさん。今日はなんだか変なんだ。いつもと変わらない平和な日で、とても幸せなんだよ？　だけど、何かが違うっていうか、どうも胸騒ぎがするの。変だよね、こんなに平和なのに。

「この平和は、俺が、いやオルトゥスが守りたいと思っているものだ」

そうだよね。オルトゥスは世界の平和を何よりも大事にする。そりゃあ荒っぽい仕事もするし、喧嘩《けんか》っ早い人たちもいるし、力で解決しようとしたりもするけどさ。あれ、こんな言い方をするとなんだかちょっと物騒な集団だなぁ。

「当たり前を当たり前として思いすぎていた。油断していたんだ。守りたいというのは口だけだったのかもしれない……」

ギルさんが急に険しい顔になる。どうしたんだろう。急に抱きしめてきたりして。……あれ？　変だな。温もりを感じない。いつもこうしてギュッてしてもらうと、幸せと温かさでいっぱいになるはずなのに。

「どこだ……どこにいるんだ。メグ……！」

その一言で、私はついに気が付いた。……これが、夢だということに。

そうだよ。私は今、人間の大陸にいて、リヒトとロニーとラビィさんと共に旅を続けているところじゃないか。なんで忘れてたんだろう。目的地である鉱山まであと一歩、というところまで来ていたから、気が緩んだのかな。最後まで気を抜いたりしちゃダメなのに。

「俺は無力だ。どれほどの力があっても、こんな時に何も出来ない」

そんなこと言わないで。ギルさんは頼もしいよ。いつも困ってると助けてくれるし、いつも私のことを考えて行動してくれる。強くて、優しくて、心配性で……ちょっとだけ、怖がりさんなんだ。

あぁ、私に何かあったらと考えると怖いって言ってくれたことがあったよね。じゃあ、私がこの大陸に飛ばされた後、ずっと怖い思いをさせ続けてしまっているのかな。せめて、私は大丈夫だよって伝えられたらいいのに。

「メグ……！　メグ、待っていろ。必ず迎えに行く。必ず……お前を助けに行く。だから」

ギルさんの声がやけにリアルだ。もしかしたら、今そんな風に思ってくれてるのかな。そうだとしたら、申し訳ないな。心配をかけてしまって本当にごめんなさい。でも嬉しくもある。探してくれてるんだ、ってわかったから。こうしちゃいられない。今すぐ起きて、早く前に進まなきゃ。でも、幸せな夢だったなぁ。目覚めるのが惜しいくらい。本当は今もまだ、眠っていたい気持ちはあるけれど。

「どうか、無事でいてくれ……！」

ギルさんの祈るような声だけを残して、フッとその姿が掻き消えた。残ったのは私だけ。真っ暗な空間にポツンと立っている。なんだか寒い。それに、ちょっぴり怖い。でも、起きなきゃいけない。私にはまだやることがあるんだから。大丈夫！　だって、あと少しで目的地に着くんだもん。これまでだって頑張ってこれたんだから、あと少しくらいなんてことない。ちゃんと鉱山まで行って、みんなに会わなきゃ。絶対オルトゥスに、帰るんだから。

さぁ、起きて。起きて、私――。

気付けば、私は暗い部屋にいた。意識がまだふわふわしてる。いつもの寝起きより酷い倦怠感《けんたいかん》があるなぁ。薄く目を開けながらここはどこで、今まで何をしていたかをゆっくりと思い出していく。たしか、ラビィさんの友達の山小屋に来て、それで……あ！　そうだった！

「あ、痛っ！」

気を失う前のことを思い出して慌てて起き上がろうとしたんだけど、思っていたような動きが出来ないことに気付く。というか、そもそも最初から私は起き上がっていたようだ。混乱する頭で自分の状況を確認したところ、なんと両手足を鎖で繋がれて壁に張り付いた状態になっていた。いつの間にか靴は脱がされて裸足《はだし》になっているし、首にもひんやりとした何かがつけられているような感覚がある。な、なに、これ……!?　慌てて身体を動かそうとするも、ジャラッという重たい金属音が聞こえるだけで自由に動けない。ちょ、ちょっと待って。幸せだった夢との落差が酷すぎて、頭がついていかない。

「メグ、気付いたか！」

ハッと声のした方に目を向けると、心配そうな顔のリヒトと目が合った。少し離れた場所にいるリヒトは、部屋の中央付近に手足を拘束《こうそく》された状態で地面に座り込んでいる。手足の拘束は鎖で繋がれていて、その場から身動きが取れないみたいだ。その様子を見てようやくぼんやりしていた頭が急速に覚醒《かくせい》する。うっ、なんだか目眩がしてきた。頭痛もあるけど苦しんでいる場合ではなさそう。

よ、よぉし落ち着け、私。意味がわからないし、どうしようもなく心臓がバクバクと音を立てているけど、しっかり息を吐いて、吸って、吐いて。……うん、よし、大丈夫じゃないけど大丈夫。まずは、周囲の観察をしよう。薄暗くてよく見えないけど、ここが室内なのはわかる。そこそこ広いみたいだけど……。地下室かなんかかな。窓のようなものを確認できないし、岩肌が剝き出しになっているし。たぶん、ゴードンさんに薬を盛られたんだよね、私たち。気を失う直前に、そんな話を聞いたのを覚えてるもん。だから、こうして繋がれているのはゴードンさんの仕業《しわざ》だ、と思う。ラビィさんの旧友だって言ってたし、ちょっと荒っぽいけどいい人だと、思ったんだけどな……。

今、私は部屋の壁に繋がれていて、私の隣には同じように壁に鎖で繋がれたロニーがいる。すでに目を覚ましていたようで、リヒトと同じく心配そうにこっちを見てたから無理やり微笑んでおいた。ちっとも大丈夫な状況ではないけどさ！　繋がれているリヒトやロニーの姿を見ていると悲しくて辛くて泣きたくなるよ？　なんでこんなことになってるのかわからないし、脳内は大パニックだ。でも、泣かれたら困ることくらい、わかってるもん。泣く、もんか。私はグッと奥歯を噛み締める。あっ、腕も鎖に繋がれてるけど、ブレスレットは!?　靴も脱がされたくらいだし……。あ、大丈夫。微かに魔石の魔力を感じる。良かった。両手を上げている状態だから、ブレスレットも肘《ひじ》の近くまで上がってしまってるんだ。き、気付かれなくてよかったぁ。

「ここ、どこだろう……」

自分の感情を押し殺すためにも声に出してポツリと呟く。私が取り乱さずに済んでいるのは、この光景に覚えがあるからだ。あの夢、だよね？　一度あの衝撃を受けていたおかげで、どうにか冷静に考えられているんだと思う。予知夢さまさまだよ。当たってなんか欲しくなかったけど。夢と同じように、リヒトだけ離れているのが少し気になる。

でも、夢とは少し違うところもあるみたい。だってリヒトが絶望してないもん。とはいえ、安心なんて出来ない。出来っこないよ。嫌な予感がする……。

「わからない……俺、こうなる前のこと、ほとんど覚えてねーんだ。普通に食事してただけだと思うんだけど……」

「僕は、リヒトが倒れて、驚いたのは、覚えてる。でも、そのくらい……」

そっか、二人はあの会話を聞いてないんだ。先に倒れちゃったもんね。それなら私の知っていることを伝えよう。

「二人が倒れた後、ラビィさんがゴードンさんにどういうことだって掴みかかってた。私も、その後すぐ倒れちゃったからあんまり覚えてないんだけど……。ゴードンさんが、睡眠薬がどうの、って」

「睡眠薬……!?　あのおっさんが……」

私の話を聞いて、リヒトが悔しそうに拳を握り込む。どうにも胡散臭《うさんくさ》い気はしてたんだ、と眉間にシワを寄せた。

「でも、ラビィの、友達だって、言うから……」

ロニーも悔しそうだ。私だって同じように思ってた。だからみんな一緒だ。油断してたんだよね。ラビィさんの知り合いだからって気を抜きすぎてたんだと思う。

「そうなんだよな。だから大丈夫だろうって、そう思って……って、そうなるとラビィはどうなったんだ？　無事なのか⁉」

リヒトの言葉にロニーと私はハッとなる。そういえば、この部屋にはいないみたいだ。ちょっと広いし、薄暗くて端までは見渡せないけど、たぶんここにはいないと思う。倒れる直前、ラビィさんはゴードンさんに掴みかかっていたし、言い争っていたし、きっと喧嘩になったんだと思う。私たちをこうして捕まえたのはゴードンさんで間違いない。ということは……ラビィさんはゴードンさんを止められなかったってことになる。私たちと同じようにただ捕まっているだけならまだいいけど、喧嘩をしてたんだもん、怪我をしているかもしれない！　それぞれがそこに思い至って顔を青ざめさせた時、ギギギという重そうな扉が開く音が聞こえてきた。誰かが入ってくるのかと三人揃って身体を硬直させる。ゴードンさんなの……？　そう思って身構えている私たちの耳に届いたのは、予想とは違うものだった。

「みんな！　気付いたんだね！」

タタッと駆け寄る足音とともに、聞き慣れた声。フッと肩の力が抜けるのを感じる。あぁ、良かった……！　安堵した私たちはそれぞれ彼女の名前を呼んだ。

「ラビィ！」

「ラビィ、無事？」

「ラビィさぁんっ！」

見れば、特に拘束された様子もないラビィさんの元気そうな姿。無事だったんだ！　よ、良かったぁ。助けに来てくれたんだね。な、なぁんだ。予知夢は外れたのかもしれない。未来を変えられたのかも！……いやいや、まだ何が起こるかわからない。油断は禁物だ。ちゃんと警戒はしておかないと。でも、ラビィさんに怪我がないみたいで本当に良かったよう。うっかり涙腺《るいせん》が緩んでしまう。

「ラビィ良かった、捕まってなかったんだな！」

心配そうな顔でラビィさんはまずリヒトに駆け寄った。そのままリヒトの前に膝《ひざ》をつき、顔を覗き込む。それから私たちの方にも顔を向け、存在を確認して安心したのかホッと息を吐いた。拘束されている、ということ以外は特に問題はなさそうだって思ったのかもしれない。でも、その表情は歪《ゆが》められていて、苦しそうだ。

「ごめんね……ゴードンが食事に睡眠薬を混ぜたみたいで。すぐに倒れたから、なかなか強い薬だったと思う。あんたたち、気分は悪くないかい？」

「何ともないぜ！　それより、ラビィは大丈夫だったのか？　アイツはなんで睡眠薬なんか……。それに、なんでこんな厳重に繋がれてんだよ、俺ら」

矢継ぎ早にあれこれ質問するリヒトの前に膝をつき、ラビィさんはそっとリヒトの頬に手を伸ばす。それはとても優しい手つきで、ここから見てもよくわかるほど、リヒトを見つめるその瞳が柔らかく細められていた。その姿はなんだか、切なげに見える。別れを惜しんでいるかのような、そんな雰囲気で……胸騒ぎがする。気のせいかな？

「ラビィ？」

「元気なら、良かったよ」

私と同じように、何かを感じ取ったのだろう。不思議そうに首を傾げたリヒトにラビィさんは一言そう告げると、リヒトに触れていた手を離し、スッと立ち上がった。そしてそのままリヒトに背を向ける。俯いているからラビィさんの表情はわからない。本当にどうしたんだろう。不可解な行動に戸惑い、隣にいるロニーの様子を窺う。ロニーも私と同じように不安に感じたのか、困惑したように瞳を揺らしていた。

「え？　おい、早くこの鎖、外してくれよ」

怪訝な表情でリヒトは言う。けれど、すぐには反応が返ってこなかった。絶対に様子がおかしい。すると、何かを決意したかのようにラビィさんが顔を上げる。その顔には満面の笑みが浮かんでいたのだけど……。なんだろう、あの笑顔はなんだか、あんまり好きじゃない。いつものラビィさんじゃないってすぐにわかった。

「それは出来ないさ。苦労して逃げ延びて、やっとのことでここまで連れてきたのに。ようやくあんたたちを拘束することが出来たんだ。それなのになんでわざわざ逃すようなことをしなきゃならないんだい？」

別人のように見えるラビィさんから発せられた言葉を、すぐには理解が出来なかった。思考が停止したっていうのは、こういう状態なのかな。ラビィさんの返事を待って注意して聞いていたのだから、聞き間違えたなんてことはないはずなのに、今、なんて言ったんだろうって。きっとそれは私だけじゃない。リヒトやロニーも固まっているのがわかったから。

「なに、言ってんだよ……。こんな時に、冗談、か？」

どれほどの時間、沈黙が流れただろう。最初に口を開いたのはリヒトだった。動揺しているのがよくわかる、掠《かす》れた声。リヒトの声や表情からは、冗談であってくれ、という願いを感じた。私だって同じ気持ちだ。冗談にしては悪ふざけがすぎるけど……。でも、冗談であってほしいって。けれど、そんなリヒトを嘲笑《あざわら》うかのようにラビィさんはにこやかに口を開いた。

「あはっ、冗談なんかじゃない。あたしは最初からアンタたちをここに連れてくるために行動してたんだよ」

そして一転。忌々《いまいま》しそうに顔を歪めながら吐き捨てるようにそう言ったのだ。なん、で……？　なんでそんなことを言うの？

「まったく、身体に不調があったら失敗するかもしれないって言ったのに、ゴードンのヤツ、薬なんか飲ませてくれちゃってさ。あたしを信用してないのかってんだ」

ラビィさんの言葉は、リヒトの、私たちの願いを容易《たやす》く打ち砕くものだった。最初から……？　それはどういうことなの？　いつ？　私たちがリヒトと一緒に来た時から？　それともまさか。ドクンドクンと、胸が嫌な音を鳴らす。じんわりと嫌な汗が滲んで、呼吸が上手く出来ない。

「ふふ、まだ信じてるのかい？　心配はしたよ？　そこに嘘はないさ。でもそれは商品の心配だ。

当然だろ？」

商品、とラビィさんは言った。それは、私たちのこと？　その単語一つで明確に線引きをされた気がした。ラビィさんは腕を組み、見下ろす形でリヒトを見つめ続けている。その目つきはさっきまでとは正反対で酷く冷たい。

貴女《あなた》は、誰？

「ま、それも仕方ないのかもしれないねぇ。なんてったって、あたしはリヒトの、命の恩人だもんね？」

命の恩人。それはきっと事実だ。ちゃんと話を聞いたわけじゃないから違うかもしれないけど、日本からの転移者であるリヒトを助けて育ててくれたのはラビィさんなのだ。だからリヒトにとってラビィさんは、この世界で唯一《ゆいいつ》の家族ともいえる存在なんだよ。そのようなことを前に言っていたからたぶん間違いない。だけど、だからこそ……。この仕打ちは、ない。ギュウッと心臓を鷲掴みにされたみたいだ。でも、そんなこちらの心情なんかおかまいなし、とばかりにラビィさんはスッと表情を消し、冷たい声で語り続ける。

「ガキの世話なんか、あたしはごめんだったんだよ。任務でなきゃ、誰が身元不明のガキの面倒なんか見るっての？　それも信頼させろだなんて、無茶もいいとこな命令を受けてさ。報酬《ほうしゅう》が弾んだからいいものの、なかなか大変だったよ。それもこーんなに長い間、さ。もっと貰《もら》っといてもよかったくらいだ」

ずっと昔からリヒトは「商品」だったっていうの？　ラビィさんの残酷な真実の暴露《ばくろ》は止まらな

い。リヒトが魔力を持っていることを組織の者に報告した時、その力が暴走して手がつけられなくなる前に手懐けろとに命令されたって。だからずっと演技をして、逃げられないように信頼という鎖で繋いだんだって。待って、もうやめてよ。頭が理解することを拒否してる。鼻の奥がツンとして、目の前がぼやけてきた。

「でも頑張った甲斐あって、素直なリヒトちゃんは、あたしの話を真実だと思い込んでくれた。城の内部は腐《くさ》ってる。非合法な人身売買が黙認されてるっていうあの話さ。ふふっ、あそこに繋がれてる二人も、完全に信じてくれたよねぇ」

けど、その話を聞いて滲みかけた涙が引っ込んだ。事の重大さに気付いてサッと血の気が引いたのだ。真実だと「思い込んでくれた」？　じゃあその話は嘘だったっていうの？　東の王城の広間のような場所に転移されたばかりのあの時、リヒトが慌てて私たちを連れて城から逃げてくれた。そのおかげで私たちはお城の人たちに捕まらず、酷い目に遭わずに済んでたんでしょ？　捕まらないように必死で逃げて、ヘトヘトになりながらやっとここまで辿り着いたんでしょ？

その話が嘘だっていうなら、本当はお城の人たちから逃げる必要はなかったってことになる。私たちのしてきたことは全て、無駄どころか悪い方へと向かっていたってことになるじゃないか。

「リヒトが突然、姿を消した時は計画がうまくいったと思った。でも、なぜかアンタは小屋まで戻ってきた。ほんと、焦ったよ。どういうことだ、って目の前が真っ暗になってさ。だから思わずアンタを蹴り飛ばした」

ラビィさんはリヒトの周りをゆっくり歩きながら喋り続ける。コツコツというラビィさんの靴音がやけに響く。

「あたしのこれまでの苦労がぜーんぶ水の泡になる！　って。でも見知らぬ子どもを二人も連れてるし、何か訳があるんだろうと話を聞いてみたんだよ。ふふ、冷静になって聞いておいてよかった」

計画？　水の泡？　リヒトが姿を消したことは想定内だったけど、戻ってきたのは想定外だった、ってことかな。あぁ、もうわからない。何がなんだかわからないよ！　でもこれだけはわかる。信じたくないけれど、私たちがラビィさんに裏切られたんだってこと。

「アンタの行動はあたしにとっては大正解だったよ！　素直なリヒトちゃんのおかげで助かったんだ。わるーい城の人間から逃げてきたんだろ？　あはは！　おっもしろい！　助けてくれようとしてた人から逃げるなんてね！　それも、とびきり高価なオマケを二人も連れてきてくれてさ」

私たちの方にチラッと視線を寄越し、ラビィさんは口角を上げてニヤリと不敵に笑った。ゾワッと鳥肌が立つ。違う、違う！　やっぱり裏切られたなんて信じたくないっ！　こんなのラビィさんじゃない……っ！

「あたしの言うことを、これっぽっちも疑わないなんて」

ポン、とリヒトの頭に手を乗せたラビィさんは、そのままグシャグシャとリヒトの髪を乱す。リヒトは、呆然としてされるがままになっていた。

「ほんと、馬鹿だね……馬鹿だよ、リヒト」

小さな声でそう言ったかと思うと、ラビィさんはそのまま髪をガシッと掴んで乱暴にリヒトを押し倒した。ジャラッという鎖の嫌な音と共に、リヒトはその場に倒れ込む。そんなリヒトの身体を、あろうことかラビィさんは右足で踏みつけた。それでも身動きする様子が見られないリヒトの姿に息を呑む。

「アンタたちはこれからここで、一生を過ごすんだ。貴重な商品は、売らずに大切に使わせてもらうよ。……長生き、するんだよ？」

ラビィさんはリヒトを冷たい眼差しで見下ろし、乗せていた足で軽くリヒトを蹴り飛ばすと、踵を返して部屋から立ち去ろうとした。蹴られたリヒトはまるで人形のように転がるだけで、呻《うめ》き声を上げることも動こうとする気配もない。それだけで、リヒトがどれほどのショックを受けたのかがわかる気がして胸が張り裂けそうになった。

ちょっと、待ってよ……！　私は、込み上げてくる怒りとも悲しみとも判別のつかない感情を、そのまま言葉にして叫ぶ。

「待って！　そんな……嘘でしょ？　あんなに優しくしてくれたのに！」

声が震える。でもそんなことに構ってなんかいられない。言わなきゃ、今言わなきゃいけないって思ったから。でも、自分の感情がわからない。

『にしても可愛いねぇ、よしよし』

脳裏に蘇るのは、ラビィさんの優しい手。

『……素直じゃないね。メグ、辛い時は泣いたっていいんだ』

優しい言葉、抱きしめてくれた時の温もり。

『鍛錬は一日で身につくものじゃないのさ。時間があったら鍛える、これは常識さ！』

『やるじゃないか！　今日は一人で出来たね。えらいよ、メグ』

甘やかすだけじゃなくて、時に厳しく、時に優しく励まして、私を一人前として扱ってくれた。お母さんがいたらこんな感じかなって。……家族みたいに思えた人。思い出すのは優しくて明るくて強いラビィさんだ。とても信じられないよ。受け止めきれない。

「嘘だって言ってよ！　本当に、ずっと私たちを騙していたの⁉　答えてっ！　ラビィさんっ！」

怒るべきなの？　騙して酷いって。悲しむべきなの？　騙して、酷いって……。だけど、私の言葉には何も答えずにラビィさんは部屋の扉を開け、そのまま出て行く。私の声なんか聞こえてないみたいに。振り向く素振りすら見せないのが悲しかった。無力感が私を襲う。どうして、どうして……⁉　涙の溜まった目を決して閉じることなくラビィさんの背をずっと見続ける。その思いが通じたのか、何か思うところがあったのか。扉を閉める直前、ラビィさんの靴音が止まった。そしてそのまま振り返らずにラビィさんは最後にこう言い捨てたのだ。

「騙される方が悪いのさ。……騙す方が何倍も悪いけどね！」

あははは、と高笑いしながらラビィさんは勢いよく扉を閉めた。そのせいでその高笑いはすぐに聞こえなくなってしまったけれど……。頭の中では、ラビィさんの高笑いがいつまでも響き渡っているように感じる。大きな音を立てて重そうなドアが閉まったその瞬間、溢れてしまわないように瞬きをしていなかったのに、私の瞳からはついに涙が一粒流れていった。

静まり返った空間に、無音の状態が続く。なんて言えばいいのかわからなかったから。どうするのがいいのかわからなかったから。どのみち、こんな身動きの取れない状態で出来ることなんか何もないんだけど。リヒトは倒れ込んだまま動かない……。大丈夫かな。ううん、大丈夫なわけないよね。チラッと隣で繋がれているロニーの方に目を向けると、私と同じように戸惑った様子でリヒトを見つめていた。そうだよね、ほんと、どうしたらいいのかわからなくて参っちゃうよね。何も言えなくても、せめて側に行けたらいいのに。そっと抱きしめてあげられたらいいのに。手足に感じる冷たい鎖の感触が、私たちにより絶望を与えていた。

5　リヒトの過去

【リヒト】

俺は、地球という星の日本という国で生まれ育った。住んでいた街は山が近くて、学校帰りとか休みの日は決まって友達と山遊びをしてた。

「理人《りひと》！　宿題は⁉」

「帰ってからやるよー！」

「ちょっ、ランドセルくらい片付けてから行きなさーい！」

俺はたぶん、やんちゃなガキだったと思う。学校から帰ってきたと同時にランドセルを玄関に放り投げつつ、ただいまといってきますを同時に言うような、そんな子ども。そのまま家を飛び出して暗くなるまで遊んで帰ってこないから、親からも近所の人たちからも「弾丸小僧」って呼ばれてたっけ。楽しかったなぁ。山で秘密基地を造ったり、ひたすら鬼ごっこをしたり、水遊びをしたりしてさ。

両親はそんな俺を呆れたように見ていたと思うけど、基本的には自由にのびのびと育ててくれた。頻繁にキャンプもさせてくれたしな。ちょっと遠くの山までキャンプの時もあれば、秘密基地の近くで友達だけでお泊りなんてこともあった。今にして思えば秘密基地も大人に場所がバレバレで、秘密でもなんでもなかったけど……。当時の俺たちは仲間内だけしか知らない場所で夜を過ごすっていう特別感にたまらなく興奮してたんだよな。寝ずに遊ぼうぜって決めるのに、毎回いつの間にか寝てたりしたのもいい思い出だ。

「ただいまー！」

「理人！　まったく今、何時だと思ってるの⁉　あぁもう、またこんなに汚して……。先にお風呂入ってきなさいっ」

「えー⁉　腹減ったのにー！」

「そんな格好でうろついてたら食べさせませんからね。あーあ、今日はカレーなのに残念ねぇ」

「カレー⁉　入る！　今すぐ風呂に入ってきます‼」

遊びから帰ってきたら母さんに叱《しか》られて、文句を言いつつも言われた通り風呂に入った。あったかい風呂がじんわりと身体に染み渡って、今思えば至福の時間だったな。風呂ってなんで入る前があんなに億劫《おっくう》なんだろう。入ってしまえば気持ち良さがわかるのに。

風呂から上がるとすでに食卓には夕食が用意されてる。大好物のカレーを前に、俺は席に着くなりいただきます、と食べようとしたんだ。ま、メニューにかかわらず、だいたい腹ペコ状態だからいつもそんな感じなんだけどさ。

「理人。母さんがまだ席に着いていないだろう」

父さんはそれを絶対に許さないんだよなー。たまに早く帰ってきた日とか休みの日は、家族全員が揃うまでは食べちゃダメっていうルールだったんだ。ちぇっ、父さんがいない日だったら今頃うまいうまい言いながらがっついて食ってるのに、って何度思ったことか。

「お腹が空いてるでしょう。私は片付けしてから食べるから、先に食べていていいのよ？」

俺がお預けをくらっていると、その度に母さんはいつもそう言ってくれてたんだけど、父さんは頑《がん》として聞き入れなかった。母さん、もっと言ってくれよーとも思ったけど、絶対に母さんを待つと言って聞かない父さんに対して、嬉しそうにはにかんでいたんだよな。やっぱり、待っていてもらうのは嬉しいんだ。そんなこと、ちょっと考えればわかるものなんだけど、まだガキだった俺は不満な気持ちでいっぱいだった。

「さ、お待たせ。食べましょ」

「いっただっきまーす！　うめぇっ！」

母さんが席に着くと、俺はいつも飢えた獣のごとく食べ始めた。それを見てまた父さんがちゃんと噛めだの犬食いすんなだの姿勢が悪いだの言ってきてさ……。俺はそれが本当に嫌だった。せっかく美味しく食べてんのになんでそんな水をさすようなことすんだろって。どんな状況でも母さんの料理はいつだって美味かったけど、気分の問題で不味《まず》く感じるじゃん。

食事の時だけじゃない。父さんは俺が家にいるのを見かける度に、勉強してんのか、とか学校で悪さしてないか、とか聞いてくるんだ。そりゃあ、成績はそんなに良くはなかったけど、自分の息子をもっと信用しろよって思ってた。父さんは俺のことが嫌いなんだ、って。だから俺は、父さんを避けるようになっていたんだ。

学校から帰り、目一杯遊んで、風呂に入って飯を食い、力尽きて寝そうになりながら宿題を終わらせて、そして泥《どろ》のように眠る。たまに父さんの小言にうんざりしながらも平凡な毎日。それが日常で、それが俺の当たり前だった。


その日は生温い風が吹く、曇天《どんてん》だった。

「ただいまーっ」

「理人！　今日は遊びに行っちゃダメよ？　今夜は台風が来るんだから」

「わかってるよ。学校でも言われたー」

ここ数日は雨が続いていて、川の水も増えている上に今夜は台風が直撃するからと、学校でも家でもしつこいくらいに注意をされてた。まったく、俺をなんだと思ってるんだよ。もう小学三年生だぞ？　山のことなら結構詳しくなってるし、今行くのが危険だってことくらいわかってるっていうのに。そう思ってた。ちゃんとわかってたんだ。

「げっ、宿題の絵、秘密基地じゃん！」

雨でどうせやることもないんだから明日の準備しなさい、と母さんに言われて渋々準備をしていた時にハッとした。先週に出された図工の宿題の絵を、秘密基地に置きっぱなしなのをすっかり忘れてたんだ。授業中に終わらなかった人は来週の図工の時間までに下書きは終わらせてくるようにって言われてた「友達の顔」の絵。どうせ一緒に遊ぶんだからそこで描けばいいやって画用紙も鉛筆も秘密基地に持っていってたんだよな。結局、遊びに夢中になってまったく手をつけず、その存在を前日の夕方まで忘れてたんだからどうしようもない。あの日以降、雨が続いてたし、秘密基地にも行けてなかったからそれもよくなかった。

俺は少しだけ悩んだ。危険だから川に近付くなって言われてるし、その危険性もよく知ってる。でも、ちょっと行って画用紙だけでも持って帰ってくればいいって思ったんだ。秘密基地までの道に川があるにはあるけど細い川だし、そもそも川が近くにあるってだけで越える必要はない。行って帰るだけなら十五分程度で戻ってこられるしって。浅はかだった。画用紙なんて探せば前に家で使ってた残りがあったかもしれないし、宿題なんて忘れてもこっぴどく叱られる程度で済むんだから。

——こんな、取り返しもつかないようなことになるより、ずっとマシだったのに。

秘密基地の近くまで行った俺は、すぐに後悔した。いつもより川幅が広いなって思った時点で引き返していたらまだ間に合ったかもしれない。でもこのくらいなら大丈夫だって思ったんだ。思ってしまったんだ。そしてあと少しで秘密基地に着くってところで気付いた。秘密基地が川に半分呑み込まれていることに。今まで見たこともないような光景と勢いのある川にビビり、ようやく引き返そうと後ろを向いた時、恐怖心と焦りが俺の足を滑らせて……。俺は川に落ちた。ゴボゴボという水の音が聞こえて、苦しかったのを覚えてる。でも、それだけ。思考する暇もなかった。けど、俺はこのまま死ぬんだなっていうのだけはわかった。必死すぎて死にたくないだとか、走馬灯《そうまとう》を見るだとか、そんなことさえなかった。何も出来ず、ただ流されるだけで、いつ気を失ったのかも覚えてない。

気付いた時には、岸に打ち上げられてた。疲労感は酷かったし、全身びしょ濡れだったけど、大して服も汚れてなければ怪我もなかったから首を傾げた。あれは夢だったのかな？　って思いつつも、でも全身びしょ濡れだし、って不思議だった。よくわからないけど無事なら何より。とにかく家に帰ろうって立ち上がったところで違和感に気付く。何か、様子が違う。川岸ではあったけど見慣れた地形とはまったく違う。周囲に生い茂る木々は葉が細く、秘密基地どころか近くの山では見たこともない種類の木だ。もしかして夢なんかじゃなく、川に落ちたのは事実で、かなり遠く離れた地まで流されたんじゃないかって思った。それにしては怪我もなくよく無事だったな、なんて冷静な考えはその時には出来なかった。

泣きたかった。俺はまだ八歳だったし、不安で仕方がなかった。でもこの場でぼけっとしてても何にもならないってわかってた。山での過ごし方や迷子になった時にどうするか、散々教え込まれてたおかげでどうにか平静を保てていたと思う。本当なら助けが来るまでその場を動かないのが正解だけど、少しでも家に近付くために俺は川上に向かって川岸を進むことにしたんだ。流されたのなら川上に向かうのが正しい。川から離れなければ大丈夫だ、って。歩いていれば知ってる場所に着くかもしれない。この山なら奥の方まで家族と来たことがあるし、知っている景色があるかもしれないから。そんな希望を持って歩き続けたんだ。わからなくても、誰か人に会えるかもしれないし、そうしたら助けを求めればいいって。

だけど、進んでも進んでも見慣れぬ木ばかりだし、ずぶ濡れで寒いし疲れたし、で散々だ。しかもやっと開けた場所に着いたと思ったら、近くにあるのがあんまり綺麗とは言えない小さな小屋で、すごくガッカリした。見覚えもなかったし。だけど人がいるかもしれないんだから、気を落とすのはまだ早い。だんだん暗くなってきたところだし、まずは助けを求めようと思って小屋の戸を叩くことにしたんだ。

「誰だい？　こんな山奥、に……？」

小屋から出てきたのは女の人だった。茶髪で、つり目がちで、どことなく不機嫌そうな外国人顔の女性。日本語が通じるかな？　とか、なんで外国の人が？　とか、疑問には思った。でも俺は人に会えたということにものすごく安心してしまって……。だから、説明をするのも全部忘れて、大声で泣いてしまったんだ。

外国人のような外見なのに言葉が通じたことも、女の人が怪訝そうな顔をしていたことも、気付いていたけどどうでもよかった。かなり困らせたと思う。だって誰か来たと思ったら、見知らぬガキがずぶ濡れで大泣きしたんだから。でも、仕方ないだろ？　俺はその時、まだ八歳のガキだったんだから。死ぬほどの思いをして、どうにか自分を奮《ふる》い立たせてここまで来て、気が抜けてしまうのは仕方のないことだよな？

その女の人ってのが、ラビィだった。

ラビィは面倒臭そうな顔をしながらも、俺を小屋に連れて行ってお湯を沸かし、身体を拭《ふ》いてくれた。着替えはなかったけど、俺が着てた服を洗濯し、飯も食わせてくれた。言葉が理解出来たのは不思議だったな。ラビィの話す言葉が日本語じゃないっていうのもわかったのに、なぜか聞き取れたし、俺も日本語を話してるつもりなのに、ラビィと同じ言葉で話せた。今思えば、この時点でここが別の世界なんだってわかったはずだけどな。当時はちょっと不思議に思うだけで、特に気に留めなかったんだよ。

こうして俺はされるがままに世話をしてもらった。ラビィの俺への扱いは雑だったけど、迷子になった俺を見捨てるようなことはしなかったんだ。

「はーぁ、あんた、ふざけてんのかい？」

「ふざけてねーよっ！　あと俺はあんたって名前じゃなくて理人だ！」

翌日、一晩泊めてもらったおかげでどうにか落ち着きを取り戻したところで、俺は改めてラビィに助けを求めた。川に流されていつの間にかこの辺りまで流されてたこと。もっと上流の方に家があるだろうこと。嘘偽りなくちゃんと説明出来たはずなのに、ラビィはずっと怪訝な顔してそれを聞いていて、聞き終えた時にため息まじりに吐き捨てるように言った。その様子があまりにも馬鹿にしているかのような態度だったからカチンときて、俺も言い返してやったんだよ。

「あーわかった、わかった、リヒトね。よく聞きな。あたしがふざけてるって言った理由は三つある」

でもそんな俺を手でサッサッと追い払うような仕草をしつつ、ラビィは面倒臭そうに告げたんだ。

「一つ、まずここのところは晴天で、雨なんかずっと降ってない」

「なっ、そ、そんなわけ……！」

「一つ！　あんたのいう地名も山の名前も、あたしは聞いたことがない。少なくともここはコルテイーガという国のコルト山という山の中だ」

俺の言葉を遮って、強い口調でラビィが言う。腹が立ったけど、その意味不明な説明の方が衝撃的で、口を噤《つぐ》んだ。

「最後の一つ！　この山の中には家どころか、町なんて一つもないよ。この小屋が唯一の建物だ」

本当に、意味がわからない。この人、頭がおかしいんじゃないか？　そう思った。だって、俺は確かに川に流された。もしかしてずーっと流され続けて海に流れ着いて、さらにまた別の川に流れ着いたのか？　ははっ、それこそおかしい。もしそうだとしたら今、俺は生きてないはずだし。多少のすり傷だけで済むわけがないんだ。

「じゃ、じゃあ、俺は一体、どこから……」

「知らないよ！　ああ、面倒臭いねぇ……。さっさと保護者が引き取りに来てくんないかねぇ……」

心底うんざり、といった様子でラビィはため息を吐《つ》いた。思えば当時のラビィは今よりずっとガラが悪かったよな。でもその時の俺に、そんなこと気にする余裕なんかなかったし。ただただわけがわからなくて、認めたくなかった。……家に、帰れないかもしれないだなんて。

「ふ、ふざけんなっ！　俺は、家に帰るっ！　ここどこだよっ!!」

「う、わ……っ」

感情が爆発したんだ。その時はよくわからない現象に怒りを覚えてさ。ラビィに当たったって仕方ないのに馬鹿だよな。けど、どうしても感情を抑えられなかったんだ。だからなのか叫んだその瞬間、俺の身体から何かが抜けていき、気付けばテーブルが上に載っていた食器もろとも全部凍ってしまっていた。驚いたラビィがガタッと椅子から立ち上がってその様子を見てた。目を見開いて、ただ呆然とその不可思議な現象を見てたっけ。たぶん、俺も同じように間の抜けた顔をしてたと思う。

「な、あ、あんた、今、何したんだい……!?」

「えっ、俺!? 俺は何もしてねぇよっ」

「嘘言うんじゃないよっ！ あたしは見てたんだ！ あんたの身体から氷が出てくるのをっ！」

「し、知らねぇよ！ 目がおかしーんじゃねぇの!?」

この事態がなんなのか、理解が出来なかった。最初の時点で混乱してた頭に、さらに変なことが起きてしまって、俺の頭は理解の許容量《きょよう》を超えていたんだ。ラビィも混乱したように捲《まく》し立ててくるから、俺たちはしばらく凍ったテーブルを前にギャアギャア言い合っていた。

「ん……」

「ん」

ふと、言い合う声が止まった時、俺たちは一度冷静になったと思う。ラビィもそう思ったんだろう。キッチンに向かって二つのコップにお湯を注ぐと、それを俺に差し出した。こんなテーブルには置けねぇもんな。俺も軽く返事をしてそれを受け取る。二人して黙って白湯《さゆ》を啜《すす》った。どうにか落ち着いたところで、俺たちは冷静に、お互いに知ってる情報を伝えあうことにしたんだ。って言っても俺は何がわからないのかわからない状態だったから、ラビィに聞かれたことに答えていっただけだったけど。

一通りの質問を終えたところでラビィが纏めた話はこうだ。俺には魔力があって、テーブルを凍らせたのは俺の魔術だってこと。魔術を使える人間は貴重で、人攫いに狙われやすいってこと。とても貴重な存在ではあるけど、いてもおかしい存在ではないってこと。正直、まだ信じられなかったけど、身体の中から何かが抜けていったのは事実だし、俺の身体からその何かが出たことでテーブルが凍ったのは本当のことだから、信じるしかなかったよ。でも、それを聞いた俺は……絶望した。だって、ここが日本じゃないって、嫌でも思い知らされたから。

それどころか、別の世界だって。いくらまだ八歳のガキだったとはいえ、さすがに日本で魔法が使えるわけがないってことくらいわかる。大人であるラビィが、本気でこれが魔術だと教えてくれたことも、あり得ないことじゃないって軽い調子で言ってきたことも、ここが地球だったらあり得ない。いや、変な宗教だったらあるかもしれない、なんて思うけど、目の前で魔法的な現象を見た後だ。もう言い逃れが出来ない状況に立たされていたんだ。もう元の世界には、俺の家には帰れないんだってことがわかってしまった。ずっと、気付かないフリをしてたのに。認めたくなかったのに！

で、どうなったかっていうと。まぁ、俺は荒れた。泣いて喚《わめ》いて、ラビィに八つ当たりし始めたんだ。

「お前っ、誰だよっ！　俺を帰せよ……家に帰せーっ!!」

「は、あぁぁぁ!?」

酷いじゃないか。そりゃあ、俺は言うことも聞かずに山に行ったよ。ちょっと忘れ物を取りに行くだけだって油断したよ。山や川の恐ろしさをなめてた、ガキだったよ。だけど、だけど、それだけでこんなのってないじゃねーか。もう帰れないのか？　あの家に。みんなと遊んだ秘密基地に。給食だけが楽しみだったあの学校に。会えないのかよ？　いつも一緒にいた友達と。口うるさいけど結局甘い母さんに。美味しい母さんの手料理が、もう二度と食べられないのか？　小言ばかりだったからって避けてた父さんにも……。もう言えないのかよ。ごめんなさい、って……！

「嫌だ！　帰る！　帰りたい!!　ふざけんな！　ふざけんなよぉっ……！」

好き放題叫んで、俺は小屋から飛び出した。無我夢中で走った。もし迷子になったらとか、どこに行くんだとか、そんなことは考えずに。ただただ悲しくて、絶望的で。帰れないのならこのまま死んでもいいって、そこまで思った。だけど……。

「ひっ……!?」

突如、前方に現れたでっかい猪《いのしし》みたいな生き物を見て、俺は恐怖したんだ。なんだか鼻息荒くこっちを見ていて、今にも向かってきそうなその猪を見たら、死にたくないって思ったんだ。願い虚しく、猪は俺に向かって真っ直ぐ突進してきた。死ぬ、そう思った。こんな短期間で二度も死を間近に感じるなんて、人生ってわからないよな。

「っあああああ!!」

ギュッと目を閉じた俺を襲ったのは、猪に吹っ飛ばされる衝撃でも、牙《きば》に串刺《くしざ》しにされる痛みでもなかった。近くで聞こえた叫び声は、聞いたことのある女の人のもので、慌てて目を開けた。

「な、お、お前……」

「っ、そこ、どきな！　邪魔だよっ!!」

そこには、剣で猪の牙を食い止めているラビィがいた。猪と正面衝突《しょうとつ》したっぽいのに、力で負けてない。いや、負けてる!?　数メートル先にいたラビィと猪だったけど、距離にして一メートルほどの土がラビィの靴跡で削《けず》れていたし、今も少しずつ押されてるもんな！　俺はハッとなって言われた通り、その場から這《は》うようにして離れた。このままここにいたらラビィにぶつかるのがわかったから。

「こ、んの、ボーアがっ！　大人しく、夕飯になりなっ!!」

ボーア、っていうのがこの生き物の名前か？　猪にしか見えないけど、この世界での呼び方なんだろうな。そんな今考えることじゃねーだろ、ってことを思いながらぼんやりとラビィの様子を眺めていたら、急にラビィの姿が消えて驚く。それが、消えたんじゃないってことに気付いたのは、そのボーアの断末魔《だんまつま》が聞こえた時だった。動きが速すぎて見えなかったんだ。気付いた時にはボーアが右前足と、左目、そして首筋を切られ、血を噴き出して倒れていたものだから俺は目を白黒させた。呆然としたままの俺を無視して、ラビィは手際良くボーアの血抜き、解体を行なっていく。慣れてるんだなって見ててすぐにわかった。その様子を見ている間に冷静になった俺は、ラビィの手が止まった隙を見て、ようやく口を開いたんだ。

「あ、あの……助けてくれて、ありが」

「は？　勘違いすんじゃないよ。あたしはただ、夕飯の材料を狩りに来ただけさ。そこにたまたま、アンタがいただけ」

けど、最後まで言い切る前に素っ気なく返されたっけな。その声も内容も、本当に冷たいものだったけど、俺にはわかってた。俺が飛び出したあとすぐに追いかけてくれたんだってことくらい。そこまで馬鹿じゃねーよ。狙ってた獲物が偶然、俺の近くにいたとかあり得ねーだろ。

「そーかよ。……腹減った」

「……アンタ、いい神経してるじゃないか」

でも、そっちがその態度ならと、触れることはしなかった。立て続けに起きた事件に次ぐ事件のせいで、一周回って落ち着いてしまった俺の腹が抗議をし始めたんだから、そっちの方が深刻だったんだよ。

「アンタじゃねぇ。理人だ」

「はー、仕方ないねぇ。運ぶの手伝ったら食わせてやってもいいよ、リヒト」

こうして、なんとなく俺とラビィの共同生活が始まったんだ。

一応、俺も状況を理解して落ち着いたとはいっても、受け入れるには時間がかかった。一日の間で何度も浮き沈みを繰り返してたな。朝目覚めた時、ラビィの態度がむかついた時、ふとしたキッカケで故郷のことを思い出しては荒れた。

「もう嫌だこんな場所！　出て行くっ！」

「はいはい、じゃあ勝手に帰んな。達者《たっしゃ》で暮らせよー」

こんなやり取りが毎日のようにあったっけ。その度に俺は小屋を出て行き、どこかで迷子になってまた泣いて。それで……。

「……はい、お疲れ。帰ってご飯でも食べて寝ちまいな」

どうやって見つけるのか、ラビィは必ず俺を見つけ出し、迎えに来た。呆れたようにそう言って、ラビィが手を差し出すから、俺はいつもその手を取って小屋に帰って行ったんだ。一度や二度じゃない。何度も繰り返し同じようなことを俺はやらかしたというのに、一度だってラビィが見捨てることはなかった。今思えば良く耐えたなって思うよ。俺だったらこのクソガキ、いい加減にしろって見限ってたと思うし。ガキだった俺はラビィが迎えに来る度に、なんだよこの女って脳内で悪態《あくたい》を吐いたりもしてた。母さんじゃないのかよ、父さんじゃないのかよって。時には魔力が暴走して、家具やドアを壊したこともあったし、ラビィに怪我をさせたこともあったっけ。そうやって、俺が行きすぎた時は容赦《ようしゃ》なく拳やら足やらが飛んできて俺を吹っ飛ばしてさ。

「物に当たるな！　人に当たるな！　それで家に帰れんのかい⁉　家族が来てくれんのかい⁉　甘ったれんのもいい加減にしな！」

それで、容赦なく俺に現実を突き付けてくるんだよな。俺も酷かったけどラビィも酷かったと思う。いや、よく我慢してくれてたって思うけどさ。けど、ラビィがそんな態度だったからこそ、俺は現実逃避をしなかったし、ちゃんと生きてこられた。時間はかかったけど、立ち直れたって思ってる。ラビィには、本当に感謝してるんだ。ラビィは俺の命の恩人で、心も救ってくれた。誰よりも、信用してる。そう思えるようになったキッカケは、俺が十歳の頃。あー、誕生日は覚えてるけどこの世界での数え方がわからないから大体だな。この世界に来て二年くらいが経過した、そんなある日のことだった。

「は？　狩り？　俺も？」

「そーだよ。あんたもいい加減、自分の食い扶持《ぶち》くらい自分で賄《まかな》いな！」

それまでの二年間、俺も別にダラダラ過ごしてたわけじゃない。掃除洗濯はもちろん、山菜を摘んだり狩りの罠《わな》を作ったりとそれなりに働いてた。元々、山は生活の一部として過ごしてきた経験もあってそこまで苦じゃなかったけど、洗濯機があるわけでも掃除機があるわけでもない中の作業はなかなかハードだったな。ま、それもすぐに慣れたけど。

「で、でも俺、戦う力はないぜ？　罠に嵌《はま》った獲物を捌くのは出来るようになったけどそうじゃないんだろ？」

そんな俺に対し、なんの前触れもなく今から狩りに行くよと首根っこを掴まれ、お前も狩れ、なんて言われたらそりゃあ戸惑いもする。どうしたらいいのかとかの予備知識も全くないのに突然だぜ？

「当たり前さ。なんにでも最初の日ってのはあるもんだろ。説明を聞くよりその目で見て、実際やった方が早いだろ。ほら、さっさと来な！」

でもラビィは戸惑う俺を無視して腕を引っ張っていったんだよな。いや、その通りだとは思うけどさ、もう少しどうにかなんねーもんかなって思ったな。とはいえ俺に拒否権はない。ズルズルと引きずられるように俺は初めての狩りに山奥へと入っていった。

どこまで進むのだろうと不安になってきた頃、ラビィが手で俺を制しながら立ち止まる。無言で指し示された先に見えたのは兎《うさぎ》のような動物。この世界ではラビリって呼んでるんだよな。ラビィもよく狩ってくる。この辺りに巣があるのか、ザッと見回しただけでも四匹はいるのがわかった。巣を見つけてたのか、さすがだな。

ラビィは喋ることなく顎でさっさと行けと俺に指示を出した。アドバイスも何にもないのかよ⁉

……まぁ、何度か狩ってるところを見たことはあるから、見よう見まねでやるしかない。ナイフを手渡された俺は、音を立てず、出来るだけ気配も抑えながらゆっくりと向かう。何匹もいるから目移りしてしまう。でも、二兎《にと》を追うものは一兎《いっと》をも得ずってことわざを知っていた俺は一匹にだけターゲットを絞って慎重に近付いた。あと一歩近付いたらナイフが届く、そんな時狙っていたラビリが耳を立て、二本足で立ち上がった。しまった、気付かれたか？　焦った俺は慌ててしまい、まだ距離が十分ではないのにナイフを投げてしまった。

「あ……」

当然、そんなナイフが当たることはなく、狙っていたラビリはもちろん、そこら中にいたラビリたちはみんな一斉に逃げ出してしまった。く、くそっ、最初からうまくいくとは思ってなかったけど、このままで終われるかよ！　そう思った俺は逃げていくラビリの背に向けて手を伸ばし、待てっと叫んだんだ。

「え、あ、え？」

その瞬間、俺の手からは風が出たと思う。思うっていうのは、目では見えなかったからだ。風を感じたというか、俺の手から何かが出ていったっていう感覚だけがあったから。そしてその風はうまいことラビリの背にあたり、気付けば血を流して倒れるラビリがそこには残されていたのだ。

「は、あぁ？　なんだいそれは。予想外だねぇ。魔術で倒すなんてさ」

様子を見ていたラビィからは呆れたような感心したような声が漏れた。魔術？　俺は今、魔術を使ったのか？　風が刃《やいば》みたいになって、ラビリを切り裂いたのか。ウィンドカッターってやつかな？　俺はゲームやアニメのことをあんまり知らないけど、学校で休み時間に友達が遊びでそんな技を出し合っていたのを聞いた覚えがある。それを俺が今、実際にやったってことなのか。なんだか、すごい。

「切り口は綺麗だけど、場所がねぇ。もっとコントロールとかも出来れば、アンタにとってはかなりの武器になりそうだね」

見れば俺の飛ばしたウィンドカッターは、ラビリの身体に大きな傷を残している。ダメってことはないけど、無駄になる部分が出てきてしまう。これじゃあ命を奪っていただくことを考えると、ラビリに申し訳ないよな。俺は素直に反省した。

「使い方とかよくわかんねぇけど……。俺、魔術の練習してみるよ。何が出来るのかとか、ちゃんと知っておきたいし」

「それがいいね。でも、その分野に関してあたしは教えられない。危険があっても助けてやんないからね」

わかってるよ、と俺は答えた。でもふと、不思議に思ったんだ。なんでラビィは、俺に狩りをやらせたんだろうって。ラビィくらいの実力者ならわかってたはずだ。俺が失敗することくらい。せっかくラビリの巣を見つけたのに、俺がミスしたらこいつらは巣の場所を変えるだろう。そうしたら、今後の狩りが大変になるのに。ラビィだったらこの場で、三、四匹くらいは狩れただろうに、結果として狩れたのは俺が無駄に傷を付けてしまった一匹だけ。

俺にとっては、すぐに獲物を見つけられて楽ではあったけど……。狩りの大変さを誰よりも知ってるはずのラビィがなんで、って。気になったからそう問えば、ラビィはフイッと後ろを向いて静かに答えてくれた。

「……あたしだって、いつまでアンタの側にいられるかわからない。冒険者なんてのは、依頼中に命を落とすことだってある職業さ。あたしにもしものことがあったとして、だからってメソメソしてたら、今度はリヒト、アンタが死ぬんだよ。一人で生きていく術を持たないアンタは、すぐに野《の》垂《た》れ死んじまうだろ」

そして、チラッとだけこっちに振り返り、少しだけ笑ったんだ。

「強くなりな。たとえ一人になっても生きていけるように」

そうか、俺のためにわざと……。それを理解した瞬間、思ったんだ。この人には感謝しなきゃいけないって。いつか恩返しをしなきゃいけないって。この人は信用できる。俺のためにここまで考えてくれてるんだからって。この時、初めてラビィが笑った顔を見た気がしたんだ。

そうやって少しずつ、ラビィが唯一の家族で、あの廃れた小屋が俺の家だと自然に思えるようになっていった。それでも数年間は寂しくて悲しくて、夜ベッドの中でこっそり泣いたし、家に帰りたかった。思い出せば思い出すほど、考えれば考えるほど、母さんは俺を愛してくれてたんだって実感したたし、父さんが俺を思ってあれこれ言ってくれてたんだって理解した。だからこそ会いたくて仕方なくて、謝りたかったし感謝の気持ちも伝えたかった。せめて、俺が元気でやってるってことだけでも伝わってくれたらって思ったんだ。だって、きっと家族も友達も、俺のことを死んだと思ってるんだ。もしかしたら、葬式《そうしき》だって済ませたかもしれない。心がどうしようもなく破裂しそうな時、ラビィが出かけている隙を見計らって俺は枕に顔を押し付けて叫んでた。

俺は生きている！　俺は、ここで、生きているぞ！　って。

だけど、成長するにつれて諦めがついたし、何より俺には居場所があったから耐えられた。ラビィという、唯一の居場所が。なのに。

「冗談なんかじゃない。あたしは、最初からアンタたちをここに連れてくるために行動してたんだよ」

何、言ってるんだ……？　最初から？　それって、いつのことだよ。意味がわからない。

「ふふ、まだ信じてるのかい？　心配は確かにしたよ？　でもそれは商品の心配さ。当然だろ？」

商品……？　何が？　俺のこと、か？　意味が、わからない。

「ガキの世話なんか、あたしはごめんだったんだよ。任務でなきゃ、誰が身元不明のガキの面倒なんか見るっての？」

違う、嘘だ……！　だって喧嘩した後、いつも言ってくれたじゃねーか。リヒトはもう、あたしの弟なんだからって。見捨てるわけないでしょって。最後まで面倒見てやるから心配すんなって。意味、わかんねぇ。

「素直なリヒトちゃんのおかげで助かったんだ。わるーい城の人間から逃げてきたんだろ？　あはは！　おっもしろい！　助けてくれようとしてた人から逃げるなんてね！」

やめろ、やめろよ。お前、そんなキャラじゃねーじゃん。無理があるぞ。口調は乱暴だし、ガサツなとこあるし、すぐ力技でどうにかしようとするけど、お前がお人好しなの、知ってるんだからな。ほんと、意味が、わかんねぇよ。

「あたしの言うことを、これっぽっちも疑わないなんて。ほんと、馬鹿だね……。馬鹿だよ、リヒト」

なんだよそれ。だって、お前が教えてくれたんだろ。国の上層部に悪いヤツがいるって。魔力持ちの人間は珍しいから、城の者にバレたら捕まるって。人身売買の恐ろしさを教えてくれたのは、ラビィじゃねーか。だから絶対に自分が魔力持ちだって知られるんじゃないって何度も何度も教えてくれたよな？　俺が危険な目に遭うから絶対にやめろって。もし俺に何かあったらって、涙ぐんでくれたことだってあったじゃねーか。あの涙も嘘だってのかよ。意味わかんねぇ。意味わかんねえ。　意味わかんねぇ……！

「騙される方が悪いのさ。……騙す方が何倍も悪いけどね！」

なんだよ、その高笑い。そんな笑い声、初めて聞いた。気持ち悪ぃぞ、ラビィ。扉が閉められ、鍵のかかる音が響く。室内に沈黙が落ちた。

別に、なんてことはねぇぞ。髪を掴まれたって、乱暴に押し倒されたって、踏みつけられたって、蹴られたって。ちっとも痛くねぇ。俺が危ない目に遭った時に殴られた、あの時の拳の方がずっと痛かったし。こんなの、痛いうちに入らねぇからな。というか、何も感じない。あれ？　なんか、音も遠くで聞こえる感じがするな。なんだこれ。あらゆる感覚が、鈍くなってないか……？　身体を起こそうと思っても、なぜか指一本動かせない。こんなの、初めてだ。俺、どうかしちまったのかな。ダメだ、このままじゃダメだ。ここに捕まってるのは俺だけじゃないんだから。ロニー、メグ、お前らは無事か？　この二人の存在が、俺の意識を繋ぎ止めた。しっかりしろ理人。動け。そして、これだけは言わせてくれ。おいラビィ、待てよ。待てって。早く鎖を外してくれよ。みんなで鉱山に行く約束しただろ？　今ならまだ許してやるからさ……。ふざけるのも、いい加減に――。

「……っ行くな！　行くなよラビィ！　俺を……俺を置いて行くなよおおおっ!!」

――俺を、一人にすんなよ。

ああ、ダメだ。やっぱりダメだ。信じられない。信じたくない。俺は固く拳を握りしめて、手が痛くなるまで地面に拳を打ちつけ続けた。少しずつ戻ってきた俺のあらゆる感覚。ジャラジャラという鎖の音、冷たい感触、蹴られた時に切った口の中の血の味、臭《にお》い、ジンジンと痛む手の感覚。これが夢じゃないんだと、嫌でも気付かされた。

6　非情な扱い

【メグ】


暗くて妙に広い部屋中に、リヒトの悲痛な叫び声が響き渡った。あんなに地面を何度も叩くから、両手の拳から血が出てる。やめさせたいのに、なんて声をかけたらいいのかわからない。

「俺のせいだ……。全部、俺が悪い……」

あ、この光景！　見覚えのあるシチュエーションに私はハッとなって顔を上げた。

「お前らは何も悪くない……！　何とかして、逃げなきゃ……」

こんな時まで、私たちのことも考えてくれるなんて、お人好しすぎるよリヒト。リヒトの心情を思うと、こんなにも胸が苦しいのに。

「リヒト、悪くない。……誰も、悪くない」

思うように言葉が出てこない私に代わって、ロニーが静かに声を出した。だけど、リヒトは首をブンブンと横に振る。

「そんなわけあるかよ！　そもそも俺が……っ！」

リヒトは息を詰まらせた。うん、言いたいことがわかったよ。自分があの時、城から逃げ出さなきゃこんなことにならなかったって思ってるんだね。少なくとも、私たちを放っておけば、私たちは助かったんだって、自分を責めているんだ。私だって、もしそれが自分だったらって思うと自分を許せないと思うもん。気持ちがわかるからこそ、リヒトが自分を責めてしまうのを止めることが出来ない。かといって慰める言葉も出てこないんだから、私ってヤツは本当にダメダメだな……。

「なんで……。どうしてこんなこと……」

どうして、なんで。あの時こうしていれば、ああしていればって思うことは、生きていればたくさんある。だけど、これはないよね。こんなの、酷いよね……？　ずっと信じていた人に、裏切られてしまったんだもん。それでも信じたいっていう思いや、ラビィさんに対する怒りや悲しみが、ごちゃごちゃになっちゃうよね。

そうやって、気持ちを察することは出来るけど……。本当の意味で理解はできない。私がかける言葉に、重みなんかきっとない。リヒトを救えるとも思えない。ああ、どんどん悪い方にばっかり思考が傾く。そんな落ち込む私の脳裏に、ふとレオ爺《じい》の言葉が蘇った。

『優しい人が突然裏切ったり、悪い人だと思っていた人物が本当は誰よりも色んなことを考える人だったり。人間はそんな複雑な者たちばかりじゃ』

そう、だね。レオ爺の言う通りだった。こんな風に実感するなんて。何度も聞いた話だったのに、こうして騙されてしまった。ううっ、どうしたらいい？　なんて言えばいい？　いくら自問しても言葉が出てこない。……ううん。ダメだ。しっかりしろ、メグ。私はこの光景を夢で見たでしょう？　このまま何もしなかったら、あれはただの夢となって終わる。せっかく予知夢として視たんだから、きっと私に出来ることがあるはずだ。夢の中の私やロニーは、このまま項垂れてしまうだけで、何も出来なかったけど、現実の私は違うはずでしょ。なんでもいい、些細《ささい》なことでもいいから行動を、起こすんだ！　レオ爺だって、話の終わりにはいつもこう言ってたじゃないか。

『ただ一つ、魔の者と人間に共通点があるとするならそれは――――』

……諦めない。諦めるもんか。私に出来ることをしよう。信じるよ、レオ爺。だから、どうか見守っていてね。私はグッとお腹に力を入れて、項垂れるリヒトを見据え、深く息を吸った。

「私がいる。私がいるよ！　リヒトっ！」

突然、大きな声をあげた私にリヒトは驚いたように顔をあげた。ロニーもびっくりしたみたいでこちらを見ている。よし、声が出た。

「私だけじゃない、ロニーだっている！　リヒトは一人ぼっちじゃ、ないよ！」

ぽかん、と口を半開きにしてリヒトは私を見つめていた。ふふっ、アホ面になってるぞっ！　気休めにもならないかもしれない。だってこんな状態で励まされたって、どうしろって話だし。でも、きっと想いは伝わる。私はリヒトの味方だよって、伝わるはずだ。リヒトは一人なんかじゃないって。

「それに、まだわからないでしょ？　ラビィさんの本心がどこにあるかなんて」

私の言葉にハッとしたようにリヒトは目を丸くした。そうなのだ。まだラビィさんが、本心を隠している可能性だって残ってるよね？　こんな状況だから、わざと嫌われようとあんなことを言ったのかもしれないもん。だってあんなラビィさん、変だもん。似合わないもん。私は諦めの悪い幼女なのだ。

「もし、もしね？　それで、本当にラビィさんの本心が、さっき言ったみたいなものだったら……」

私は鎖に繋がれたままの手をその場でギュッと握りしめながら、強気に言い放つ。

「いっぱい怒ってやろうよ！　よくも騙したなー？　って！」

納得がいかないなら声をあげなきゃ。それで何にもならなくても、こちらの意思は伝わるんだから。信じたいって気持ちを、否定なんか出来ない。それをこっちだけが飲み込まなきゃいけないなんて、おかしいよ。酷いことをされたなら、怒ってやらないと。子どもだからって、大人に対して怒っちゃダメなんてことないはずなんだから！　しばらくして、静かな室内にリヒトが吹き出す声が聞こえた。あ、笑った。

「うん、そうだな。そうだ。悲しんでなんかやらねーし。本心がどうあれ、絶対怒ってやらなきゃ気が済まない！」

ニヤリと笑ったリヒトは、心なしかさっきより顔色が良くなったように見えた。うん、うん……！　それでこそ、リヒトだよ。さっきよりずっといい顔してる！

「僕も、いる。僕も一緒に、怒ってあげる」

隣にいるロニーがリヒトを見て、そして私を見てニコリと笑った。うんうん、心強いよ！　私たちはずっと一緒に助け合ってきた仲間なんだから。一緒にいる、それだけで勇気づけられるんだ。

「ああ、ありがと、な。メグも、ロニーも、俺の兄弟みたいなもんだし！」

問題はまだ何も解決していないけど、心は持ち直せたよね？　夢と違って、絶望のまま時を待つなんてことにはならなかったもん。大丈夫。ほんの僅かでも未来は変えられた。きっといい方向に。

よしっ、そうしたら次はこの状況をなんとかしないと！

「ところで、どうしてリヒトだけそんな離れた場所にいるのかな？」

ひとまず、気になっていたけど言えずにいたことを口にしてみた。言える雰囲気じゃなかったし、そこにまで気が回る状況でもなかったしね。

「さぁ。俺にもわかんねぇ」

「……リヒト、足元に何か、描いてない？」

不思議そうに首を傾げるリヒトに、ロニーが真剣な顔で質問した。足元？　んー、私にはよく見えない。ロニーは目がいいんだな、夜目《よめ》も利くし。

「いや、ん？　待って。うっすらと何か描いてあるっぽい。薄暗いからハッキリとはわかんねぇけど……」

「もしかして、円形の模様みたいなものが、描いてない？」

よくわかったな、と答えるリヒトは驚いた顔だ。私はロニーの指摘にハッとする。円形の模様って言ったら……！

「ま、まさか、まじゅちゅ陣!?」

うっ、噛んだ。ちょっと言いにくいよ魔術陣って！　いや、今はそれどころじゃない。

「えっ、これが？　そういえば、東の王城に飛ばされた時も似たようなのが足元に出てきたっけ……。でもあん時とはたぶん、模様が違うぜ？　もっと複雑だった気がするし。ここのはもっと、線が少ない」

リヒトは床に這いつくばるような姿勢で魔術陣を観察している。そっか、リヒトには馴染みがないものだもんね。リヒトが転移の魔術を使う時に魔術陣は出てこないし。うーん、ここからは見えないなぁ。見えても魔術陣を見ただけで、どんな効果があるのかまではわかんないけど。あー、もっと勉強しておくんだった！　いやだから、どっちみち見えないから意味ないんだって。とほー。

「その効果はわからない、けど、リヒトがそこに繋がれてる、ってことは、リヒトの魔力を使って、魔術を発動させる気、なんだと思う。鉱山の転移陣は、陣の上に乗って、魔力を、流すから」

「は、はぁ!?　ってことは電池かよ、俺は！」

「電池……？」

いや、なんでもない、とリヒトは言ったけど、私にはわかったよ、その例え！　ロニーの考えにも納得だ。そういうことだよね、たぶん。人間の大陸ではとにかく魔力が足りない。魔力さえあれば魔術が発動出来るというこの状況で、必要なのは魔力なのだ。そして、私やロニーはおそらく……ストック。リヒトの魔力が切れたら、回復するまで私たちのどちらかが電池の役目をするってことだと思う。え、と、それを繰り返す、のかな。身動き取れずに、ひたすら魔力を奪われ、なくなっては回復して、また魔力を奪われ続けるってこと……？　そんな恐ろしい考えに至って、背筋が凍った。そ、そんなのやだ！

でもそうまでして発動したい魔術ってなんだろう。……そんなこと、考えるまでもないか。私たちはてっきり商品として誰かに売られるものかと思ってたけど、そうじゃないってラビィさんは言ってた。使うって。ということは商品はどうするつもりなの？　決まってるじゃない。

「これ、魔大陸から、亜人を転移させる術なんじゃない……？　そうすれば、常に商品が、手に入るから」

私の推測に、二人とも息を呑んだ。たぶん、当たってると思ったからだ。そんなの、そんなの許せない！　魔大陸に住む人たちが、知らない間に転移されて、売られるだなんて！　それも、私たちの魔力を使って。私たちの、せいで。ワナワナと震えていたその時、どこからともなく低い笑い声が聞こえてきた。えっ、誰かいたの？　どこかに身を潜めていたのかな。こんなに薄暗い中で隠れられていたらわからないよ。声の聞こえた方を目を凝らして見ていると、ゆっくりとこちらに向かってくる人影に気付く。

「賢いじゃねぇか。大正解だぜ？　お嬢ちゃん」

ゴードンさんだ……！　ずっと聞いていたの？　なんとも言えない不気味さにブルッと身震いをする。私たちを薬で眠らせ、ここに拘束した張本人であろうゴードンさんの登場に、私たちは緊張感を高めた。こ、怖くなんかないもん。私はキッとゴードンさんを睨みつけた。

「ふっ、それで睨んでるつもりか。睨むってのはなぁ……」

「ぁうっ」

私の目付きが生意気だと思ったのかもしれない、ゴードンさんはドスドスと私の方へ向かってきてグッと私の顎を掴んだ。随分と乱暴な顎クイですね！　い、痛いっ……！

「こう、やるんだよ……！」

「メグっ！　やめろハゲ！　メグを離せよっ!!」

至近距離で、ゴードンさんに睨まれた私は半泣きだ。この人、目がギラギラしてるし、すごく不気味で普通にしてても怖いんだもん。顎とかほっぺとか、あと首も痛いし。でも、泣くもんか！

リヒトがハゲと呼んだのがちょっと面白かったからどうにか気が紛れた。ハゲてはない、と思うけど気持ち的にはハゲだっ！　もう「さん」付けだってしないんだからねっ！

でもリヒトのその反応は、ゴードンを苛立《いらだ》たせるには十分だったみたいだ。ピシッと一瞬固まったかと思ったら、私を掴んでいない方の手を大きく振りかぶった。なんだかその様子がスローモーションに見える。

「みっ!?」

「メグ!!」

突然、私の耳を襲った熱と衝撃。キーンと耳鳴りがして、何が起きたのかわからなかった。頬を思いっきり叩かれたんだ、とわかったのは数秒後だった。一瞬、耳鳴りと共に周囲の音も掻き消えたから本当に驚いた。ビックリしたのが一番だったから、今になってようやくじわじわと頬が痛んできたよ。そして口の中に広がる鉄の味。切れちゃったか。食いしばる暇もなかったもんね。耳がよく、聞こえない。遠くの方でリヒトの叫ぶ声が聞こえてくる。

「おい、ハゲ！　っざけんなよ！　ふざけんなよ!?　な、ま、魔術が使えない……!?」

私は両手を頭上で繋がれているので倒れることさえ出来ずにただガックリと項垂れた。は、はは。気を失ってはいないから、だいぶ私も強くなったってことだよね。生理的に涙が流れてはくるけど、悲しかったり怖かったりはしない。だって、隣ではロニーが心配そうにオロオロしてくれているし、リヒトが私の代わりにものすごく怒ってくれているから。でも、魔術が使えないっていうリヒトの言葉には動揺を隠せない。ど、どういうこと？

「てめぇ、自分の立場ってもんが、わかってねぇみたいだ、なっ！」

「ぐあっ……！」

ゴードンが今度はリヒトのお腹を思いっきり蹴り飛ばした。繋がれているから転がって衝撃を逃すことも出来ず、リヒトはその場で丸くなって呻いている。や、やめて！

「何してんだいっ!?　やめなゴードン!!」

その後も何度かリヒトを蹴り飛ばすゴードン。殴られた衝撃で、やめてと叫ぶことも出来ずにいたところへ、ラビィさんの制止する声が聞こえてきた。いつの間にかあの重たいドアを開けて戻ってきていたらしい。まだ耳がよく聞こえてないからかな、気付かなかった……。

「大事な魔力源だろう！　体力を無駄に削るんじゃないよ！」

止めてくれたのはありがたいけど、やっぱり私たちを道具と思っているかのような言い方だ。余計に悲しくなってしまう。それでも、庇《かば》ってくれて嬉しいって思っちゃうのは、どうしようもないな。

「せっかく、これでしばらく顔を見なくて済むと思ったのに……。大きな物音がするから来てみればこれかい。短気な性格も大概《たいがい》にしな！」

「うるせぇなぁ、少しくらい八つ当たりさせろ！　やっとの思いで転移陣を起動したってのに。手に入れるのにこんなに苦労させやがって」

「アンタは待ってただけだろ。苦労したのはあたしだ！」

　あぁ、そんなやり取りやめてよ。聞きたくない。ラビィさんがそうやって私たちのことを言うのは、いちいち心に突き刺さるよ。だけど、私は見逃さなかった。一瞬。そう、一瞬だけラビィさんが苦しそうな表情を浮かべたのを。ほんの少しだけその琥珀《こはく》の瞳が揺れたんだ。気のせいじゃ、ないよね？　諦めの悪い私が、都合のいいように見てしまっているだけかな？

「まぁいい。せっかくこうして大量の魔力源が手に入ったんだ。すぐに術を発動させるぞ」

　ゴードンはそう言うと、リヒトの髪をガシッと乱暴に掴んだ。何度も蹴られてまだ呻いているのに、酷い！　無理やり上体を起こされている格好で、リヒトは苦しそうだ。うう、すぐに助けてあげられないのがこんなにも辛いなんて。ここでじっと見守ることかしか出来ない。ゴードンは荒々しい手付きでリヒトの首につけられている鉄の首輪を外している。そこでようやく私は気付いた。

あれ？　もしかして、あの首輪って。

「ほら、さっさとこの魔術陣に魔力を流せ。いいと言うまでずっとだぞ」

「だ、れが……言うこと、聞くかよ……！」

　髪を掴み上げながら言うゴードンに、リヒトはまだ反抗を続けている。口から血が流れてるのが見えた。リヒトも衝撃で口の中が切れたのかな。蹴られた場所は大丈夫かな？　心配ばかりが募《つの》る。

「ふん。まぁ、そんなこったろうとは思ったさ。素直に言うことを聞かねーなんて、予想通りなんだよ。おい、ラビィ。……やれ」

　ゴードンが目だけをラビィさんに向けて指示を出す。ラビィさんは苦虫を噛み潰したような表情を浮かべ、私たちに目を向けた。思わずビクッと身体を震わせてしまう。そのまま私とロニーの元に近付いてくるラビィさんは無表情で、何の感情も抱いていないかのように見えた。ね、ねぇ、せめて何か言ってよラビィさん。何をするつもりなの？　その手に持っている松明《たいまつ》の火が、妙に目に付く。一歩一歩近付いてくるその様子が、私たちを不安にさせた。ピタリ、と私たちの前で立ち止まったラビィさんは俯いていた。微かに手が震えているようにも見えたけど、揺らめく炎のせいかもしれない。わからない、ラビィさんの真意はどこにあるの？

「おいラビィ！」

「わかってるよ！　うるさいねぇ！」

ゴードンの怒号《どごう》に、負けないくらい声を張り上げたラビィさんは、手に持っていた松明を勢いよく掲げ、私とロニーの手足に繋がれている鎖を炙《あぶ》り始めた。鎖は鉄で出来ていて、全部が繋がっている。だから、このまま熱せられ続けたら……！

「や、やめろ、やめろよ！　ラビィ!!」

「うるさい！　やめてほしけりゃさっさと言う通り魔力を流すんだ!!」

じんわりと、繋がれた両手両足首が温かくなってきた。怖い……。怖い、けど、これだけは聞いておかなきゃ！

「そ、その術が発動したら、どうなるの!?」

本当は聞きたくないし、答えはわかってる。でも聞かなきゃいけない。私は、ドクンドクンと鳴る自分の心臓の音を感じながら答えを待った。するとゴードンはニヤリと笑い、嬉しそうに笑った。

「お前らがここに来たのとほぼ同じさ。こいつぁ、魔力を持つ子どもを呼ぶための術だ。城がまた妨害しようと思ったとしても出来ねぇだろうよ。なんてったって、必要な魔力は膨大。すでにお前たちの時に一度、大量に使っちまったんだからなぁ？」

やっぱり、転移の魔術……！　っていうか、妨害？　お城が？　もしかして、東の王城の人たちは、最初から転移されてきた子たちを保護するために妨害の魔術を発動していたの？　じゃあ、本当に私たちはずっと、私たちを救おうとしてくれていた人たちから、逃げ続けてたってこと？　ライガーさんたちは、本当に、本心から私たちを心配して、保護しようとしてくれていたっていうの!?　……やり切れない。リヒトはもっとそうだろう。ごめんなさい、ライガーさん。最初から貴方を疑ってかかってしまって。ラビィさんが指名手配されてるって知って、逃げなきゃってことしか頭になくなってしまったんだ。ああ、私はどうしようもなく馬鹿だ……！

「けどこっちには魔力がたんまりある。なくなっても替えがある上に、休めば魔力も回復していくって言うじゃねぇか。はーっはっはっはっ！　どうだ？　お嬢ちゃんよ？」

やっぱり電池なんだ、私たちは。悔しいし、頭にくるしで言葉が出ない。確かに私たちは馬鹿だったよ！　マヌケだって思う！　ううっ、でもリヒト！　気に病まないでよね！　過ぎたことは今、考えちゃダメなんだ。

「自分の魔力のせいで、罪もない亜人の子どもがこの大陸に転移させられる気持ちは？　そして売られていくんだ……。お前の力のおかげでな！」

なんって、酷いことを！　魔大陸でも子どもはとっても貴重な存在なのに。あとその言い方ーっ！　わざわざムカつく言い方をしてくるのがもうっ！　というか、待って。そんなこと続けてたら、怒り狂った魔大陸の人たちが押し寄せてくる。下手したら大陸間同士の戦争が始まりかねない。魔大陸に住む人たちは理性的だけど、怒りが爆発したらちょっと手が付けられなくなる性質がある。魔物としての本能が抑えられなくなってしまうのだ。ハイエルフの郷《さと》で起きた魔王である父様の一件が良い例だ。あの時は本当に大変だったんだから！　魔力が多い者ほどその傾向は顕著《けんちょ》だってお父さんが言ってたことがあるし、そうなったら罪のない人たちが多く犠牲になるかもしれないじゃないか。戦争じゃない、むしろ亜人たちの一方的な侵略と虐殺《ぎゃくさつ》になりかねない。そんなことあってはならないし、させたくもない！

そのリスクをこの人はわかっているの⁉　自分の利益だけを見て、それに目が眩《くら》んで……。そのせいで起こる弊害がどれほどのことか、わかってないんだ！　わかっていてやってたとしたら、もうそれは救いようのない悪人だよっ！

「絶対、ダメだよリヒト！　絶対、魔力を流しちゃダメ……！　あつっ！」

ジリジリと、手首や足首が焼かれていく感覚が襲ってくる。熱い、痛い……！　でも声をあげたらリヒトが心配しちゃう。隣ではロニーもグッと声を噛み殺してる。ロニーだって気付いたんだ。魔大陸に住む者の性質を知ってたら誰だって想像がつくもんね。きっとリヒトはこの恐ろしさに気付いてはいないと思う。というか、気付かなくていいけど！

「やめろよラビィ！　お前っ……メグとロニーがあんなに苦しんでるのに！　何とも思わねーのかよっ⁉」

リヒトが必死になって叫ぶ。それを聞いたラビィさんはスッと表情を消して淡々と答えた。

「……あたしだって、本当はこんなことしたくないよ」

「ラビィ！　じゃあ……！」

「勘違いしないで」

希望が見えた、というようなリヒトの言葉を、ラビィさんはピシャリと遮った。その手には松明を持ったままで、今もさらに鎖は温度を上げ続けている。

「大切な商品だからね。傷付けたくないし、せっかく魔力が必要なのに体力を奪うことになって……。使い物にならなくなったら困るから。それだけさ」

「……っ！」

ラビィさんの、あまりの言いようにリヒトはついに黙ってしまった。私だってロニーだって、言葉が出ないよ。

「ぅ、あっ……！」

いよいよジュウッ、と手足が焼ける音がし始めて、抑え切れず呻き声を漏らしてしまった。痛い、痛い、痛い……！　でも、ダメ。手足が丸焦げになったって、魔力は流しちゃダメなんだ！　お願いリヒト、魔力を流さないで！

「……った。わかった！　魔力を流すからっ！　だから、今すぐその火を消してくれよぉラビィぃいぃ!!」

だけどリヒトは、耐え切れなくなったのかついに泣き叫びながら懇願《こんがん》した。ダメだよ！　ここで魔力を流したら、被害者が増えてしまう！

「魔力を流すのが先だよっ！　こいつらが大切なら！　さっさとやれば良かったんだ!!」

「く、そぉぉぉぉおっ!!」

叫びながらリヒトは足元の魔術陣に魔力を流した。遠慮も何もない、全力だ。すぐに魔術陣は光を放ち始め、収まった頃には数人の小さな影がそこに現れた。現れてしまった。人影は三人。どの子もまだ子どもで、半魔型だ。魔大陸から強制転移させられてきたんだってことがわかる。三人ともポカンとしていて、私たちの姿を見てすぐにその瞳に恐怖の色を滲ませていた。そりゃそうだよね、私たちは苦しそうにしながら鎖で繋がれているんだもん。

「連れて行け」

ゴードンがそう声を出すと、どこからともなく仲間らしき人物が五人ほどやってきて、あっという間に子どもたちを捕縛、部屋から連れ出してしまった。魔力を持っているから抵抗出来ないようにするためだろう、黒い首輪がすぐさまつけられた。私たちにつけられているのと同じ。薄々そうだろうなとは思っていたけど、やっぱりこの首輪は魔力を封じる魔道具だ。見覚えがあるもん。だからリヒトは魔術を使えなかったんだ。

酷い。本来これは、魔力の暴走を防ぐために、お医者さんが許した時に初めて身に付ける物だ。あまり長時間付けっ放しにしていると、魔力が外に出て来れなくなって体内で魔力の爆発が起きる危険性がある。具体的には発熱してしまうのだ。定期的に魔力を放出しないとひたすら熱が上昇し続けるから、最悪、死んでしまう。だから特に魔力を多く持つ者には使用を推奨《すいしょう》されていないし、使用方法が細かく決められているのに。合法の奴隷に使用する専用の拘束具は、わかりやすいように赤色で統一してあるって聞いたことがあるから、これはそれとは違う。そりゃそうだよね、あんな高価で珍しい物、そう簡単に手に入らない。けど治療用のこの首輪はそれなりに流通してるから、きっとそういうことなんだろう。

子どもたちの泣き声と悲鳴が聞こえてくる。ごめんね、ごめんね、どうか無事でいて……！　痛みと悔しさで、私はそう思うことしか出来ない。だって今、声を出したら私が泣き叫んでしまいそうだったから。

リヒトは休む間もなく、立て続けに魔力を流す羽目になってしまった。私たちを呼び寄せた時と違って「魔力の多い子ども」という細かい制限がないから、魔力の消費もその時ほどではないんだろう。それでも、かなりの魔力が必要になるのは間違いないのに本当に容赦がない。でも、そうやってリヒトが無理をすることでようやく、ラビィさんが火を鎖から離してくれた。火を離してくれはしたけど、鎖の熱が冷めるまで熱さは続く。私とロニーはひたすら耐えた。手首足首はきっと、酷い火傷《やけど》になってるだろうな。でも、そんな痛みよりリヒトの方がもっと痛い思いをしてる。なによりも、心が。自分のせいで罪のない子どもを誘拐することになったし、私たちも酷い仕打ちを受けてしまったのだから。言う通りにしないと、また私たちが苦しむと思ってくれたんだよね。リヒトが本意じゃないってこと、ちゃんとわかっているからね。その顔を見ればそんなこと、すぐにわかるよ。私たちがリヒトを責めることなんて、絶対にない。だってそのリヒトの苦しみは、私にもロニーにも待ち受けているんだから。そう思うと、絶望感が心に押し寄せてきた。

それからどれほどの時間が経過したのか。休みとも言えない休みを挟みながらも魔術陣を起動し続けたリヒトは、ついに魔力がほぼ尽きて気を失ってしまった。次に魔術陣の上に連れていかれるのは私のようだ。ガチャガチャと壁に繋がれている部分を外し、手に繋がれている鎖をグイグイ引っ張られた。火傷の腕を引かれることで、すでに気を失いそうになるほど痛い。嫌でも動かなきゃいけない。鎖で重たいし、腕と同じように火傷している足で歩くのは苦行だった。そんな中、引きずるように連れていかれるリヒトの行方をどうにか目で追う。どうやら、部屋の隅にある小さな牢の中に入れられるようだ。今まで私がいた場所に繋がれるのかと思っていたから、少し疑問に思う。

「ほら、さっさと魔力を回復しろ。あぁ、変なこと考えるなよ？　もし変な様子が見られたら……。また残りの二人が痛い目に遭うぜ？」

牢に投げ込まれたリヒトを無理やり起こして、そんなことを言うゴードンの仲間の一人。リヒトは少し呻いていたから、ちゃんと聞いていたのだろう。弱々しく拳を握りしめている。きっと、すごく悔しいんだ。私だって同じ気持ちだよ。変なことを考えるなよって言うけど、そんなこと考える隙もないほど弱らせているのは誰だっていうのっ⁉

「よし、次はお嬢ちゃんだぜ？　どれだけ魔力が持つかなぁ？　半日は持ってくれよぉ？」

猫撫で声に腹が立つ。だけど、私には言うことを聞く以外に道がない。ロニーにあれ以上の負担は負わせられないし、あんなに弱りきったリヒトに何かされたら……！　今度はどんな酷いことをされるかわからない。悔しい。悔しい。悔しい……！　連れてこられた子たち、怖い思いをさせてごめんね……。ポロリと、涙が溢れた。

果てしなく長い時間に感じた。周囲にいる組織の人たちが話す内容から察するに、もう半日以上、私はここで魔力を流し続けている。目がチカチカしてきた。苦しい……。

「メグはもう限界だ！　やめさせろよ!!」

そんな時、リヒトがそう叫ぶ声が聞こえてきた。やけに元気な声だ。まさか、もう魔力が回復したの？　この大陸で、こんな短時間で？　ぼんやりとした頭でなんとかリヒトの方にチラッと目をやると、リヒトの足元に小さな魔術陣が描いてあるらしいのがわかった。淡く発光している……？

常時発動型の陣かな？　もしかして、あの魔術陣の中にいれば、魔力の回復が早い？　だから壁際には繋がれず、あの牢の中に入れられたってこと？　朦朧《もうろう》とした頭で私は必死に考える。あれは魔力回復を手助けする魔術陣なのかな？　効能はなんであれ、あの牢の中にはわずかに魔素があるっていうのは間違いない。じゃなきゃあの魔術陣は光っていないはずだもん。リヒトの様子を見る限りだと、魔力はそこそこ回復してるんだと思う。でも魔力抑制《よくせい》の首輪をされているから、自分で魔術は使えない。逃げ出そうという様子を見せたり反抗すれば、私やロニーが罰を受けるから何も出来ずにただ回復を待ってる、ってところかな。それは仕方ない。でも私は違う。だって、私には声に出さなくても呼びかければ意思を感じ取ってくれる存在がいるのだから。

そう――――魔素さえ、あれば。

「ふんっ、そろそろ魔力切れか」

ぐったりとしている私を、ゴードンが移動させる。いつの間にここに戻ってきたんだろう。ゴードンは乱暴に牢の中へ私を放り投げた。リヒトと入れ替わる感じだったっぽいな。リヒトの叫ぶ声が聞こえたから。でも私はもはや悲鳴をあげる元気もない。こんなにキツイんだ。ギリギリまで魔力を使うのって。精霊たちに魔力を渡して眠くなるのとは段違いだ。無理やり魔力を流し続けるのは、吐き気を催《もよお》すほど眠いのに殴られて眠らせてくれない、みたいな辛さがある。

あぁ、私の魔力によって魔大陸からまた何人も転移させられてしまったのかな。でも、待ってて。必ずみんな助けてみせる。希望が見えたから。もう絶対に、諦めない。牢の鍵が閉められ、ゴードンがその場から立ち去っていくのを待ってから、私は目を閉じて祈った。地面に倒れ臥したままなのは許してほしい。

ショーちゃん、ショーちゃん、あなたたちは無事かなぁ？　きっと眠っているよね？　お願い、起きて。あとで必ずたくさん魔力をあげるから、助けてほしいの。ここなら、少し魔素があるから動けると思う。

『ふわぁ、なぁに？　ご主人様……あ！　本当だっ、少し魔素があるのね？　ってご主人様!?　えっ、えっ、どうしたのーっ!?』

ふふっ、ショーちゃんのその明るい声のおかげで元気が出るよ。私にはちゃんと仲間がいるって思い出せた。ずっと魔石の中で眠っていただろうから、状況なんかわからないよね。でも、無事みたいでよかった。ビックリさせて、心配させてごめんね？　でも、見ての通り緊急事態なの。ショーちゃんには二つ、頼みがあるんだ。

『まかせてなのよ！　ご主人様をこんな目に遭わせたヤツ、許さないのよっ！　フウたちにも知らせないと！』

ショーちゃんはグッと拳を握りしめてやる気満々といった様子だ。頼もしいよ、ショーちゃん。

……よく聞いてね？　ここも魔素がたくさんあるわけじゃない。ショーちゃんが使う分、私の回復量も減るだろうからあんまり時間をかけると怪しまれちゃうんだ。だからどこまで出来るかは、ショーちゃんが判断してほしい。頼みたいことの一つは、今あの魔術陣に連れていかれた赤茶の髪の男の子、ロニーに伝えてきてほしいことがあるの。

『あの子なのね？　それは簡単なのよ。ドワーフの子だから私のこともわかるのよー！　ほら、気付いてこっち見てるのよ？』

うっすらと目を開けてロニーの方を見ると、微かに目を見開いているのがわかる。よし、それなら話は早い。ここでなら精霊を呼べることが伝わったはず。だから、ロニーにはこの牢に入れられたら、精霊とどうにか話して、いつでも力が使えるようにしておいてほしいってことを伝えて。

……助けを、呼ぶから。

『わかったのよ！　助けって……影鷲？　それとも頭領？』

私を探してくれている人なら誰でも大丈夫。一人に知らせれば、みんなに伝わると思うから。本来ならみんなも魔大陸にいるはずなんだけど……。私の過保護な保護者たちは、絶対に私を探してくれている。私が人間の大陸にいるってことにも気付いていると思うんだ。だって、オルトゥスだよ？　特級ギルドだよ？　絶対その結論を導き出してる。どうやって？　とか、根拠なんか何もないけど……。すでに何人か、この大陸に来ていると思うんだ。いや、本当に根拠なんかないんだけど！

これは、賭《か》けだ。私はオルトゥスのみんなを信じてる。みんなの規格外な能力の高さを信じてるんだ。きっと、人間の大陸に探しにきてくれてるって。だからね？　ショーちゃんには、この大陸にいるだろう、オルトゥスの誰かに助けを求めてほしいの。でも、魔素のない中だと動き回れないかなぁ？　やっぱり難しい？

『人間の、大陸かぁ……うぅーん』

ショーちゃんは腕を組んで悩み始めた。それからチラチラ私の方を見て、決意したように顔を上げた。

『少しだけ、ご主人様の魔力をもらいたいのよ。そうしたら、きっと足りるのよ』

少しだけ？　今の私にあげられる魔力は、ほんのちょっぴりだよ？　それに私は今、制御の魔道具をつけられているから、自分で魔力を出せないの。

『自分で吸い取れるし、ちょっとで大丈夫なのよ。それにとっておきの力があるのよ？　ご主人様、私の本当の名前を、呼んで？』

本当の名前。それは、真名《まな》ってことね？　そっか。真名を持つショーちゃんは、その名を呼ばれるとものすごい力を発揮出来るんだったね。初めてだから、ドキドキする。それじゃあ、お願いしようかな。無理させちゃうけど、ごめんね。ショーちゃんのこと、信じてるよ。くれぐれも、自分の身の安全を優先させてね。私の最初の契約精霊。声の精霊。特別な貴女へ。

「長谷川《はせがわ》、聲《しょう》……！」

「あん？　なんか言ったかお嬢ちゃんよぉ……。なんだ、寝言かよ。こんな状態で呑気《のんき》なヤツだな」

私の小さな呟きはよく聞き取れなかったみたいで、見張りの人には気付かれなかったようだ。だけど、ショーちゃんには伝わった。いつもよりも眩《まばゆ》く光り輝いたその姿はとても綺麗だ。ロニーには見えたかな？　ショーちゃんは私から魔力を吸いとると、あっという間にロニーの元へ飛び、それから数秒後にはこの場から姿を消した。行ってくれたみたい。帰ったらたくさんたくさんご褒美《ほうび》をあげる。だからどうか、助けを呼んできて。信じて、待ってる。

『まかせてなのよー！　ご主人様ーっ!!』

そう叫ぶショーちゃんの声を聞き届けた私は、ついに魔力切れで意識を手放すこととなった。

第2章・信じること

1　皇帝との対談

【ユージン】


「二十年ほど前だったか……。その辺りから急激に人攫いが増え始めた」

皇帝は、淡々と話し始めた。いわく、裏で非合法な人身売買がなされていることは掴んでいたが、潰せど潰せど商売を引き継ぐ者が現れるようで解決に至れずにいたらしい。組織はなかなかに巨大であり、人員が多い上に、どいつもこいつも黒幕が誰であるか知らない、ときた。まるでトカゲの尻尾切りのように、下っ端を切り捨てているみたいだな。組織の頭を潰すしかないものの、その頭がどこにいるのか長いこと掴めずにいた、と皇帝は言う。しかもその頭ですら頻繁に代替わりをしている可能性もある、と。そんな折、二十年ほど前からやけにそいつらの活動が活発になったという。

「それも、魔力を持った者が多く行方不明になったのだ」

「えっ、でもこの大陸にはあまり魔力持ちの者はいませんよね？」

皇帝の言葉にアドルが当然の疑問を投げかけた。皇帝は一つ頷く。

「数少ない魔力持ちの人間もそうだが……。所有者がいる奴隷が攫われていったのだ。複数人の所有者が訴えたことでそれが明るみになった。調べれば、攫われた中にはどうやら非合法奴隷も混ざっている」

「む、非合法か。それをどうして知ることが出来たのだ？」

俺も思った。当然、皇帝も考えたことだろう。すでに結論が出ているからか、皇帝は考えることなく答えていく。

「あまりにも攫われた人数が多かったのだろう。非合法奴隷の所持者もついに名乗りをあげたのだ」

ふむ、と納得したように腕を組んだアーシュは眉間にシワを寄せている。その非合法の奴隷ってのは魔大陸で攫われた者で間違いないからだ。魔大陸から攫われ、そして売られて、再び攫われるなんてな……。俺だって心が痛む。長年、魔王城でも頭を悩ませてきた問題だからアーシュは余計に心を痛めるんだろう。

唯一の救いは、正規の奴隷と同じ拘束具を身に付けている点だな。あれは特殊な作りだから滅多に手に入らない、いわばレアな魔道具だ。だからその辺の悪いヤツらは、魔力制御が覚束《おぼつか》ない子どもに使う、医療用のものを代用するもんだ。あれは魔力を無理やり抑え込むから医者の許可がないと使えないが、比較的手に入れやすい。素人が使うと危険な代物だからもっと制限をかける必要があると前々から思ってるんだよな。

じゃあなぜ、そんなレアな拘束具を身に付けているかがわかるかというと、その部分を徹底している組織があったからだ。その組織の名前は特級ギルドネーモ。今は壊滅したあのギルドだ。そこの元ボスでありハイエルフの元族長でもあったシェルメルホルンが、身体に害を及ぼさない拘束具を用意していたってわけだ。人攫い自体には関与してなかったとはいえ、非合法の人身売買に関わっていた時点で許せないのだが、そのおかげで魔大陸の者たちが無事なわけだし、正直なところヤツがボスでよかったとは言えなくもない。言いたくはないが。

「魔力を持つ者だけを狙って攫うなんて、リスクが高すぎるではないですか！」

皇帝の話を聞いてアドルが信じられない、と言うように眉を顰める。そうだよな、ただでさえこの大陸では魔力持ちの者が少ないんだ。非合法奴隷を所持してる者は秘匿《ひとく》してるだろうし、まず探し出すのもひと苦労……ん？　なんだ？　何かが引っ掛かる。

「商売目的ではなかった……？」

ポツリと呟いたのはギル。それだ。確かに魔力持ちは高値で取り引きされるのだろうが、アドルの言ったように魔術で返り討ちに遭うリスクもあるし、無理やり手に入れる難易度も高い。いくらなんでも労力に見合わない。魔力持ちを狙い続ければ、自分たちの足がつくリスクだってあるのに。つまり、これは奴隷を高値で売ることが目的じゃねぇんだ。やはりギルも頭が回る。口数は少ないが、こういう時に的を射た発言をしやがる。まったく、頼もしい限りだよ。

「……その可能性が高いと、我々は思っている」

難しい顔で皇帝は唸《うな》った。それにしても二十年前、か。心当たりがありすぎるな。

「おい、アーシュ。この問題はこっちにも落ち度があるな？」

「それは、どういう……？」

俺の言葉に皇帝は軽く目を見張《みは》った。俺がアーシュに目配せすると、アーシュは心得たとばかりに頷く。

「うむ。実はその二十年ほど前、魔大陸で活動していたキナ臭いギルドが一つ潰れたのだ。今は代替わりして一から出直している。こちらの大陸での非合法な商売は完全に無くなったと考えて良い」

キナ臭いギルドってのは当然ネーモのことだ。規模は小さくなったが、新しいボスのマーラの手腕は見事の一言に尽きる。メキメキ力をつけている人材派遣型ギルドだ。非合法がなくなっただけで、これまで同様、人身売買も行なっている。重犯罪者を奴隷として人間の大陸に送ることも稀ではあるが行なっている。気分は良くないが、こういった仕事はやはり必要だからな。まぁ、今はそれはいい。

「つまり、その為に魔大陸側から送られてくる魔力持ちの奴隷の数が一気に激減した、ということか……！」

「そういうことになる」

突如、魔力持ちの人攫いが増えた謎が解決した、と皇帝は深く頷いた。魔大陸側から来ないのだから、魔力持ちを手に入れるには、こっちですでに売られていった奴隷を集めるしかないってことだ。

「話を戻そう。なぜ、魔力持ちの人材を集めたのか。我々は会議を経て、ほぼ間違いないであろう推測を立てた」

皇帝は、グッと両拳を握りしめる。俺たちもすでに結論は出しているが、黙って続きを待つ。

「転移陣を起動させるためだ。我々はご存じの通り、ほぼ魔力を持たずに生まれてくる。持っていたとしてもごく僅かなことが多い。そんな人間が転移陣を起動させるのは困難だ」

「……そうであろうな。ただでさえ、転移陣はかなりの魔力を消費する」

「だとすれば、苦労して溜めた魔力で最初に転移させるのはどんな人材だとお思いか？」

続く皇帝の問いに、俺たちは揃ってギリッと拳を握り込む。そうだ、そうだよ。そんなの、わかりきっている。

「保有魔力の多い者……！」

「そうして呼び寄せた者の魔力を使えば、何度でも転移陣が使える、ってことですか……⁉　そして次から次へと、魔大陸から魔力持ちの、それも御《ぎょ》しやすい子どもを呼び寄せるつもりなんですね⁉」

「メグは、エネルギー源扱いってことかよ！」

アーシュの言葉にアドルが続く。俺はあまりにも酷いメグの扱いを想像して、今にも怒りが爆発しそうだ。転移陣を発動させるために拘束され、ひたすら魔力を吸い取られ続ける。そして、自分のせいで何の罪もない魔大陸の子どもたちが攫われてしまうと知ったら……！　隣でギリッと歯を鳴らすギルの気配を感じた。

「……皇帝。お前たちはなぜ、転移陣を使うと推測したんだ。転移陣は、俺たちにとっては身近なものだが人間がそこに思い至るのは、不自然だ」

視線で射殺しかねないギルの口から発せられたのは、尤《もっと》もな意見。確かに、転移陣は俺たちにとっては誘拐の常套《じょうとう》手段だしな。魔大陸内なら、どこへ誘拐されてもギルが瞬時に迎えにいける。だから問題ないとまったく対策してなかったのが悔やまれるが……。今はそんなことを考えてる場合じゃねぇ。

「……知っていたのだ。近いうちに、魔術陣が発動されるであろうことは」

「……なんだと？」

ザワリ、と室内の空気が揺れる。そろそろ、誰もが我慢の限界を迎えているんだ、当然かもしれねぇ。

「ま、待ってください！　こ、皇帝陛下は……！」

後ろに控えていた護衛騎士がすぐさま皇帝の前に立ち、扉近くのフリードたちが臨戦態勢をとる。

そんな護衛なんざ、意味をなさないけどな。今にもここで戦いが始まりそうだという雰囲気の中、皇帝が立ち上がり、前に立つ護衛騎士やフリードたちを軽く手で制した。

「やめろ、大丈夫だ。この方々はちゃんと見極められる」

そうして、真っ直ぐな視線で俺たちを順に見つめてくる。

「こちらに落ち度があったのは事実だが、転移陣を発動させたのは、我々ではない」

「どういうことだ？」

そのままの体勢で俺が問うと、やや言い辛そうに皇帝は口を開く。

「……盗まれたのだ。誘拐が増えてきた時と同じ頃に、我が国の東の王城で管理していた、魔術陣に関する書物が、な」

その時は犯人の目的や正体はわからなかったが、と皇帝は続けた。後になって繋がったのだと言う。

「だからこそ、組織が掻き集めた魔力持ちの奴隷を使って、何かの魔術陣を発動させるだろうと予想がついた。それが転移陣だったとわかったのは最近だ」

「最近……？」

そうだ、と言いながら皇帝は再び椅子に腰掛ける。その様子を見て、護衛たちも下がったが、後ろではなく横に待機している。

「我々も、書物を盗まれて何も対策をしなかったわけではない。中央と同等の戦力を持つ東の王城に、もしも何か魔術が発動された場合、それを阻害する魔術陣を用意させた」

あらかじめ大量に購入した魔石で魔力を補給し、いつでも阻害の魔術が発動できるようにしていたらしい。その状態だと、ちょっと大きめな魔術を使っただけで発動しちまうもんだが、人間の大陸の場合、大きな魔術が発動されること自体ほぼないから出来たんだろうな。

「こうして、その時は来た。魔術陣が発動したとの報告を受け、すぐに東の王城の重鎮《じゅうちん》たちが魔術陣の元へ向かったそうだ。発動が事実かどうかの確認をするためにな」

皇帝は両手を組んで膝の上に置き、俺たちを見据える。

「魔術陣の光が収まった時、陣の上に三人の子どもが現れたと聞いた。その内の一人が、まだ幼く、とても容姿の整った少女だったと報告を受けている」

その容姿の整った少女というのはまず間違いなくメグだろう。特徴を挙げる時に最初に見目の良さを言うってのは相当なものだからな。エルフであるメグが人間の大陸で浮くほど美幼女なのは言うまでもない。

「他には黒髪の少年と赤茶の髪の少年だったな……。つまりザハリアーシュ殿のご息女はこの黒髪の少女だとは思うのだが……」

赤茶の髪の少年ってのは、ロドリゴの息子であるドワーフ、ロナウドの可能性が高いな。他にも黒髪の少年、か。その子も一緒にいたら保護してやらないとな。しかし、黒髪の少女だと？　俺たちは揃って首を傾げた。

「黒髪？　メグは淡いピンクに輝く髪であるぞ」

「そのような報告は聞いていないな……。黒髪黒目の少女だったと。では、人違いか？」

「それにメグの瞳は美しい紺色だぞ」

アーシュが食い気味にメグの特徴を告げると、皇帝も腕を組んで首を傾げた。まさか人違いだなんてことはねぇだろうし、どういうことだ？　と思いかけたところでふと思い出す。たしか、サウラが言ってたな。

「いや、待て。あの時メグはマイユからもらった魔道具で髪と目の色を黒に変えてたって話だ。だからそれはメグで間違いないと思うぞ」

「黒髪黒目に？　それはなんでまた」

アーシュの疑問に俺ははぁ、とため息を吐いてからギルの方に目を向ける。

「サウラの話によると……。ギルとお揃い、なんだそうだ」

「俺と……？」

「メグさんは、ギルさんが大好きですもんね……。ってちょっと、頭領も魔王様もそんな目で睨んでこないでくださいっ！」

仕方がねぇだろ、羨《うらや》ましいんだから。当のギルはどこか呆けたように目を泳がせ、そしてすぐに眉間にシワを寄せた。そりゃそうだよな。気持ちはわかる。余計に、早く見つけてやんねぇとな。

「そんな魔道具があるのか……。魔大陸は本当に不思議なのだな」

俺たちの話を聞いて皇帝が感心したようにそう言うが、これは一般的じゃないってことを言っておかないとな。

「いや、どこにでもあるわけじゃねぇぞ？　うちのヤツらは趣味で色々作るから……」

「能力の無駄遣いであるな」

「……お前には言われたくねぇと思うぞ？　アーシュ」

メグの様子が知りたいからってカメラとかビデオみたいな魔道具を作らせやがったし。そういう道具が日本にはあったと話すんじゃなかったぜ。まさか本当に作ることになるとは思わなかったからな。ま、そんなことはどうでもいい。話を戻そう。

「まあ、つまり。転移した時は黒髪黒目の美幼女だったのはたぶん間違いない。だからそれはメグだ」

「……もしや、他の色にも変えられたりするのだろうか」

「好きな色に変えられるぜ？　溜めておいた魔力を使うタイプの道具だし、そんなに魔力を消費することもないからな。この大陸でも問題ないだろう」

そう答えると、皇帝は考え込むように唸りはじめた。何か思うことがあったのかもしれねぇな。

「……そんなことより、メグはどこにいる？　妨害が成功したなら、東の王城で保護したんだろう？」

暫しの沈黙の後、痺《しび》れを切らしたようにギルが答えを誘導するように告げた。実はすでに、答えを知ってるけどな。皇帝の口から言ってもらうことで、事実として確定させたかった。出来れば嘘であって欲しいところだが。ギルの質問に、皇帝は申し訳なさそうに眉根を寄せて口を開く。

「……いや。保護できなかった」

「……なぜだ？」

ザワリと空気が揺れ、ギルの怒りで部屋の窓がガタガタと音を鳴らす。けれど皇帝は冷や汗を流しながらも臆《おく》することなく正面からギルを見据えた。やっぱ大したもんだよ、今代の皇帝も。素直に感心するぞ。

「正確には、逃げ出されたのだ」

「逃げた……？　メグが？」

ん、その情報は初耳だな。転移された直後、呆然とする三人の子どもたちに城の者が説明しようとしたらしい。だが彼らも、魔石の中の魔力残量を確認するだけのつもりが、まさか子どもが現れるとは思ってはおらず、動揺していたという。そこで、頭の回るノットという大臣がなんとか落ち着かせようと子どもたちに声をかけたらしい。自分たちを呼んだのが悪い組織であったと知ったら怖がらせるかもしれない、という考えから「呼び寄せてすまない」と嘘をついて。だがその配慮がむしろ誤解を招いたのか、逆に警戒されてしまい、黒髪の少年の魔術により一瞬でみんな消えてしまったのだと皇帝は話してくれた。

その黒髪の少年、只者《ただもの》じゃねぇな。転移の魔術だなんて、魔大陸の者ですら出来ない者の方が多いというのに。保有魔力も膨大なものだろう。しかも聞けばその時に転移陣の類は現れなかったって言うし、自分の魔力だけで転移したんだろうな。自分の他に二人も連れてたってんだし……。大人になればギルにも迫る魔力量になるんじゃないか？　気になる少年だ。

「その後もずっと追ってはいたのだが、それが余計に怖がらせる原因になっているのか、なかなか捕まらない。子どもだから簡単に保護できると思っていたのだが、どうやら手引きしている者がいるようなのだ」

「手引き？」

そうだと頷きながら皇帝は軽く手を上げて合図をすると、一枚の紙を従者から受け取り、俺たちに見せた。そこには、長い髪をポニーテールにした女が描かれている。

「女冒険者、ラビィ。人攫いだと噂されている」

「色んな町で見たよ、その手配書。やはり、そいつが攫った子どもってのがメグたちなんだな？」

ほぼ間違いないだろうと話していた推測が確定されたことで、俺を含めた誰もが殺気立つ。くそ、その女。絶対ぶちのめす。

「い、いや待ってください！　城からも逃げ出せたその三人が、人攫いから逃れられないのはおかしくないですか⁉」

うっかり護衛騎士を二人、殺気で気絶させちまったところで、アドルが慌てたように声を張り上げた。お前のそういう冷静なところに、いつも助けられてるよ。実をいうと道中そんな話をしてた時も、同じことを言って俺たちを宥《なだ》めてくれたんだよな。俺は軽く息を吐いて気持ちを落ち着かせた。

「……だが人質に取られてたり、脅されてたり、もしくはうまく言いくるめられてたらどーしよーもねぇぞ」

「その可能性は高いと我々も考えている。共にいるのはこの女冒険者のみだと報告を受けているからな。実力が中の上程度の女が、一人で子ども三人を力でねじ伏せるのは難しいだろう。魔術も使えるし、子どもとはいえ二人はそれなりに成長した少年だからな。言いくるめられていると考えるのが妥当だろう」

メグは素直だからな。簡単に騙されるだろう。というか環《めぐ》の時からそうだ。危なっかしいったらない。そこがメグの美点でもあるんだが……。皇帝の言葉に、アドルがおずおずと小さく手を上げて疑問を口にした。

「でも、それこそ女冒険者一人で、三人の魔力持ちの子どもをどこへ連れて行こうというんでしょうか。間違いなく人攫いの組織が絡んでいるとは思いますけど……」

「組織の本拠地《ほんきょち》に向かう可能性が高いと考えている」

本拠地、か。まぁそうだろうな。きっと、メグたちはその女冒険者を信頼してるんだろう。女冒険者も目的の場所に連れて行くために、子どもたちを懐柔《かいじゅう》しているんじゃないか？　反抗的な子どもより、信頼させて協力してもらった方がずっと楽だしな。

「このラビィという人物は、人のいい姉御《あねご》気質な冒険者だったそうだ。活動拠点では評判が良かった。そのことを踏まえると……」

そいつは初耳だ。俺たちはてっきりその女冒険者は組織の人間だと思ってたんだが。それさえも演技だったって可能性もあるけどな。もしくは。

「女冒険者も、何者かに利用されてるかもしれねぇってことか」

「本人に自覚がないということも考えられる」

知れば知るほどくそったれな組織だな。単純にその女冒険者をボコれば済む話じゃなくなったってわけだ。その女が利用されてるだけの存在だった場合、許せねぇのは変わらないがそこまでの罰を与えるわけにはいかねぇからな。組織の者だったとしても、いくらでも言い逃れが出来る立ち位置にいるってわけだ。くそっ、面倒だな。

俺たちがここに来るまでに仕入れた情報は、メグたちが東の王城に転移したであろうこと、そこから女冒険者に連れ去られたのだろう、というこの二点だった。だから、初めはこの国自体が腐ってきている可能性を考えた。だが実際は、ネーモが潰れたことにより暴走した、非合法の人身売買を行う組織が大本だったってことがわかった。俺たちにも非はある。非合法の人身売買がなくなることで、人間の大陸にまで影響が及ぶだろうことを失念していたからだ。ある意味、この大陸に来ておいて良かったかも知れない。雑草は根っこまで徹底的に引っこ抜いておかねぇと。人を利用して自分たちは尻尾を出さない臆病者の組織か……。絶対にぶっ潰す。

「我々はこの四人の足取りを時折見失いながらも、常に見張っていたのだが……。ある時からすっかり足取りを追えなくなってしまった。大まかに向かった方角や、組織の幹部らしき人物の名だけはどうにか調べがついているのだが」

時折見失ったのか。そりゃすごいな。いくら女冒険者がいたっつっても、国から逃げるってのはかなり難易度が高いぞ？　案外メグやドワーフの子、そして黒髪の少年なんかもいい仕事したんだろうな。今回に限り、いい仕事とは言えねぇのが辛いとこだが。

「その向かった方角の辺りを現在も捜索中だが、まだ見つからない。だが見つかったとしても、我々が行ったのでは話がこじれる可能性がある。それに、魔力持ちの子の扱いがわからないと頭を抱えていたのだ。身内のゴタゴタに巻き込み、本来ならこちらから出向くのが筋ではあるのだが……」

皇帝の言う通りではあると思う。下手したらメグたちは、この国が敵だと思ってそうだし。そんな中、国の者が来たら余計に警戒して逃げちまう。

「もちろん、俺たちが向かう。そのつもりでここに来たし、悪いと思う必要はねぇよ」

「そう言ってもらえるとありがたいな……。では、正式に頼みたい。どうか、組織の暴走を食い止め、攫われた子どもたちを救出してくれないか」

皇帝が改まってそう言うので、ここはアーシュに返事を任せるべく、目配せをした。アーシュは一つ頷いて口を開く。

「もちろんだ。我らで全て解決してこよう。メグたちがいるであろう詳しい場所の情報を教えてくれぬか」

「ではすぐに。役に立たない皇帝だな、私は……」

何から何まで頼んでしまって、もう頭が上がらない、と皇帝が苦笑している。今まで張り詰めていた皇帝としてのオーラみたいなものが、ここで初めて消えた気がする。まだ若いのにこんなでかい問題抱えて……。ずっと頭を悩ませてたんだろうな。気持ちを軽くしてやるために、俺はニヤリと笑ってやった。

「何言ってんだよ。最初から、俺には頭が上がらなかったろ？」

「ふ……。そうだな」

あー、これでまたこの国に貸しを作っちまったなー。正直何もいらないんだが。そうもいかない、とかなんとか言ってさ、あれこれ押し付けてきたりするんだろ。先代皇帝イーサンの時もそうだった。

「さて、向かった先だが、鉱山がある周辺だ。細かい場所まではわからない上に、確信はないんだが……」

「げ、まさかのすれ違いだった可能性があるな」

にしても鉱山か。メグにとっては唯一、帰還できる可能性のある場所だ。と同時に非合法の取引をするのにも鉱山から近い方がいい。すぐ引き取って隠すも良し、さっさと引き渡すのも良しだろうし。拠点はその近くにあるとみて良さそうだ。なるほど、鉱山に行けばきっと帰れるって言えば、怪しまれることもなく拠点に連れていけるってことか。

「そして、組織の人物の名前は、ゴードンとセラビスだ。この二人の名前だけは掴んでいるが、立場まではわからない。それなりの地位にいるのでは、と推測しているがな」

ゴードンに、セラビスか。よし、覚えた。骨も残らないと思えよ？　早速、鉱山へ急ぐか……。くそ、逆戻りかよ！　だがギルなら先に向かえるな。そう思って指示を出そうとしたその時、思いがけない訪問者が俺たちの前に現れた。

『助けてなのよー！』

「「「!?」」」

突如、この部屋に響いた場違いな高めの声。誰もが驚いたように目を丸くしつつ、身構えた。だが、聞いたことのある声だな？　と記憶を探ろうとしたところで、今度は小さな光が俺たちの前に

姿を現した。

「な、なんだ⁉　淡いピンクの、光……？」

皇帝が真っ先に声をあげる。それを見た瞬間、すぐにピンときた。こいつは……！

「メグの精霊か⁉」

『そうなのよー！』

思いがけない助っ人だった。いや、おそらくメグのＳＯＳだ。それにしても、精霊が俺たちに、それどころか人間の前に姿を見せてくれるとは。契約されている精霊だからこそ出来ることだが……。おかげで皇帝たちへの疑いが完全に晴れたな。ホッとしたのも束の間、声の精霊はクルクルと室内を旋回しながら俺たちに言葉を伝えてくる。

『きんきゅーじたい、なのよ！　助けてなの！』

「落ち着け、声の精霊。何があった⁉　というかメグはどこにいる⁉」

食い入るように声をかけてしまったからか、精霊は一瞬ビクッと震えた後少し上に逃げるように飛んだ。しまった、落ち着くのは俺の方だな。焦るな、焦るな。

『ご主人様は、捕まってるの。ドワーフと、人間の男の子と！　それで、いっぱい痛いで、とっても苦しいのよ！　早く助けてなの！』

「いっぱい、痛い……？」

「苦しい……？」

「怪我を、してるのか……？」

だが、続けて告げられた報告に、どうしても感情が漏れてしまった。俺だけじゃない。アーシュやギルもだ。メグが傷つけられている？　そう思ったら、何も考えられなくなる。どうしても抑えきれずに声を荒げてしまった。

「どこだ！　どこにいる⁉」

余計にビクビクと震えながら精霊が上へ上へと逃げて行くが、気遣う余裕はなかった。申し訳ないとは思う。だが、早く知りてぇ！

『か、影鷲の魔力が近くにあったの。ここに来るまでに、五十六個、辿ってきたのよ！　ご主人様は、えーっと、森の中の、地面の下のお部屋にいるのよー！』

「五十六個てお前……。ギル、わかるか？」

くっ、精霊だからか、距離や方角の感覚が違うんだろう。しかし、それでもなんとか伝えようと必死で考えて行動してくれたのだろう。精霊の、メグに対する想いは本物だ。精霊の言う影鷲の魔力というのは間違いなく影鳥だろう。ここに来るまでに、ギルがところどころで仕込んでいた影鳥の数が五十六。そして地面の下ってことは地下室かなんかがあるってことだ。そこまでわかりゃ絞れる可能性が高い。ギルに訊ねると力強く頷いている。

「わかる。十分な情報だ。感謝する、声の精霊」

「っとと、待てギル！　慌てるな！　ここで慌てても間に合うもんも間に合わなくなる！」

すぐにでも影に潜って行きそうなギルに、慌ててストップをかける。気持ちはわかる。すげぇわかるがちょい待て！　慌てるな、その言葉は自分に向けたものでもあった。

「声の精霊、いくつか聞かせてくれ。ギルは一瞬でその魔力の元へ行けちまうが、そこまでいくのに、お前だったらどのくらい時間がかかるんだ？」

『えっと……。お茶のお店で使ってるお砂の時計だったら、三回か四回ひっくり返したくらい、かなぁ？　あんまり自信はないのよー』

「あの砂時計か……。落ち切るのに五分だから、大体十五分から二十分くらいだな。くそ、この大陸は広すぎるからな」

だが、俺たちがここまで来るのにかかった時間を考えると驚異的な速さだ。さすがは声の精霊。音速で移動出来るだけある。脳内で今後の段取りを急ピッチで組み立て、指示を出す。

「ギルは一刻も早く行きたいだろうが、影鳥の元まではすぐに行けても、そこから精霊に案内してもらう必要がある。そこから気配を探って見つけるより、場所を知ってる精霊に案内してもらった方が確実だし早い。今から先に精霊には戻ってもらう。とんぼ返りで悪いがな。ギルはそこで精霊と落ち合えたら案内してもらえ。……頼めるか？　声の精霊」

そのくらいのタイムロスは仕方ねぇと思うしかない。これが最善で、最速だろうからな。ギルも、頭では理解したのだろう。動き出したい身体をなんとか抑えて頷いた。

『わかったのよ！　影鷲、ショーちゃん急ぐのよー！　ついーん、なの！』

「ああ……頼む。向こうで会おう」

ついーん、か。場にそぐわない明るい声がどこか緊張感を緩ませるな。おかげで冷静になれるってもんだ。声の精霊はギルの返事を確認すると、すぐにその姿を消した。音速だもんな。すでにこの場にはいないだろう。

「さて、と。皇帝、置いてけぼりにして悪かったな。だがお蔭で娘が見つかったようだ。それに……」

精霊が目的地に着くまでの時間を使って最後にやれることをやっておかねぇとな。まずは呆気にとられている皇帝に向き直って声をかけた。やはりこの皇帝、なかなかの器を持っているな。すぐに我に返ると、言わんとすることを瞬時に察したようだ。

「私たちが長年追っていた組織の尻尾を掴んだ、という認識で良いだろうか」

「ふっ、さすがだな。その通りだよ」

話が早くて助かるぜ。ついニヤリと不敵な笑みを浮かべちまう。少々、皇帝の顔を引きつらせちまったがまぁいい。

「ギルはさっき言ったように、この後すぐに精霊が言っていた場所に行き、メグたちの救出だ。その道中、俺たちにも場所を伝えるのを忘れるな」

「わかった。頭領に影鳥を一羽預ける」

そう言ってギルは自身の足元の影から影鳥を一羽生み出した。影鳥はフワリと飛んで、俺の肩に乗る。俺たちにとってはいつもの光景だが、皇帝を含む人間たちは驚いたように見つめている。本当に魔術が珍しいんだな、と思って苦笑した。

「メグの救出については……。好きにしていい、と言いたいところだが」

本音で言えば、そんなクズども跡形も残らず潰せって言いたいんだがなー。チラッと皇帝を見ると、それを受けて軽く頷き、皇帝が俺の言葉を引き継いだ。

「気持ちはお察しする。だが、犯人たちは生かしておいて欲しい」

「色々、聞かなきゃなんねぇだろうし、そもそも禁忌《きんき》だしな。そういうことだ、ギル」

ふん、何とも命拾いしたもんだ。ここが魔大陸であったなら、こっちのやり方で好き勝手出来るんだが……。ここは人間の大陸。ここで俺たちが暴虐《ぼうぎゃく》の限りを尽くすのは禁忌だ。これまで保ってきた二つの大陸のバランスが崩れ、最悪の場合、世界を巻き込む戦争になる。それは本意じゃないからな。

「……………善処《ぜんしょ》する」

「……………いや、まじ頼むぜ」

気持ちはよくわかるんだ。わかるけどな⁉　耐えてくれよ、ギル⁉

その後も、いくつか確認し合ったあと、ギルには少し早いが影に潜り込んでもらった。おそらくもう目的の地に着いてるんだろうな。んっとに羨ましい能力だぜ。まぁ、精霊と落ち合うまではヤキモキしながら待つことになるだろうが。

「このほんの僅かな時間に、メグが傷付いていないと良いのだが」

「組織にとっちゃあ大切な魔力源だろうから、殺しはしねぇだろうが……。全く手を出してないとは、言えねぇもんな」

これまで黙っていたアーシュが、静かにそんなことを言うものだから、うっかり悪い想像をしちまったぜ。メグに傷なんか残してみろ？　ただじゃおかねぇ……！

「まっ、待ってください二人とも！　ここで殺気を放出しないでくださいよっ」

アドルの声でアーシュとともにハッとする。しまった、またしても二人ほど意識を奪っちまったらしい。

「……悪かった、皇帝よ」

「い、いや……。仕方のないことだと、理解はしている」

アーシュの謝罪に、皇帝の笑顔が引きつっている。それを見て、俺とアーシュは再度反省した。ここで苛立っても意味がないどころか迷惑にしかならねぇんだからな。気を付けよう。

「うし、俺たちも動くとしよう。皇帝、そっち側もな」

「ああ。だがこちらは準備に少し時間がかかりそうだ。途中にある大きめな都市に騎士団を待機させておく。申し訳ないが、そこまで組織の者たちを全員、連れてきてもらえないだろうか？」

確かに人間の騎士たちが移動する速度と俺らとでは日数単位で変わってくるもんな。国の者たちはそれぞれで犯人たちの護送や、現場の調査などを行うという。事後処理や残党《ざんとう》狩りも各地で行なっていくそうだ。かなり時間はかかるだろうが、それはこの国の仕事。俺たちは俺たちの目的を果たそう。

「問題ない。組織のヤツらを捕縛して、はい、さよならってわけにもいかねぇしな。引き渡しまでは付き合う。だから一つ、許可をもらいてぇんだが。許可っていうか、各地への通達？」

俺が頼んだのは、アーシュが魔物型となって移動する許可だ。また何日もかけて移動なんかしたかねぇし、それなりにいるだろう組織のヤツらも纏めて都市まで連れて行けるからな。アーシュの魔物型を間近で見りゃ、みんな意識を飛ばすだろうから余計に好都合でいいことづくしだ。

「何も知らずに龍が飛んでたら、騒ぎになるだろ？　だから通達しといてほしいんだよ。見かけても害はないってな。……それでも姿を直視したら、普通の村人は気絶するかもしれねぇけど」

「わかった。今すぐに国全土に知らせておこう。用のない者は暫し外出も避けるように、と」

「助かるぜ」

よし、これで気兼ねなく魔物型で移動が出来るな。それでもメグのいる現場まではそれなりの時間がかかるが、走るよりは遥かに早く着けるのは確かだ。魔力の出し惜しみもしなけりゃ数時間で着くだろう。

俺の話を正確に理解した皇帝は、手際よく周囲に指示を出し始めた。本当に有能だな。指示が的確だ。

「そろそろいいだろ。俺らも向かおうぜ。ほれアーシュ、そっから飛び降りろ」

「わかっておる！　ユージン、人使いが荒いぞ⁉」

「つべこべ言ってねぇでほれ！」

「ゆ、ユージン殿……。一応この方は魔王なのでは」

俺がアーシュを足蹴にしているのを見て、皇帝が困惑している。だがそんなこと知るか！　一分一秒でも惜しいんだよ。けど、最後に挨拶くらいはしとかねぇとな。

「じゃあ、突然悪かったな、皇帝ルーカス。会う機会はもうないかもしんねぇが……。困ったことがあればいつでも連絡してくれ。アーシュに」

「我か⁉　依頼はユージンの元に流すからな⁉」

ギャーギャーと面倒ごとを押し付け合う俺らにアドルは頭を抱えている。そして皇帝はというと。

「くっ、くくくっ……！　二人はとても仲が良いのだな。うむ、何かあれば頼らせてもらうとしよう」

そう言って笑った。なんだ、無表情な男だと思ったが、ちゃんと笑えるじゃねーか。イーサン、お前の血は受け継がれてるな。笑った顔がそっくりだ。

「もちろんそちらからも有事の際は声をかけてくれ。力仕事や魔術では力になれないが……。人手がいる時や物作りは我々の方が得意だ」

「お、そりゃ助かるな！」

「うむ、心強い。いつも送られてくる人間達からの輸入品は素晴らしいからな。引き続き楽しみにしておるぞ」

では今度こそ、と俺たちは客間のバルコニーまで歩を進める。何ごとかと首をかしげる皇帝らに、アーシュが一言注意を促した。

「気をしっかり持つのだぞ。……気を失わぬようにな！」

「えっ、あっ⁉　ここは王城でもかなり高い場所に……っ⁉」

アーシュは首を傾げる面々を素通りし、躊躇うことなくバルコニーから飛び降りた。続いて俺とアドルも。落下しながら魔物型へ変化したアーシュの背に飛び乗った。それを確認したのか、皇帝たちへの挨拶か。アーシュは一つ咆哮《ほうこう》を響かせる。おいおい、みんな気を失ってねぇだろうな？

しかし確認は出来ない。すでに雲より高く上昇してるからな。

待ってろよ、メグ。そしてギル、絶対に間に合わせろよ！

2　反撃

【メグ】


　ふと、覚醒する。私、まだ牢の中にいるみたい。意外と気を失っていたのは短時間なのかもしれないな。魔力切れで気絶したんだもんね。この魔術陣のおかげで早く魔力が回復したからすぐ目覚めたのかも。いいんだか悪いんだかわかんないな。魔力が回復して苦しさがなくなると、火傷した手足首や最初に殴られた頬とかの痛みに気を取られちゃうから。気絶している方が楽なのだ。

　あっ、ということは……。今はロニーが魔力を流してる？　現状を思い出して慌てて上半身を起こす。うっ、両腕を思い切り使ってしまった。痛くて涙が滲む。だ、大丈夫。まだ涙が出る程度の痛みなのだ。それよりもロニーだ。すぐに魔術陣の方に目を向けると、予想通りロニーが苦しそうに魔力を流している。すでに起き上がっていられずに倒れているから、限界が近いのかもしれない。

「ロニー！」

　思わず声に出して呼ぶ。無理しないでって言っても無理させられてしまうし、名前を呼ぶことしかできない。見ればリヒトも悔しそうに歯を食いしばってる。ロニーの次は、またリヒトの番だ。リヒトは回復出来たのかな。……ううん、まだ半分くらいだと思う。この魔術陣の上じゃないんだから、そう簡単に魔力は戻らない。

「メ、グ……大丈、夫……」

名前を呼ばれたロニーは、律儀にも私の方を見てにこりと微笑み、そんなことを言う。苦しくて仕方ないはずなのに、心配かけまいとして……。そんなの、大丈夫なわけないじゃない。ロニーの優しさが胸に広がって、油断すると大泣きしてしまいそうだ。耐えろ、耐えるんだメグ！　ショーちゃん、誰かに会えたかな？　途中で魔力切れになって倒れてないかな？　もしそれでショーちゃんが消えてしまうなんてことになったらどうしよう。すごくすごく心配……。だけど、ショーちゃんだけが頼りだ。ううん、弱気になっちゃダメ。信じる。きっともうすぐ助けがくる。けど、頼りきりになるのもダメ。ただここであいつらのされるがままになってたら、怖い思いをする子が増えてしまうだけだもん。自力で抵抗出来る手段があるならやらないと。絶対にいつか隙が出来るから、その時のためにいつでも魔術を発動させる準備をしておかなきゃね。うーん、私とロニーは自然魔術だから問題ないけど、問題はリヒトである。

幸い、私たちは制御の魔道具を外される瞬間がある。転移陣に魔力を流す時だ。魔力を流し始める直前と、流し終わった直後にほんの僅かに隙がある。その瞬間を待とう。いいタイミングが来るのをじっと耐えて待たなきゃ。失敗しないように、焦らないように。あと、少し……！

「チッ、こいつは一番持たなかったな。やっぱ魔力の量がこん中じゃ少ないのか。仕方ねぇ。また黒髪のを連れてこい」

えっ、そんな、いくらなんでも早いよ。リヒトはまだ回復しきってないのに。少しくらい休憩の時間を挟もうとは思わないの？　道具だって、メンテナンスをしないと長持ちしないのに。もちろん、私たちは道具なんかじゃないけどっ！　引きずられるようにリヒトが転移陣の上に連れていかれるのを見ていると、見張りの男が私の鎖を無理やり引っ張って牢から出した。い、痛いよっ、引っ張らないでっ！　そのまま私は、最初に繋がれていた壁に張り付けにされるのだろう。入れ替わるように再び首輪を着けられたロニーが牢の中に放り投げられる。どうしよう……。仕掛けるには、まだ早い気もする。助けを呼べても、この大陸じゃすぐにここまで来られないだろうし。時間稼ぎをしなきゃいけない。もう少しだけ、我慢かな。

「本当に使えねぇなぁお前は、よぉっ！」

「っぐ……！」

「やめてっ！　ロニーっ」

ロニーはもう牢に入ってるのに去り際にお腹を蹴り飛ばすゴードン。自分の思い通りにいかないからって、許せない！　なんでそんな酷いことするの？　届かないことはわかっているけど、思わず引っ張られていない方の右手をロニーに向かって伸ばした。ジャラッという鎖の重そうな音が響く。私の鎖を引っ張っていた男が苛立ったように舌打ちをした。その時、私は大きな失敗を犯してしまう。ずっと服の下に隠されていた収納ブレスレットが見えてしまい、キラリと光ったのだ。

「ん？　待て、それはなんだ？」

「いっ、痛いっ！　離してっ……！」

僅かな光を反射したことで、目敏《めざと》くもゴードンが気付いてしまったようだ。ズンズンとこちらに向かって来て、私が腕を引くより素早く私の右腕を掴み、まじまじとそれを見つめている。火傷の痕なんておかまいなしに強く掴むから、気が遠くなるほど痛む。

「随分いいモンだよなぁ？　なんだお前、金持ちの娘かなんかかよ。売ればいい金になりそうだ」

まさか、取り上げて売る気なの？　これは、ダメだ。絶対にダメ！　ギルさんがくれた、大事な大事なブレスレットなんだから。私とギルさんの、親娘の証。それに、盗難防止機能が付いているんだから、私以外には使えないもん。もちろん、ただのアクセサリーだったとしても、絶対に渡さないんだから。

『親娘となった記念としてメグに贈ろう。娘として、受け取ってくれないか』

『あい！　ありがとうでしゅ！　ギルパパ！』

初めてギルさんをパパって呼んだ日なんだよね。あの時のギルさんの顔、今も思い出せちゃうよ。近くにいたマイユさんには吹き出されたっけ。でも、結局あんまりギルさんをパパって呼んではいない。こう、見た目が若すぎるからどうしてもパパって呼ぶのは気恥ずかしいんだよね。それに、私の中の立ち位置的にもパパとはちょっと違う気がして。じゃあギルさんはなんなのかって言われると困るんだけど、大切な家族だって思う気持ちに変わりはない。とても大切で、大好きなギルさんとの繋がりがこのブレスレットなのだ。これだけは何があっても渡したくない。渡さない！

「やめな、ゴードン。無駄だよ」

その時、声をあげたのは意外にもラビィさんだった。いつからここにいたんだろう。やっぱり気付かなかった。魔力を流している間は周囲を見る余裕もなくなるからね……。ラビィさんはゆっくりとこちらに近付きながら、ゴードンに話しかける。

「あの子が身につけてるアクセサリーはただのお守りで、絶対外れないような魔術がかけられてあんのさ。諦めな」

え？　ラビィさんが、嘘をついている？　私以外には外せないだけで、絶対に外れないっていうのとは違うし、これがただのお守りじゃないことは、ラビィさんもよく知っているはずだよね？　どうして……？

「ほーぉ、お守り、ね。だが、ただの装飾品だとしてもいい値がするぞこれは。それに、外れない魔術ってのはかけられてんじゃねぇか。それはつまり魔道具ってこった！　魔道具ってだけでそこらへんのものより価値があるのは間違いねぇだろ。……おいお前、外してみろ。本当に外れねぇのか？」

ゴードンが腕を握ったまま私を睨みつけてそう言うので、怖くてどうしても声は出なかったけど、嫌だという意思を込めて首を横にブンブン振ってやる。ラビィさんが外れないって言ってたの、信じないわけ!?　実際は確かに自分でなら外せるけど！

「どうせお前はここで一生を終えるんだ！　こんなもの、いらねぇだろう!?」

絶対そんなことにはならないけど、万が一そうなったとしても、これだけは絶対に渡さない！

なにがあっても、だ！　私はひたすら首を横に振り続けた。怖くて、声も出ないなんて情けない状態だけど、これだけは譲《ゆず》れない。だから諦めて！　そう思っていたんだけど……。ゴードンという人は、その程度で諦めるような男ではなかった。

「じゃあ……腕ごと切り落とすか」

心底面倒だ、といった様子を隠そうともせずに、ゴードンはため息を吐きながら腰に下げていたサーベルを抜いた。私の腕は掴んだままだ。え、嘘でしょ……？　キラリと光を反射したサーベルの刃が、私を見下ろしている。ああ、刃に映った私と目が合ったのか。酷い顔だな……。

「な、何言ってんだい！　切り落としたら大量に血が出て、最悪死ぬよ！」

「はん、切り口を火で炙れば止血できるだろぉが」

「で、でも……！　体力が失われて使い物にならなくなるかも……」

次第に頭が回転し始めて、これから起こるだろうことを認識した途端、全身が震え始める。でも、あれ？　ラビィさん、やっぱりさっきから私を庇ってくれてる？　ガタガタと身体を震わせながら横目でラビィさんを見ると、一瞬、目が合った。

「そしたら回復するまで、坊主二人で回せばいい」

それなのに、ゴードンが紡《つむ》ぐ言葉はどこまでも無慈悲《むじひ》だ。こんな子どもの腕を切り落とすことなんて、なんとも思っていないんだ。躊躇《ちゅうちょ》なくゴードンはサーベルを振り上げた。やだ……。やめて、怖い……っ！

「や、やめろって、ゴードン……。嘘だろ……？」

「やめろぉぉぉぉ!!」

ラビィさんが呆然と呟き、リヒトが叫ぶ。もう、ダメだ……！　ゴードンがサーベルをを振り下ろそうとしたその瞬間、私はギュッと目を瞑《つむ》った。

『ロツィヒロンド！』

その時、ロニーが何かを叫ぶ声が聞こえた。なんて言ったのかまでは聞き取れなかったけど……。それからいくら待っても思っていた衝撃がこないのでそっと目を開けてみると、そこには予想外の光景が広がっていた。

「い、岩……？」

そう、気付けばゴードンや見張りの者たち、それからラビィさんも足元や腕が岩に呑み込まれて身じろぎ出来ない状態になっていたのだ。魔術？　誰が？　あ、もしかしてさっきのロニーの声、精霊の真名を呼んだ？　じゃあこれは、ロニーの自然魔術だ！　サッと目を向けてみれば、コクリと一つ力強く頷くロニーと目が合った。やっぱり！

「な、なぜこいつが魔術を使えるんだよ⁉　魔道具の故障か⁉」

そうだ、この人たちは自然魔術のことを知らないんだよね。自然魔術は、発動させる時に主人の魔力がなくても精霊が発動してくれるんだから。貯魔力とか、後払い制を知らないと驚くのも無理はない。リヒトやラビィさんも目を丸くしてるもんね。

でも、これだけの魔術を使ったなら、ロニーの精霊はもうあまり魔術は使えないんじゃないかな。他に契約している子がいれば別だけど、今まさに魔力を流し続けたばかりのロニーは、もはや限界だと思う。真名の力で動ける最初の契約精霊以外は、思うように動けないだろうし。事態は動いてしまったのだ。予想外に早く作戦を決行することになってしまったけど……。仕方ない。今がその時なんだって思おう。なるようになれ！

「シズクちゃん！」

『御意なのだ、主殿《ぬしどの》！』

あらかじめ伝えていた簡単な魔術をシズクちゃんに発動してもらう。みんなすでにショーちゃんから事情を聞いていたみたいだから、理解も早かった。本当にいい子達！　助かるよ！　私の声に反応して、シズクちゃんが飛び出し、ウォーターカッターで繋がれていたみんなの鎖を切ってもらった。水の力ってすごいんだからね！　本当はシズクちゃんには怪我を治してもらいたかったんだけど……。今は魔力が足りない上に時間もない。鎖を切るのにもそれなりに時間がかかっちゃうし、なにより無理はさせられないもん。特に私とロニーの首輪。首元は特に慎重に、ってお願いしてあるのだ。うぅっ、シズクちゃんを信用してはいるけどドキドキである！

だから、治療は落ち着く時間が出来て、魔力回復薬を飲んでから、ってことで後回しである。優先順位をつけるのは大事なことなのだ。前にいっぱい作ってもらった傷薬も残りは僅かだけどあるので、ちゃんと治療が出来るってわかってるのは大きい。

「うおっ、これ、メグの魔術か……？」

リヒトが驚いたようにスパッと切れた鎖を見て呟いている。リヒトはちょうど首輪を外されたタイミングだったから短時間で解放されたね、よし！　説明は後、後ーっ！

『むぅ、主殿、妾《わらわ》はもう、限界なのだ……』

「うん、シズクちゃん本当にありがとう。ゆっくり休んで！　今度はフウちゃん、お願い！」

『アタシにおまかせっ！　主様《あるじさま》っ』

呼ばれて次に飛び出したのは、風の精霊フウちゃん。ふんわりと私とロニー、それからリヒトを風で包み、部屋の入り口近くに集めて運んでもらった。魔素のない空間ではここまでが限界。

『ううっ、もう無理みたいっ、ごめんね主様ぁっ』

「十分だよ！　フウちゃんもありがとう。あとはゆっくりしててね」

やっぱり、貯魔力や後払いがあるっていっても、環境が悪いと精度も強度も低くなっちゃう。ほら、ロニーが放った魔術の岩も、少しずつ削られてついに壊れてしまった。本来の力が発揮出来たら、もっと強度があるはずだもんね！　精霊たち、無理をさせてごめんね。でも助かったよ。

「ごめん。真名を使ったのに、あんまり、足留めにならなかった……」

「そんなことないよ！　すごく助かったもん。ありがとう、ロニー」

これだけ広範囲に魔術を放ったんだから、仕方がない。ショーちゃんみたいに小出しに魔力を使えば長時間保てたりもするけど、ロニーが使った大地の魔術は、威力が強いのを部屋全体に放つことで魔力を使い切ってしまったんだ。こればっかりは使う魔術によるもんね。

「二人とも、すごいんだな……。そうか、魔素ってのがあれば、本来ならこいつらに負けないんだな」

リヒトが感心したように私たちを誉め称《たた》えた。なんだか照れちゃう。そうなのだ。魔素さえあれば、そして私たちの魔力がもっともっとたくさんあって、技術もあればこんな人たち、あっという間に捕らえられる。くーっ、実力不足が悔やまれる！　言ってても仕方ないけどっ！

「やってくれたな、てめぇら？」

っと、のんびり話している場合ではない。ロニーによる岩の拘束から解放されたゴードンが、サーベル片手に近付いてくる。後ろには力尽きてぐったりとしてしまったロニー、そしてある程度回復はしたリヒトと、まだ心許《こころもと》ない私。絶望的？　否っ！　大丈夫。まだ打つ手はいくつかある。助けがくるまで、絶対に諦めないんだから！　私は焼け爛《ただ》れて見るのも痛々しい右腕に光るブレスレットに視線を落とした。

『ふむ。亜空間収納魔術か。時間停止、容量も部屋一つ分と悪くない。盗難防止は当然として……。簡易結界？』

『おおっ、さすがはギルさんだね。そうなんだ、簡易結界を付けたから容量が少なくなってしまってね。でもまだ幼いレディだし、容量はそのくらいあれば十分かと思ってね！　安全には代えられないだろう？』

『ああ、いい判断だ。さすがだな』

『いやぁ、それほどでも……あるね!!』

このブレスレットを貰った時、ギルさんとマイユさんがそんな会話をしていたのを思い出す。ふぅ、冷静にならないとダメだな、私。こんな大事なこと忘れるなんて。このブレスレットには簡易結界の機能がついているのだ。でもこれは姿を消してくれるわけでも、この場から逃げられるわけでもない。つまり、ただの時間稼ぎにしかならないんだよね。でもそれは、まさに今！　必要な力なのである！　だからそれを思い出せた私はえらいのだ！　えへん。というわけで早速起動！　私はブレスレットにそっと魔力を流し入れた。

「なぁに、ちょっと怪我させるだけだ、よっ!?　な、なんだ!?　どうなってる!?」

たしか魔力さえあれば、危険を察知して勝手に結界を張ってくれるんだよね。ちょっとした爆発程度なら大丈夫って言葉に衝撃を受けたっけ。だから、ゴードンのサーベルごとき、なんてことないのである！　ガイン、ガインという音を鳴らしながらサーベルを弾かれるゴードンを見て、ちょっぴり気持ちがスッとした。ふふーんだ。背後のリヒトは目を丸くして驚いている。すごいでしょ、このブレスレット！　けど、前に殴られた時は起動しなかったから、やっぱり魔力切れだったのかもしれない。旅の間も頻繁に使ってたもんね。魔道具なんだから時々、魔力を流さなきゃいけなかったのに。ここが魔大陸なら勝手に魔力を補充してくれるのになぁ。なんせ、魔素がないからそれも無理。

お洒落《しゃれ》魔道具のネックレスは髪色を変える度に魔力を流していたから平気だったけど、ブレスレットはあまりにも普段使いに慣れすぎていたからあんまり意識してなかったんだよね。荷物の出し入れの際は、わずかながら無意識に魔力を流していただろうから使えたんだろうな。毎日ちょっとずつだけど、精霊たちの魔石にも魔力補充が必要だったからそこまで気が回らなかったっていうのもある。補充した魔力もすぐなくなっちゃうし、この大陸では本当に魔術が使いにくい。魔力の回復も遅いしさっ。

つまり、何が言いたいかというと、この簡易結界も私の魔力が切れたらおしまいってことである。空の電池にリアルタイムで電力を流しているようなものなのだ。だから供給が途切れたら当然、結界も消える。物の出し入れ程度なら出来ると思うけど、結界までは維持出来ないのだ。だから、結界が消えてしまう前に、少しでも時間を稼いで作戦会議をしないといけない。結界の外で顔を真っ赤にしながらサーベルを振り回すゴードンを無視して、私はブレスレットから残ってる魔力回復薬と傷薬を全部出した。このブレスレットの機能を見られてしまったけど、もはやそんなことも言ってられないからね。そこで目を丸くしているがいい。ふーんだ！

「魔力回復薬三本、傷薬二本、かぁ」

旅の間にも、みんなでちまちま飲んでたからなぁ。傷薬に関しては思っていたより少ない。移動に時間をかけないために、ちょっとした怪我でも使ってたからだ。傷を治すために体力を消耗《しょうもう》しても、夜はぐっすり眠れるからこそ出来た贅沢《ぜいたく》な使用方法である。だ、だってみんなが痛そうなの、見てられなかったんだもん！　とりあえず、フラフラになってからじゃ遅いので、魔力回復薬を飲むことにする。傷薬も併用するのは、今の体力では逆に動けなくなる危険性があるからね。まず一本を自分で飲み、残りの二本をリヒトに渡す。

「もうこれで終わりなの。一本はリヒトのだから、もう一本は、ロニーが起き上がれるようになったら飲ませてあげて？　もう少し体力が戻ってからじゃないと、回復薬も身体に負担をかけるから」

「わかった。でも俺はまだ魔力があるから予備として取っておく。いざとなった時のためにさ」

さすがこの中の年長者。冷静な判断ありがたいですっ！　傷薬はどうするかも聞いたんだけど、今は痛みに耐えて体力の温存をした方がいいとのお言葉。うん、私もそれがいいと思う。リヒトはゴードンにこれでもかっていうくらい蹴られていたのに、平気そうに振る舞っててすごいなぁ。でも、きっと本当はすごく痛いよね。私も色んなところがものすごく痛いけど、耐えられるなら耐えた方がいい。だって逃げられるチャンスが来たっていう時に、動けないのが一番困るからね。薬だって万能じゃないのだ。体力を引き換えにするのだから、濫用《らんよう》はダメ、絶対！　ルド医師に何度も何度も何度も言われたもん。あの人は怒らせたらとっても怖いんだ……。怒られたことはないけど、本能がそれを察知している。たぶん、オルトゥス全員の共通認識だと思う。

そんなことを考えている間に、リヒトが地面に倒れるロニーを軽く抱え、自分に寄りかからせた。弱々しくお礼を言うロニーの姿に胸が痛む。魔力の回復を早めるあの魔術陣がないから、しばらくは辛いのが続くよね……。ごめんね、ロニー。出来るだけ私が休む時間を稼ぐからね。

「メグ。俺は、何をすればいい？」

ロニーから視線を離したリヒトは、今度は真剣な眼差しで私を見つめ、静かにそう聞いてきた。この状態が長く続かないことを察してくれたようだ。話が早くて助かるよ。私は軽く頷いてから自分の考えを口にする。もちろん、ゴードンたちに聞こえないように、ヒソヒソと小声だ。そんなことしなくてもゴードンは一人で勝手にワーワー騒いでるから聞こえないだろうけどね。当然のことながら、無視である。

「私の魔力が切れるまでは、このまま少しでも体力を回復させながら作戦会議したいって思うの。きっとしばらくしたら助けがくるから、それまで私たちでなんとか耐えたい……！」

「助けを呼んだのか。……すげぇな、メグは。こんなにちっさいのに。それに比べて俺は、ギャーギャー騒ぐだけしか出来てねぇ」

情けねぇ、と肩を落とすリヒト。それを見て、私は苦笑を浮かべた。私だって、そんな出来た人じゃないもん。色々と、私だけが知ってる情報があるから、余裕が少しあるだけだ。オルトゥスのみんなへの信頼がなかったら、きっと私だってギャーギャー泣いてるだけのうるさい幼女だもん。リヒトより何百倍も手がかかってたはずである。言ってて悲しくなってきた。みんながいて良かった！

「だって、生きてる年数は私とロニーの方がずっと長いんだよ？　私はもう五十歳過ぎてるもん」

「違和感しかねぇが、それでもお前らの種族にしてみれば、まだまだ子どもなんだろ？　というか、自分で自分に腹が立つんだ。こうなる原因を作ったようなもんだし、だというのに何にも出来なくて……。悔しくてたまらない」

リヒトがそう言ってまた落ち込んでしまった。うっ、そうだよね。自分だったらそう簡単に立ち直れないよ。けど、なんとか気を紛らわせることは出来ないかな。今後の作戦のためにも、ちょっとでも元気を取り戻してほしい。リヒトはこれまで、大変な目にばっかり遭ってきたはずだ。日本から離れて、やっとここでの生活に慣れたと思ったらこんなことになって……。だから、どうしてもリヒトには幸せになってもらいたいのだ。自己満足かもしれないけど、それでも！

あ……これ、今じゃない？　話すなら今しかないかもしれない。こんな時に？　って気がしなくもないけど、どうせ今は体力の回復しか出来ないし、ちょっとくらい世間話をしてもいいよね？　よし。私は意を決して秘密をこっそり打ち明けることにした。私と、リヒトの秘密を。

「ね、リヒトは……日本から来たんでしょ？」

「へっ⁉　え、あ、えぇっ⁉　お、俺、そんなこと、言った、っけ……うぇえっ⁉」

あまりにも予想どおりの反応というか、わかりやすく目を白黒させるリヒトが面白くて、つい吹き出してしまった。笑ってごめん！　でもおかげで気が紛れたよ。ま、突然そんなこと言われたらそうなるよね。ドッキリ大成功だ。あと、やっぱり当たってたみたいで良かった。いや、事象としてはちっとも良くはないんだけど。

「これは、秘密なんだけど……。聞いてくれる？　ロニーも。そのままの体勢でいいからね」

私はそう前置きをして、リヒトとロニーに全てを打ち明けることにした。リヒトの秘密もロニーに伝わっちゃうけど、他ならぬリヒトがロニーに視線を向け、そのまま再びこちらに顔を向けたからたぶん、大丈夫ってことだろう。なんてったって一緒にこの旅を乗り越えてきたロニーなのだ。ダメってことはないとは思ってたけど、その様子を見て安心したよ。でも、いざ話し始めると思うと、なんだかちょっと緊張するな。でも、後のことを考えたら余計に今の内に話しておきたい。きっと、ギルさんやお父さんたちが助けに来てくれるって信じてるから、その前に。

「私もね、元は日本人だったの」

「えっ!?　いや、でも、その姿……」

リヒトの反応はごもっともだ。今の私の姿で日本人だなんて言われても、信じられないよね。苦笑を浮かべつつ私は説明を続ける。

「うん、リヒトみたいにその姿のまま転移したんじゃなくて、向こうで一度死んで、魂だけがこの世界のこの身体に憑依《ひょうい》したんだ。だから、日本人だった時の姿とは違って当たり前なの。……信じられないかもしれないけど、本当なんだよ？」

一度死んだ、という辺りでリヒトの喉がヒュッと鳴るのがわかった。ごめん、そんな顔をさせたかったわけじゃないのだ。日本の闇に触れるので過労死だったっていうことは黙っておこう。

「日本にいた時は、お父さんと二人暮らしだった。お母さんは私が幼い時に亡くなっていたから……。あ、でも子どもの頃はお父さんの他に、おじいちゃんやおばあちゃんもいたから、不便もなかったし幸せだったよ？　そりゃあちょっとは寂しい思いをしたこともあったけど、辛い思いなんてしなかったから！」

なんかいちいち心配させてしまうエピソードだな、私の前世って。環の頃も、片親だって打ち明けると、その度に心配顔をされたんだよね。でも、それが一番反応に困るのだ。だって、本当に私自身は不幸だなんて思ったことがなかったんだもん。それもこれも、みんなが愛情を注いで育ててくれたからだって、私は知っている。私の家族、最高って誇らしくさえあるんだよ。そう言うとようやくリヒトがホッとした顔を見せてくれた。うんうん、わかればよろしい！

「あ、でも、人生の後半はたしかに辛かった。おじいちゃんとおばあちゃんが亡くなってからはお父さんと二人暮らしだったんだけど……あ、それはいいの。私ももう大きくなってたし。だけどね、ある日警察から電話がかかってきたんだ。お父さんが乗ったタクシーが……。崖《がけ》から、落ちたって」

今でも、この話をするのは辛い。変だよね、お父さんとは無事に再会出来たっていうのに。でも、あの時の衝撃は忘れられない。唯一の家族が突然いなくなってしまうショックは、言葉では言い表せないものだったから。チラッとリヒトの様子を窺うと、苦しそうに表情を歪めている。ああ、自分が突然いなくなった後の、家族の気持ちを想像させてしまったのかな。目の前で取り残された側の苦しみを聞かされちゃあ、たまったもんじゃないよね。配慮が足りなかったかも。

「……ごめん、思い出させちゃった？」

「……いや、いい。大丈夫。続けて」

そうは言ってくれたけど、リヒトはどこか苦しそうだ。そうだよね……。でも、ここで話を終わらせては意味がない。本題はお父さんを知ってもらうことなんだから。私は続きを話し始めた。気付けば、ロニーもぼんやりと目を開けて聞いている。辛い状態だろうから、どこまで理解出来てるかはわからないけど。ロニーにとってはまず日本って何？　状態だろうし。いつかゆっくりと説明したいな。いや、する。無事にここを出るのは決定事項なんだからっ！

「気付いたら、この姿になって異世界にいた時は、本当に驚いたなぁ。魔術はあるし、変な生き物はいるし、自分は人間ですらなかったし。それにね、頭では色々考えられるのに、精神面が幼くなってるからすぐ泣いたり情緒が不安定だったりして、すごく戸惑った。自分がすでに日本では死んでたんだって知った時も、すごくショックだったな」

だけど、それを乗り越えられたのはオルトゥスのみんながいてくれたからだ。この世界でも、愛情が私を救ってくれたんだ。私は昔も今も、家族に恵まれている。これって本当にすごいことだよね？　とても幸せなことだって思うよ。だから私はこの幸せを守りたいし、取り戻したい。散々迷惑をかけた今の家族に恩返しもしたいし、親孝行もしたい。みんながくれた分だけ、幸せを返したいんだ。大丈夫、出来る。やってみせる。

それから私は、自分を保護してくれたギルドの頭領がまさかの失踪《しっそう》していた実の父親だったこと、その父親がなんと二百年前のこの世界に転移していたことなどを少しだけ面白おかしく話して聞かせた。ちょっとは気持ちが軽くなってくれたらなって思って。それに、話すことで私の気持ちが楽になるから。自分本位ですみません。

「物語みたいでしょ？　でもそんな奇跡みたいな出来事があったんだよ。だからね、私は今も幸せなの。ギルドのみんなももちろんだけど、ずっと会えなかったお父さんと同じギルドで暮らせているから。その、今のリヒトにとっては自慢話に聞こえちゃうかもしれないんだけど……」

だってリヒトの家族は、きっとまだ日本にいるだろうから。もう会えないって諦めていたあの顔を知ってる。こうして再び出会えた私の話は、リヒトにとっては面白くないかもしれない。嫌われちゃうかな……？　だけど、これだけは知っていてほしいんだ。

「だからね、何が言いたいかっていうとね、リヒトの悩みとか、苦しみとか……。少しはわかるつもり。でも私より、同じ境遇のお父さんの方がリヒトの気持ちをわかってくれるかもって思ったの。だからいつかお父さんに、リヒトのことを紹介したいなって思ってたんだよ」

一通り話し終えた私は、そっとリヒトの様子を窺う。軽く口を開けたまま放心していたリヒトだったけど、数秒の後にようやくポツリと呟いた。

「そっか……そうだったんだ……」

リヒトはその事実をゆっくりと噛み締めているようだった。驚いてはいるけど、ショックを受けているってわけではなさそう、だよね？　この話がリヒトの過去を思い出させてしまったり、傷付けてしまわないかが心配だったけど……。うーん、どうだろう。大丈夫かなぁ。リヒトが何か考えているのを見てとり、不安になった私は先に口を開くことにした。黙っていられなかったとも言う。

私は我慢の出来ない幼女……！

「あ、あのね！　リヒトのこと、色々と聞いてみたいっていうのが本音ではあるんだ。この世界に来る直前の日本の様子とか、本当に私がいた日本と同じ場所なのかとか、色々と確認もしてみたいし、たっくさんお話したいよ。けどね？」

私はリヒトの手を両手でそっと握り締め、その目を真っ直ぐに見つめた。黒い瞳に不安そうな顔をしてる私の姿が映っている。どうか、伝わりますように。

「今の話を、リヒトにしっかり受け入れてもらってからがいいな。それに、話したくないことは話さなくたっていいよ。なんなら、何にも話してくれなくてもいい。私はただ、リヒトの力になりたいんだよ」

「メグ……」

リヒトの瞳は少し潤んでいた。それにつられて私もグッと込み上げてくるものがあった。でも我慢、我慢。泣いてる場合なんかじゃないんだから。そんな私の心情を察してか、リヒトは一度目を伏せると、数秒後にはパッと顔をあげてニッと笑ってみせた。よく見る、リヒトが私をからかう時の顔だ。

「お前の考え方がやけに落ち着いてるのも、中身は立派なおばあちゃんだったからなんだな！」

「おばあ……！　し、失礼！　リヒト、失礼だよ！　五十歳はまだまだ若いよっ」

思いがけない返答に、思わずプンスカとリヒトに向かって頰を膨らませる私。たしかに人間からすればそうかもしれないけどさぁ！　もう生まれ変わってるからノーカンだもん！　普通の幼女とはさすがに言えないけどっ！　くすん。軽く凹《へこ》んでいると、プッと吹き出すリヒトの顔が目に入った。怒ってやろうかと思ったけど、その目が優しく私を見ていたから、出かけていたその言葉を瞬時に呑み込む。そんな目をしてたら何も言えなくなるじゃないか。ずるい。私は引き続き頬を膨らませ続けた。

「あと、さ。気にすんなよ。羨ましいって少しは思うけど……。お前が実の父親と会えたって聞いた時は、素直に良かったって安心したんだ」

膨らんだ私の頬を人差し指で突きながら、リヒトはそんなことを言ってくれた。プスッという間抜けな音が私から出てしまったけど、まあいい。本当にそう？　それならいいけど、無理してないかなぁ？　そう思ってリヒトの顔を覗き込む。すると、考えが読まれたのかなんなのか、ムッとして半眼になったリヒトが突然、両手で私の髪をグシャグシャにしてきた。わーっ！　何をするーっ⁉

「自分がそうだからって、人の、それもメグの不幸を望んだりなんかしないって。それとも、俺がそんなヤツに見えるのかぁ？」

「あああ見えないっ、見えないけどぉっ！　わ、わかった、私が悪かったよーっ！」

あはは、とこんな状況に似つかわしくない、明るい声で笑ったリヒト。なんだか、すっかり元のリヒトに戻ったみたいだ。でも、もう少し加減してくれてもいいと思う！　あ、こら、ロニーも笑わないっ！　少し回復したみたいで安心はしたけど微妙な心境である。やっと手を離したリヒトを、ジトッと睨みつける。もうっ。

「……ありがとな。ちょっと、元気出た」

でも突然、しおらしくそんなことを言うものだから、心の広い私は許してやることにした。

3　訓練の成果

どのくらいの時間が過ぎただろう。私は隙を見て簡易結界を解除したり、張ったりを繰り返していた。攻撃してこない間は張る必要がないからね。魔力の節約である。これも、相手が魔力を感知できない人間だから出来ることだ。途中で気付いたから、それまでは律儀にずっと結界を張っていたけど。でも、あちらも確認のためか、たまに攻撃してくるから気を抜けない。その分、浮いた魔力を少しずつだけ精霊たちにも与えた。さっきシズクちゃんとフウちゃんには助けてもらって、きっとクタクタになってるから。時間稼ぎのためには少しでも温存すべきなんだろうけど……。魔力切れはすごく辛いし、精霊にとっては存在を維持出来るかどうかの生命線なのだ。少しでも回復してあげたい。ここには魔素がないから、もう魔術は使えなさそうだけど、それでもだ。精霊たちが消えてしまったらって考えたら立ち直れないもん！　後悔してもしきれない。絶対に無理はさせられないよ。だからこそ、ショーちゃんがすごく心配ではある。うう、もどかしい。どうか無事でいてね……！

途中、自力で起き上がれるようになったロニーは、リヒトが魔力回復薬を飲ませてくれたから少しだけ元気になったみたいだ。その分、体力が削られているだろうけど、それを感じさせない様子が心強い。元々、体力だけはあるから、と照れ笑いしたロニーには癒された。でも、やっぱりロニーの精霊も、もう魔術は使えなさそう、とのこと。それと、ロニーはまだ大地の精霊としか契約してないのだそう。というか、複数と契約してる方が珍しいよ、と言われてしまった。あれ？　シュリエさんは複数の精霊と契約していたのに。あ、でもカーターさんは聞いたことない、かも？　もしかすると、種族が関係しているのかな。あり得る。

「俺は……あとどのくらい休めるかわかんねーけど、簡単な魔術なら五回が限度かな。威力出すためには回復薬を飲んどかねぇと。こっからが勝負だもんな……」

リヒトはそう言って薬を飲んだ。体力が奪われる分、今のうちに飲んでおこうと判断したらしい。うん、それでいいと思う。さて、状況を整理しよう。私たちが次に打てる手は限られている。ホムラくんの火の魔術と、リヒトの攻撃魔術が五回分くらい。その時の状況で使う魔術も変わるだろうから、確定ではないそう。それもそうか。

さすがに三人を連れての転移までは出来ないって。短時間に何度も魔力を枯渇《こかつ》するまで使ったんだもん。いくら薬を飲んだからって転移なんて馬鹿みたいに魔力を使う魔術が使えるわけないよ。本当なら私たちみんな倒れて動けないくらいには疲れ切っているのだ。訓練しておいて本当によかったと思う。そうじゃなきゃ今頃、私はただのお荷物になってたよ。気を抜けば意識が飛びそうなくらいに疲弊《ひへい》はしているけど、そうなってないんだもん。長い移動と訓練のおかげでちょっとは体力がついたのだ。頑張った！　だから、今の私はただのお荷物じゃない。まだまだ弱っちいけど、ちゃんと戦える。

——オルトゥスの、メグとして。

「あの、私が考えた作戦を話してみるね。こうした方がいいとかがあったらその都度《つど》言って？」

「ん、わかった」

「よし、聞かせてくれ」

上手くいく保証なんてない。私の考えなんか、子ども騙しみたいなものだもん。それでも、今まで学んだことや経験、今出来ることを考えて作戦を組み立ててみた。それに、私は一人じゃない。リヒトやロニーもいるんだから、意見の交換だって出来る。三人で協力してこの状況を抜け出すんだ！　怖くて震えそうになる身体を、気合いで押し込める。オルトゥスの一員なんだ、ということが、私を奮い立たせた。諦めない。絶対に……！


ついに、魔力が切れた。でもそれを組織の人たちに知られるのはまずい。少しでも時間を稼ぎたいからね！　声に出すとこちらの様子に気付かれる恐れがある。でもどうにかして魔力が切れたことをリヒトやロニーには伝えなければ。本当は、魔力を使い切る前に切り上げろって二人には言われてた。その辛さをわかってるから、私を心配しての言葉だ。でも、二人には出来るだけ長く休んでもらいたかったから、ちょっぴり無理をしてしまった。バレたらめちゃくちゃ怒られるやつである。正直、怒られても仕方ないほど今の私はボロボロだ。魔力がほぼスッカラカン状態だしね。あと少し、あと少しって考えていたらこうなってしまったのだ。反省はしてます！　さっきの魔術陣に流し続けていたことに比べれば精神的な負担がない分遥かにいいけど、それでも魔力枯渇はものすごく辛い。だけど、大事なのはこれからである。二人には気付かれないように気力を振り絞ろう。声には出せないので私は二人に目配せをした。それを受けてリヒトとロニーも無言で小さく頷いてくれる。さっき作戦の打ち合わせをして確認したもんね。さすがである。

よし、大丈夫。あとは「その時」のためにそれぞれの役割をしっかりこなすのみ。あとは少しでも自分の魔力を回復させること。この場所じゃそれもほとんど期待は出来ないけどね。お風呂のお湯をコップでせっせと一杯にしようとしているようなものだし。心臓がバクバクいっていて、そろそろ飛び出してきちゃいそうだ。大きく深呼吸をしたいところだけど、その動きだけで怪しまれそうな気がして出来ない。気にしすぎかもしれないけど。でもなぁ、訓練の前にいつも必ずやってることだから落ち着くんだよね。頭の中ではひたすらこの後のシミュレーションを繰り返し、ただただ状況が動くのを待つその時間はとても長く感じた。

「はぁ……。おい、お前ら、いい加減諦めてこっち来いよ」

うんざりしたような態度でゴードンがやってきた。「その時」が来てしまったようである。待っている間は長く感じたけど、魔力の回復具合からいえばもう少し遅くても良かった。しかし、贅沢は言っていられない。大丈夫、大丈夫。自分で自分に言い聞かせながら、私たちは互いに手を握り合った。リヒトもロニーも、手が冷たい。緊張してるんだ。きっと私も。よし、深呼吸をしよう。今なら少しくらい怪しまれても大丈夫だよね。私は大きく息を吸って、ゆっくり吐き出した。

『これは私も緊張した時に必ずやるんだけどね。深呼吸だ』

『深呼吸？』

『そう。危ない、と思った時こそ落ち着かなきゃならない。慌てて変な行動を起こして、余計に厄介なことになったら元も子もないでしょ？』

脳内にあの時の会話が蘇る。両隣にいるリヒトとロニーも深呼吸を繰り返しているのがわかった。

ゴードンが目の前までやって来る。

『さて、じゃあここで問題だ。深呼吸して冷静になった頭で何を考える？　危険な状況は変わらない。さぁどうする？』

『逃げる、こと？』

思い出せる。あの時の会話が、昨日のことのように思い出せるよ。ツンと鼻の奥が痛む。落ち着いて……。出来ないことはしない。あの教えは、私たちの中にしっかりと根付いているんだから。

『大前提が危険な目に遭わないこと、なんだから、逃げることを考えるのは当然の流れさ』

ゴードンがサーベルを振り上げた。どうせまた結界で弾かれると思ってるのだろう、その手にはあまり力が込められていないように見えた。私たちは、すぐに動き出せる体勢をとった。逃げることだけを考えて。反撃は出来なくても、逃げる隙を作ることくらいは今の私たちにだって出来るはず。ジッとサーベルの刃の行方を目で追う。

『とにかく大きな声を上げながら逃げるんだ。突然、大声を出されたら相手だって一瞬怯《ひる》むからね』

ゴードンが振り下ろしたサーベルが、私の目の前の地面に深く突き刺さった。散々弾かれていたから適当な場所を狙ったのだろう。ゴードンは油断していたのだ。見当違いな場所に刺さったサーベルを見て、ゴードンの片眉が上がったのを見届ける。よし、予想通り。第一撃を確認した私たちはすぐに立ち上がって、身構えた。そして私は収納ブレスレットに入っていた木刀を取り出し、ロニーに投げ渡す。久しぶりに見たその木刀の感触に、ほんの僅かに心が和む。だってその木刀はいつだったか、遠征のお土産だー！　とかなんとか言ってジュマくんが持ち帰った何かの木を、お父さんが面白がって木刀にしたものだったから。何本も出来たからって、お父さんが私にもくれたんだよねー。ジュマくんもお父さんもあまりに嬉しそうに笑うから断るわけにもいかず、どうしようもなくなってとりあえず収納した、というなんともどうでもいい経緯を持つ代物なのである。お父さんやジュマくんは、修学旅行のお土産に木刀を買って帰るタイプだ、って笑ったのも懐かしい思い出だ。いやぁ、まさかここで役に立つとは誰も思わなかっただろうね！　人生、何が役に立つかわからないというういい例だ。こんな実績を作ってしまったら、ますます物が捨てられなくなりそう。いつか何かの役に立つかも知れない、だなんて物を捨てられない人の常套句である。

そんな思い出が蘇ったことで、いい感じに力が抜けた気がする。うん、余裕が出来てきたかも。

よし、次は……！　私たちは互いに目配せし、タイミングを合わせた。

「「「やあああああああああああああ！！！！」」」

息を大きく吸い込んで、三人揃って大きな声をあげた。もしも近くまで助けが来ていたのなら聞こえるようにという意図もある。気配が感じられないから、それは期待出来ないけれど。でも、それだけの理由で大声を出したわけじゃない。これだって、あの時の教えなんだから。それに、気合いも入ったしね！　地面にサーベルが食い込んだことですでに戸惑っていたゴードンは、次いで私たちが大声を出したことに目を丸くして驚いていた。よしよし、いいぞ。ここまでは順調だ。でも、こんなのはこの一瞬しか使えない。でもそれでいい。この先の作戦は、ひたすら逃げる、ただそれだけなのだ。また捕まるだなんて未来は想定してないからね。こうしてどうにか作り出したその一瞬を狙い、ロニーがゴードンに向けて木刀を振り下ろす。直撃したか、と思ったけど、そこはゴードンもなかなかの腕前なのだろう。力任せにサーベルを引き抜き、その柄で木刀を受け止めてしまった。止められるかも、とは思ってた。でもせめて一撃でも当たっていたら、逃げ延びられる可能性が高かっただけに、悔しい気持ちは隠せない。もちろん、ロニーが悪いわけではないよ。私たちの考えていた以上に、ゴードンの動きが良かったのだ。

ギリギリと、ロニーが両手に力を込めている。そのせいでグイグイと押されたゴードンも少し焦ったのか、両手でサーベルの柄を持ち直していた。ロニーはドワーフという種族柄、なかなかの怪力だ。戦い慣れしているゴードンに押し負けていないのがすごい。でも、そこはやはり経験と年齢の差か。少しロニーが押されはじめてきた。両手両足首に酷い火傷も負っているし、疲労も溜まっているのだ、仕方ない。

「先に、行って！」

「っ、わかった。行くぞ、メグ！」

「う、うん！　ロニー！　すぐに来てね！」

苦しそうに呻きながら、ロニーが声を絞り出す。後ろ髪を引かれる思いだけど、せっかく作ってくれた時間を無駄にしないようにしなきゃ。ロニーだってあの教えはしっかり頭に入ってる。だか

ら、隙を作ってすぐに逃げて来てくれるはずだ。信じてるからね……！

『捕まったという状況ならきっとチャンスは訪れるからね。その時を待って、隙を突き、逃げるんだ。これをしっかり頭に留めておくように！』

はい、師匠！　私は脳裏に過ぎった彼女の笑顔に向かってそう叫んでから、ゴードンに背を向けた。先に駆け出したリヒトの背を必死で追う。私の後ろから先に追いついて来るのがロニーであることを信じて。

「ホムラくん！　お願い！」

『やっとオレっちの出番なんだぞっ！　任せろーっ』

リヒトと共に唯一の出入口から飛び出すと、やはりというべきか組織のお仲間がわんさかいた。ですよねー。ここは本拠地かも、とうっすら予想はしていたけど、たぶんビンゴだ。もしかしたら私たちを捕らえておくだけの場所かも、とも思ったけど、頻繁にお仲間が入れ替わりで見張りをしていたからそうじゃないかと見当はついていたのだ。

外に出るため、そして後からくるロニーのためにも、逃げ道を確保しないといけない。私はリヒトより一歩前に出ると、ホムラくんに頼んで炎を出来るだけ遠くまで放出してもらった。おそらく地下にあるこの道。きっと上に行く階段があるから、その階段の場所も知りたかった。こうすればホムラくんに探ってもらえるかも、と思ったんだ。放出された炎を見て、組織の人たちも慌てて逃げ惑っているし、一石二鳥！

「ホムラくん、階段の場所わかる？」

『おう！　このまま真っ直ぐ行って突き当りが階段だぞっ』

ひたすら放出したその炎が触れたものは、自分の手足のように感覚がわかるのだそう。ホムラくん、すごい。

『うおぉ、ごめんなんだぞ、ご主人ー。オレっちもう無理なんだぞ……』

「ありがとう、ホムラくん。すごく助かったよ！　ゆっくり休んでね」

こうして力をたくさん使ったホムラくんは、耳飾りの魔石に戻っていった。落ち着いたらまた魔力をあげるからね。それまで我慢させちゃうのが心苦しいけど、私も頑張るから……！　ちなみに、ホムラくんが放出した炎には、人に怪我をさせるほどの威力はない。魔力を節約したかったのと、出来るだけ遠くまでっていうのを優先するにはこうするしかなかったのだ。で、出来れば人が怪我をする姿も見たくなかったし！　甘い考えなのは自覚している。でもでも、熱さは感じるから近付いたらやばいとは思ってくれたはず！　案の定、敵は面白いくらいにみんな逃げていったしね！

「め、メグ、そんなに大きな魔術を使って、大丈夫か？」

人を一掃したことで綺麗になった道を走りながら、リヒトが呆れたようにそんなことを言う。今のを見ただけだとかなりの高威力魔術に見えただろうから無理もない。でも、そもそも魔術の使い方がリヒトとは違うからね。私やロニーは自然魔術。精霊さえ元気に動き回れたら、魔力はその時に必要というわけではないのである！

「魔素がないせいで精霊たちはもう動けないから、使える魔術はもうないよ。でも、魔術の大きさや威力は精霊の余力次第だから問題ないの。精霊に渡す魔力は積み立てと後払いが出来るからね！」

「積み立てに後払い……。そんなことも出来るのかよ。不思議なんだな、精霊って」

リヒトも自然魔術のことは知らないみたいだからね。まぁ、これはそのうち説明するよ、とだけ返して、私たちはひたすら階段に向かって走った。走るのが遅い私を気遣って、リヒトがチラチラとこちらを気にしてくれているのが申し訳ない。ごめんね、遅い上にすでに息が上がってて。うぅ、もっと頑張れ私！　しばらくすると、ロニーが私たちを呼ぶ声が聞こえてきた。その声に二人で一度立ち止まり、ロニーを待つ。けど、離れた位置にいるロニーは、そのまま走れって言ってるみたい。

「うっ、ロニーも追われてるな」

「ロニー、追いつかれちゃわないかな……!?」

「よし、今度は俺に任せろ！　メグは先に行ってるんだ」

リヒトの言葉に軽く頷いてから私は再び走り出す。本当はもう一歩も動けないって弱音を吐いてしまいそうだ。魔力は枯渇寸前、怪我も痛いし、緊張と恐怖と不安で押し潰されそう。でも、ここで負けたら終わりだ。なんのために今まで頑張ってきたのかわからなくなる。諦めた瞬間、全てが台無しになってしまう……。そんなのは絶対に嫌だった。なけなしの意地が私を走らせているのだ。遅くなってしまうのは仕方ない。一歩でも多く、一秒でも早く、一ミリでも前に進むんだ！

少ししてロニーが私に追いついてきた。ロニーも息が上がっていて辛そうだ。私がかなり限界だろうことを察したのだろう、ロニーはリヒトの様子も気になるから少し止まってと声をかけてくれた。腑甲斐なさを感じつつも、リヒトの様子が気になるのは事実。私たちは乱れた呼吸により大きく肩を上下させながら、足を止めて後ろを振り返った。数メートルほど先に、リヒトの後ろ姿を見つけて少しホッとする。ちょうどリヒトは背後から迫ってくる追手に向けて魔術を発動すべく、魔力を練り始めているところだった。その様子に思わず惚れ惚れと見惚《みと》れてしまう。魔力の扱いは荒いけど、やっぱり質も量も抜群だなぁって。これ、絶対ちゃんと訓練したら、将来リヒトはオルトゥスのみんなに負けないくらい強くなるんじゃないかな。扱いだけがすごく惜しい。私の目から見てもそう思うのだ。大人たちが見たら余計にそう思いそうだ。

「水よ！」

リヒトが叫ぶとたちまちその手の先から水が勢いよく噴き出した。その水は川の流れのようにうねり、一気に追っ手を押し流してしまう。わ、こんな魔術も使えたのね！　リヒト、すごい。でもどこか苦しげな表情だ。魔力残量としてはまだ余裕はありそうだけど、やっぱり魔力を使ってしんどいのかな？　敵が流されていくのを少し見届けてから、リヒトは私たちの元へと走ってきた。まだ呼吸が整ってはいないものの、私たちもそれに合わせて足を踏み出す。

「リヒト、大丈夫？　その、なんだか苦しそうに見えたから」

戻ってきたリヒトと一緒に走りながら聞いてみる。すると、頬を人差し指で掻きながらリヒトが気まずそうに告げた。

「あー、これは別件。川に人が流れてるのを見ると、ちょっとな。ま、これでしばらくは追って来られないと思うけど、階段上ったとこにも敵はいるだろうし、油断すんなよ！」

別件、かぁ。何か思うところがあるんだろうな。でも今考えることじゃないよね。どこか吹っ切れたようにも見るし、大丈夫ならそれでいい。頭を切り替えないとね。そう、これは結局のところ時間稼ぎに過ぎないのだ。元々私たちには、これだけの大人数を倒せるような魔術は使えないんだから。今みたいにギリギリの状態ならなおさらである。階段を上ってもまだ外に出られるとも限らないし、外に出たところで現在地を把握できるかも怪しいしね！　希望が見えたと思いつつも、現実は不安要素だらけである。今はここから出ることを考えないといけない。逃げ切れさえすれば、その後のことはもう一度落ち着いて考えられるし、目の届かない場所に行けたら簡易テントに避難も出来る。うぅ、簡易テントが恋しい。出来ることならすぐに逃げ込みたい。でもそれが出来ないのには理由がある。テントの魔力残量も心許ないから、ここで出しても大人数で攻撃されたらわからないし、そもそも狭すぎて出せないのである。ここを出たらゴールってわけでもないのだ。無事にこの場所から逃げ出せた時に使えるようにテントの魔力は温存すべきなので、今は我慢である。一番望ましい展開としては、外に出たところでショーちゃんが呼んでくれた誰かと合流することなんだけど……。あまりそればかりに頼るわけにもいかない。自分たちだけしかいない、というのを想定して動かなきゃ。いつだって最悪を想定して動く。これはオルトゥスの教えなんだから。

ヒューヒューという呼吸を繰り返し、肺が悲鳴を上げている。長距離マラソンを走った時みたいに、口の中に広がる血の味。内臓から込み上げてきそうな何かに耐えながらひたすら足を前に出していく。度重なる緊張感と、魔力を枯渇させられた際の疲労。痛む傷を庇いながら動いているから、変な歩き方にもなってるかもしれないな。訓練の時はこんなにすぐに息が上がらなかったのに。というか、どれほどの速さでどのくらいの距離を進めたのかさえ、感覚が掴めない。でもこんなデコボコした道を転ばず、躓《つまず》かずに走ってこられたのは、これまでの努力の結果だと思う。短期間だったけど、ちゃんと身になっていると考えると、やっぱり感謝しかないよ。感謝してるんだよ。

「……ラビィ」

ちょうど今、考えていた人物の名を呟いてリヒトが急停止した。私とロニーも一緒に立ち止まる。三人の荒い呼吸音だけが耳に響き、リヒトの視線の先を見た。私たちの数メートル先、出口へと続くその階段の前に、その人は立っていたんだ。ツゥーッと額や背中を流れていく汗が妙に冷たく感じた。

「……逃げるのかい?」

私たちの命の恩人である、ラビィさん。腕を組んで、表情の読めない顔をこちらに向けて立つラビィさんを前に、私は形容し難い感情を胸に抱いた。複雑すぎて、この気持ちに名前を付けられなかったのだ。一瞬、その動きの全てを止めてしまった私たちだけれど、すぐに警戒を強めた。私たちの前に立ち塞がるということはそういうことなんだって思って。でも、当のラビィさんは特に身構えることもなく、力を抜いてその場に立っている。私たちが横を通り過ぎても、何もしないんじゃないかと思わせるほどだ。なんというか、無気力?　なんだろう、覇気のようなものを一切感じないのである。どうしたんだろう?

「逃げるよ。ラビィ……。お前たちから」

沈黙を挟み、少し枯《か》れた声でリヒトがそう答えると、ラビィさんは苦笑を浮かべた。リヒトは、ジッとラビィさんを見つめたまま目を逸らさないでいる。そんなリヒトもまた、ラビィさんと同じで感情の読めない表情をしていた。

先に目を逸らしたのはラビィさんだ。下を向き、フッと息を吐いて口を開いた。笑ってる……？

「そうかい。なら、気を付けるんだよ。上にはまだまだあたしの仲間たちがたくさんいるから」

「……止めないのか？」

驚いたような、訝しむような様子のリヒトに、ラビィさんは顔を上げた。なんだか、何もかもを諦めたような、そんな雰囲気を感じた。と同時にどこか期待の込もった眼差しもしていて、なんだか矛盾を感じる。やっぱり様子が変だ。そんな態度で、そんなことを言われてしまったら、期待してしまうじゃないか。

「あたしの仕事は、あんた達をここに連れてくることさ。そこから先は、もうあたしの仕事じゃない。タダ働きなんてごめんだよ」

ラビィさんは肩をすくめ、冗談めかしてそんなことを言ったけれど、本心がそこにはないってことはわかった。それを感じていたのは、私だけじゃなかったと思う。だって、どう見ても、目の前のラビィさんは無理をしているようにしか見えないんだもん。だけど、それを問い質すことは出来なかった。だって私たちの間には、目には見えない線が引かれていたし、ロニーと私の手足の火傷が、目に見える確かな傷痕《きずあと》として残ってもいるのだから。なにより、これ以上踏み込むことは許さない、という雰囲気をラビィさんからは感じた。でも、でも……！　放っておけない。このまま、ラビィさんのことを放って逃げ出すことがどうしても出来なくて、しばらくお互いが微動《びどう》だに出来ずにいたんだ。そうしてようやく意を決したかのように声を出したのは、リヒトだった。

「……ラビィ。やっぱり、一緒に」

「さっさと行きな、クソガキども」

でも、リヒトが最後まで言い切る前に、ラビィさんの冷たい声が遮った。目が据わり、口答えは許さない、といった凄《すご》みがある。今まで感じたことがないほどの迫力に、思わず私たちはグッと息を詰まらせてしまった。

「あんた達を裏切ったのは、誰だい？」

その声は少し震えていて、でもハッキリと拒否を示していた。聞いていて、胸がギュッとなる。

「これまでも、罪のない人を攫って売り飛ばしていたのは誰？　それを隠して、さも国が全て悪いかのように吹き込んだのは？」

ラビィさんは、堰《せき》を切ったように、次から次へと言葉を連ねていく。これまでずっと我慢してきたことを、今になって一気に放出しているみたいだ。

「その腕の火傷を負わせたのは、誰だって聞いてるんだよ!!」

私たちから視線を逸らして、叫ぶように吐き出していく。ラビィさんは私たちを突き放すつもりで言っているのかもしれないけれど、私には違う意味で聞こえていた。その言葉の一つ一つが、まるで……。

「あたしだ！　全てあたしなんだよ！　あたしは重犯罪人だ。そんなあたしに……」

独白《どくはく》にも聞こえたんだ。これは、懺悔《ざんげ》だ。そんなの、私たちに何度も何度も謝っているようにしか聞こえないよ、ラビィさん。だって、そんなに苦しそうな顔で、悲しそうな顔で言うんだもん。

「手なんか！　差し伸べてんじゃねぇよ!!　さっさと行け！　あんた達の顔なんか、もう二度と見たくない……っ！」

それは、心の叫びだった。あぁ、あの時もあの時も、なんで私はちゃんと話を聞かなかったんだろう。一人で村や町に調査に行くっていう時も、意地でも付いて行けば良かったんだ。そうしたら、そこで出回っている噂の矛盾に気付いたかもしれない。きっと悩んだだろうけど、その時ラビィさんに問い詰めていたら、じゃあ一緒に逃げようって話に持っていけたかもしれない。最悪、それが無理でもラビィさんの手を汚さずに済んだかもしれない。何度も何度も話をして、説得をしていたら、何かが変わっていたかもしれないんだ。騎士団が近くに迫ってきていたあの夜に、喧嘩になってでもラビィさんの話を聞くべきだった。あれがラストチャンスだったのかもしれないのに。今更こんなことを考えていたって仕方がないのはわかってる。今、ここにしか現実はないのだから。でも、それらを後悔せずにはいられない。私たち三人は、どうしてもすぐにその場から立ち去ることが出来なくて……。身体の動かし方を忘れてしまったかのように固まったままでいた。

「……裏切るのか、ラビィ」

だけど、背後から聞こえたその声に、私たちはハッとなって振り返る。予想以上に近くから聞こえてきたゴードンの声。気付かなかった……。不覚だ。思っていた以上に時間を取られていたらしい。

「裏切らないさ、あんたのことは。そういう、約束だったろ……？」

動揺する私たちの横をスッと通り過ぎ、ゴードンの前に立ったラビィさんは静かにそう言った。まるで、私たちを背に庇ってくれているみたいなその立ち位置に、視界が涙で滲みそうになる。

「なら、その行動はどういうつもりだ」

当然、そのことに気付いたゴードンは、声をさらに低くしてラビィさんに問う。心なしか、声に怯えが混じっている？　この状況で怒るのはわかるけど、何かを恐れているかのようにも見えたのだ。気のせいかもしれないけど……。ショーちゃんがいれば、その真意がわかるのかもしれないけど、言っても意味はないよね。二人の間に緊迫した雰囲気が漂う。私たちはただ黙ってその様子を見つめていた。

「互いの意見は尊重し合う、ってのも約束だったはずだ。ならその約束も守ってくれよ、ゴードン」

ラビィさんは、平然とゴードンと会話をしているように見えた。約束、か。二人は古い友人なんだもんね。私たちの知らない二人の過去に、何かあるのだろうことがわかった。けど、そんな旧知の仲ならその行動はなんで？　私たちの仲なんて、それに比べたらほんのわずかな時間なのに。信じていいの？　いいんだよね？　だって、そうやって後ろ手で、私たちに逃げろと合図を送っているんだもん。やっぱり、やっぱりラビィさんは――。

「なぁ。この子たちを、見逃してくれないか？　ゴードン、頼むよ。一生に一度の頼みだ」

――私たちの、味方だったんだ。

なんでよ。なんで今なの？　もっと早く言ってよ、もう。それなら、そうだとわかったなら、ますます一緒に行きたくなるじゃない。一緒に魔大陸に行って毎日のんびり過ごそうよ、そう言った時、困ったように笑ってたよね。きっとそんなの無理だって諦めてたんだろうけど、無理なんかじゃなかったかもしれないのに。あの時ならまだ間に合ったのに。ねぇ、ラビィさん？　私は、本気で貴女と一緒に魔大陸に行けることを夢見ていたんだよ。

『ただ一つ、魔の者と人間に共通点があるとするならそれは――。どんな悪人でも、心の奥底には必ず僅かな良心が残っている筈じゃと。儂はそう信じておる』

ふと蘇るのは、レオ爺のお話。いつも話の最後に決まって言うセリフが、私の心に温かく響く。そうだね、本当にそうだったよ、レオ爺。でも私ったら途中で疑っちゃった。最初から最後までしっかりと信じ切れていなかったよ。一番中途半端で、ほんと、どうしようもない馬鹿だな、私。あんなに何度もレオ爺が教えてくれていたのに。本当に、馬鹿だ……！　流さないように堪えていたけれど、ついに耐え切れず、涙が一粒零れ落ちた。

「……それは出来ねぇな。なぜなら、裏切らないことが、約束の最重要事項だからだ。お前は、裏切った。裏切ったんだ！　この、俺をよぉ！　くそがっ、その覚悟はあるんだろうなぁ、セ、ラ、ビ、ス!?」

セラビス……？　聞きなれない名前に気をとられかけたけど、リヒトやロニーに手を引かれたことでそれ以上は聞けなかった。そうだ、逃げなきゃ。今ここで私たちが立ち止まってしまったら、ラビィさんの想いまで踏みにじることになってしまう。どんなに置いて行きたくなくても、どんなにラビィさんと一緒に行きたくても、私たちはここを無事に逃げ切らなきゃいけないのだ。見ればリヒトもロニーも、目にうっすらと涙を滲ませている。そうだ、思いは一緒なんだ。泣いてる暇なんかないと、私は前を向く。もう誰も行く手を阻《はば》む者はいない目の前の階段を、私たちは急いで駆け上がった。

「ラビィの……覚悟を無駄にするな！」

誰よりもその場に残りたかっただろうに、リヒトがひたすら前だけを見てそう言った。ロニーもグッと歯を食いしばっている。なんでこんなに辛い思いをしなければならないんだろう。私たちはただ、みんなで一緒にこの旅を無事に終えたかっただけなのに。ラビィさんも含めたみんなで、だ。

幸せな未来を疑ってすらいなかった自分は、どれだけ甘い考えを持っていたのかって思い知らされる。けど、だからこそ私たち三人だけでも無事でいないと。階下からはサーベルと剣がぶつかり合う金属音が聞こえて来たけれど、振り返っちゃダメだ。先に進め、進むんだ！　そしてこれを願うのはやっぱり甘いのかもしれないけど……。どうか、無事でいて。ラビィさんっ！

4　ラビィの過去

【ラビィ】

あたしの最も古い記憶は、地獄だ。

「おい、なに休んでんだよぉっ⁉　疲れた？　動けねぇ？……けっ、使えねぇガキだ、なっ⁉」

「ぐっ、う、ぅぅ……」

何のために働かされてるのかわからない。ちょっとでも休んでるのが見つかったら、蹴り飛ばされる日々。この仕事が何の役に立つかだとかいつまで続くのかとか、聞くことさえ許されていなかったからひたすら言われた通りに働く毎日だ。寒い日も、暑い日も、雨の日も、雪の日も。ずっと外で重たい荷物を運んでは戻りを繰り返し、一日に一食だけ、腐りかけの食事ともいえない何かを食べて眠りにつく。泣き言や文句は何があっても言わない。そんなことを言った日にはご飯をもらえないから。腐りかけでも貴重な栄養源だったからね。それどころか代わりに、身体のどこかに痣《あざ》をもらえるだけだし、いいことなんか何一つないってことを、そこで暮らすうちに勝手に理解していたのさ。今も身体に残る傷跡は、全部その時のものだ。大人になった今でも残ってるほどの暴力だった、ってことだね。まぁ、治療なんてものも出来なかったし、傷跡が残るのも当たり前か。ちなみに、動けない日も対応は同じだった。その理由がたとえ疲労や熱であったとしても、ヤツらにとっては動けるかどうかが問題なのであって、こちらの都合なんか知ったこっちゃないんだ。

物心ついた時からそんな生活だったから、辛いとか、助けてとか、そんなことさえ考えたことはなかった。疑問に思う暇だってなかったよ。ただ生きるために、働くしかなかったんだから。どんなに苦しい思いをしても、生きるためにね。ここでこうして働くために、生まれてきたんだって信じていたし、それが当たり前だった。それが、あたしの世界の全てだったんだ。

「ほんっとうに、ガキってのは使えねぇ。見た目がとびきりいいわけでもなし、特別な技能があるわけでもなし。ただの動くお荷物だな！　飯を食う分、損してるぜこっちはよぉ！」

そんな言葉を毎日かけられ続けて仕事をした。幼い頃は、意味までわかってなかったよ。まだ五つくらいだったしね。後になって理解したけど、あの時、理解できなくて良かったと心底思う。馬鹿で得するなんてね？　笑い話にもならない。まぁ、理解していたところで大差はなかっただろうけどね。どのみちどん底を生きていたんだから。

そんな日々が地獄であったと初めて気付いたのは、ここのお偉いさんたちが一気に死んで、それからずっと経ってからだった。死んだ理由は誰かに捕まったとか、殺されたとかそんな話じゃない。感染力が強く、死ぬ確率の高い流行病《はやりやまい》が原因だった。おかげでこの、意味も分からず働く地獄の日々は終りを告げたけれど、流行病で仲間が次々に死んでいくのを見届けるのは、それはそれで別の地獄だったよ。あたしを含めた数人が、その病を発症《はっしょう》することなくいられたのはなんとも不思議な体験だった。これに関しては最近になって知ったんだけど、なんでも生まれつき体内に抗体《こうたい》を持っている人がいて、そういうヤツは流行病を患《わずら》っても無事でいられるんだってさ。そんな話をどこかの街で聞いたことがある。よくはわからないけど、たぶんそのおかげで命拾いしたんだろうねぇ。組織のお偉いさんたちにその抗体とやらがなかったのはラッキーだった。いや、それを幸運と呼ぶべきかはちょいと悩むところだけどね。

ともあれ、晴れてあたし達は自由の身となった。けど、突然の自由を与えられても、どうしたらいいのかわからない。だってあたしは、そこで言われるがまま働くことしかできなかったんだから。それ以外に、どうやって生きたらいいのかがさっぱりわからないんだ。腐りかけの飯でさえ、どうやって手に入れればいいのかわからない。このままじゃ死ぬって思ったね。地獄にいたっていうのに、あたしたちに酷い仕打ちをしてきたヤツらがいなくなったことは、あたしにとっては不幸な出来事だったんだ。おかしな話さ。でも、当時のあたしにとって「自由」ってのは、「死ね」と言われているのと同じだったったんだよ。

生き残った数人が、それぞれ好き勝手にその場を去って行った。そいつらの行動は、まったくもって理解が出来なかったね。どこに行くというのか、行って何をするつもりなのかって。ただあたしは、そんなヤツらの背をひたすら見つめながら震えていたのを覚えてる。このままここで、ゆっくりとやってくる死を待つだけなのかとか、何もせず、わからず、呆然と立ち尽くしている間に自分はどうなってしまうんだろうとか、いつ力尽きて倒れてしまうのかとか、そんなことばっかり考えていて……。あたしはこの時、生まれて初めて「恐怖」というものを知ったんだよ。

そんなあたしを、「恐怖」から救ってくれたのが、ゴードンだったんだ。

「一緒に行くか？」

「……そうする」

あたしより十歳ほど年上のゴードンは、とても頼りになった。キレやすくて言動が荒々しいヤツだけど、そんなものはどうでもよくてさ。あたしにとっては唯一、ゴードンが頼れる兄貴で、家族と呼べるような存在だったんだ。

どこをどう彷徨い歩いたのかはわからない。あたしは、ゴードンについて行っただけだったからね。そうして辿り着いたのは、なんの因果か、今あたしが身を置いている人身売買の組織だった。そこで、商品たちが人ではない扱いをされているのを見て、それが奴隷だと聞かされて初めて、あたしたちは自分たちが奴隷だったことを知ったってわけ。変だと思うかもしれないけど、そのことに気付いた時でさえ、特に何か思うことがあったわけでもなかった。だって、奴隷は物だ。動かなくなりゃ叩いて動くかどうかの確認をする。ちょっとのエサを与えて動けば使うし、動かなきゃ廃棄。新しい物と交換する。それが、常識。

　ゴードンが十七を過ぎた成人だったから、あたしたちはその組織で働くことになった。あたしは危うくまた奴隷になるところだったけど、ゴードンがこいつは自分の妹だ、ちゃんと働けるって口を利いてくれたのさ。あたしはまだ七つだったが、庇ってくれたゴードンのためにも絶対にいい仕事をしてやるって必死だった。だからなのかはわからないけど、逆の立場になっても特に悲観することはなかったね。これまで散々、酷い目に遭わされてきたってのに、平気でその酷い行いを奴隷に対してやってきたよ。罪悪感なんてない、だってこれが常識だったんだから。それに、ここで働けば腐ってない食事を一日に三度ももらえたし、頑張ればその分、なんと金が手に入った。自分が好きに使っていい金だなんて初めてだったから、最初に屋台の串焼きを買って食べた時はそりゃあ感動したもんさ。仕事をしたら、金が手に入り、美味いものが食える。そんな常識をここで学んだんだ。順風満帆《じゅんぷうまんぱん》な生活だったよ。苦しむ奴隷たちのことなんか、気に留めてなくってさ。

「ちっ。突然、魔大陸側からの商品が届かなくなっちまった。こうなりゃ犯罪者だけを待ってたんじゃ商売にならねぇ。魔術の使えねぇ人間は安いんだがそうも言ってらんねぇな。貧しそうな家に行って、金が欲しけりゃ誰かを売れ、って言ってこい」

「売らないなら掻っ攫ってこい」

　だけど、そんな生活にも変化が訪れた。それは私が八つになったかどうかって頃、ある日を境に奴隷の数が激減したんだ。魔大陸から送られてくる、貴重な魔力持ちの奴隷が。魔大陸からの奴隷には暴力は振るわないこと、だとか、売る先の指定があったりとかで、色々と面倒な商品ではあったんだけど、高額商品だったしそれが組織の収入を支えていたから、これは由々《ゆゆ》しき事態だった。そのことは理解していたし、あたしたちはその組織で雇《やと》ってもらってからというもの、文句も言わずに仕事をどんどんこなしていたから、当然のように言われたことには素直に従った。それが犯罪だなんて思いもしてなかったから、躊躇だってしてない。当然さ。

あたしは特に成績も良かった。力任せに乱暴に連れてくる男どもに比べて、優しく声かけてやりゃ、簡単に連れて帰れることを覚えたからね。傷もなく、健康な奴隷が手に入るってんで重宝されたのさ。力のない弱い女がこの世界で生きていくためには、知恵を働かせる必要があった。あたしなりに、たくさん考えて編み出した方法だったから、誇らしくもあったんだ。……その時は。

「やっぱ魔力のない子どもだけじゃ商売にならねぇ。セラビス。お前、魔力持ちの奴隷を売った客先から、その奴隷を攫ってこい。その奴隷をまた別のところに売る。またいなくなったら攫う。これを繰り返せば金は無限に入ってくるよなぁ⁉」

次第に、組織からの指示は無理の多いものへと変わっていった。あたしたちに渡される金もここ最近は減ってきたし、食事も質素になってきてたから、だいぶ組織の財政《ざいせい》が傾いてるんだなってわかった。一度売っぱらった客先に忍び込んで奴隷を攫うってのは、かなり危険な任務だったよ。でも、あたしに拒否するという選択肢はない。色々と頭を使ってさ、あの手この手で任務を遂行した。よく捕まりもせずに出来たもんだって思うね。今思えば、あたしはまだ若かったから、こんな子どもがそんなことするわけないって思われていたおかげかもしれない。

「なぁ、セラビス。奴隷ってのはどうして人の形をしてるんだろうなぁ……？」

そんな綱渡りの日々を送ってる間も、寝る前にはゴードンと安い酒を飲みながら話をするのが日課だった。飲んでたのはゴードンだけだったけどね。ある晩、心底不思議そうにあいつは呟いたんだ。

「やっぱ、人の形してた方が、何かと便利だからかもしれねぇなぁ……」

あたしと違って、主に捕らえられた奴隷を捌いていく仕事をしていたゴードンは、普通の人間と関わることがなかったから、いつまでたっても奴隷は物だー、なんて考えを持ってた。一方で、人と会話をするようになったあたしは、常識ってやつをたくさん知っていったんだ。馬鹿だったあたしだけど、考えるようになって頭がそこそこ働くようになったのさ。だから違和感を覚え始めてた。ゴードンの考え方が歪んでいるんじゃないか、って。あたしのしていることは、もしかしなくても良くないことなんじゃないか、って。

「俺たちは運が良かったよなぁ、セラビス。奴隷だったのに、人間になれたんだからよ」

あのねゴードン、奴隷も同じ人なんだよ、なんてことは言えなかった。あたしは人と接することで、そんな当たり前のことに気付き始めていたんだ。だけど、言えない。

「奴隷は人として生きることを許されてねぇ生き物なんだ。俺たちは許されたってことだよなぁ？　俺らは、人としての価値はねぇが、奴隷としての価値はあったんだぜ、きっと」

だって、嬉しそうに笑うゴードンに、一体何が言えるんだ？　本気でそう信じている者を相手に、常識をひっくり返すようなこと、言えないじゃないか。あたしだって気付いたばかりで、まだしっかりとわかっちゃいないのに。そんなあたしが何をゴードンに教えるっていうんだ。人としての価値？　誰もが等しく生きることを許されているんだ、って？　許すってそれは誰が？　神様？　あたしは信じない。もし神様なんてものがいるなら、なぜ人は平等じゃないんだ。何が等しく生きることを許されてる、だ。神でもなんでもない人間ごときが、多数の奴隷の生きる権利を奪っているというのに。

村の人たちは、嫌なことと良いことは、人生で上手いこと採算《さいさん》がとれるように出来てるってことも言ってた。でもあたしはそれも信じてない。だって、それならあたしには、この先、とびっきりの幸せが待ってるってことになる。そんなの、あり得ないじゃないか。幸せの重さだって、みんなバラバラだ。あたしなんか、飯が一度食えるだけで幸せだと思ってたのに、今や三度食えなきゃ苦しいと思ってる。幸せに限度なんかないんだ。人間ってヤツは醜《みにく》い生き物だ。神様や幸せなんて、誰もその目で見たこともないあやふやなもんに、そんなことを勝手に決めてもらいたくなかった。自分の生き方が間違ってるだなんて、認めたくなかった。

月日が過ぎて、あたしも二十代半ばになった。ゴードンなんかいいおっさんだ。気付けば、ゴードンとあたしが組織のリーダー的存在になっていたよ。そうなる前も、リーダーはコロコロ交代してきたけどね。みんな手際が悪いんだよ。あっさり捕まりやがって、詰めが甘いったらないね。きっとこの先もずっと、こうして生きて、そして死んでいくんだと思ってた。その頃には、自分が悪事に手を染めていて、もう取り返しがつかないところまできてるって、わかってた。そんな自分を認めた上で、この仕事を続けていたんだ。色んなことを諦めながら過ごしていたんだよ。

そんな時に出会ったのが……。リヒトだったんだ。

リヒトを拾ったのは気まぐれだった。あたしは仕事の都合上、たまたま街の近くの小屋に寝泊まりしていてさ。拾ったはいいが仕事の邪魔になるし、すぐに追い出すつもりだった。けど、こんな仕事してるくせにリヒトに対しては、子どもだからちょうどいい商品になる、なんて考えがなぜか少しも浮かばなかったんだよな。それは、未だに不思議に思ってる。でもまぁたぶん、出自《しゅつじ》もわからない上に攫う予定もない子どもなんか捕まえるのは危険だし、面倒だとでも思ったんだと思うけど。だけど、これはちょっと言い逃れが出来ないかもしれないね。だって、リヒトに魔力があるってわかった時、あたしはこう思ったんだ。……ゴードンには、知られちゃいけない、って。

なんで、それがダメなんだ？　自分で自分の思考がよくわからなかった。ただ、これ以上はダメだって思ったんだ。あたしの心の奥で、そんな声がしたんだよ。意味なんかわからない。怖くなったあたしは、深入りしないように気をつけたよ。後ろめたいことは全て国のせいにして、リヒトに真実を隠すのが精一杯だった。

「お前っ、だれだよっ！　俺を帰せよ……家に帰せーっ!!」

「はいはい、じゃあ勝手に帰んな。達者で暮らせよー」

リヒトは面倒臭いガキだった。出て行くって言うから放っておいたりもしたけど、結局、戻って来たりして。森は危険でいっぱいなのに、何度もそういうことを繰り返してさ。帰ってこないならそれでいいのに。清々するのに。なぜか、身体が勝手に動いて、毎回リヒトのことを追いかけた。逃げ方がワンパターンなんだよ。……心配、するだろ。本当にリヒトは馬鹿だ。

こうした生活を送って数年。そろそろ、例の転移陣を発動させる、との連絡がきた時はついにきたかと気を引き締める必要があった。リヒトとの生活で、あたしもだいぶ弛《たる》んでたからね。これが成功すれば組織も安泰《あんたい》する。定期的に魔力持ちの子どもが手に入るなら商売もうまくいくだろう。そうしたらあたしは……。組織を抜けるつもりだった。だってもうわざわざ子どもを攫う必要がなくなるんだ。あたしの仕事はなくなるわけだし、いなくてもいいだろうって。もうあの時みたいに、一人でどうやって生きたらいいのかわからない、なんてこともないしね。

長年、集めに集めた魔力持ちの子ども。どいつもこいつも魔力をちょっとしか持ってないから、ここまで集めるのにとても時間がかかった。だからやっと計画が実行出来るって聞いて、あたしはどこか浮き足立ってたよ。……リヒトがいりゃ、もっと早くに必要な魔力が集まっただろうなんてことは、考えないようにしてた。

ゴードンは、本当にこの魔術陣が魔力を多く持つ子どものみを集められるのかを訝しんでた。あたしだって、そんなものはわかんない。でも城へ魔術陣の書を盗みに入ったヤツは、長いこと城の魔術研究者として潜入し、念入りに下調べをしていたって聞いてる。だからそいつを信用するしかない。うまくいってくれなきゃ困る。じゃなきゃ、いつまでたってもあたしは組織から抜けられないんだから。転移陣を起動させて集めた魔力の多い子どもたちは、別の魔術陣に魔力を流し続けてもらう。今度は少しでも魔力を持ってる子どもを集めるだけの転移陣にね。それが半永久的に続くってんだから……。集められた子どもには悪いと思ったよ。でも、あたしはいい加減、解放されたかった。これが最後だからって。その子たちには申し訳ないが、犠牲になってもらおうって。そん

な自分勝手なことをずっと考えてたんだ、あたしは。罪悪感に押し潰されそうな時は、他のことを考えるようにした。魔術陣は一度に数人まで、って制限も付けられるんだってさ。大勢で来られると対処できないからってんで、付け加えられたそうだ。複雑な設定まで出来るなんて、魔術ってのはなんでもありだねぇ、とかね。魔術なんていう奇妙なものについて知るのは、気を紛らわせるのにうってつけだったよ。

全てうまくいく、そんな風に思ってた。リヒトもだいぶ大きくなったし、きっと一人で生きていける。そろそろお別れの時だって、そう思ってた。何だかんだ理由をつけて、長い間ここで過ごしてきたけど……。いい加減あたしは一度、本拠地に戻らなきゃいけないから。さすがにそこまでリヒトを連れてくわけにはいかないし、本拠地で話をつけたらそのまま旅立とうって、そう覚悟を決めてたんだ。

だから、外にいるリヒトが突然その姿を消したのを見て――。あたしは青ざめた。

焦ったあたしはすぐに外に出て、がむしゃらにリヒトを探した。どこだ、どこに消えた……!?

でもね、普通に考えりゃわかることだったんだ。だってリヒトは、人間のくせに魔力を多く持つ子ども。例の転移陣できっと本拠地に行っちまったんだ、って。こんなこと、当たり前に予想出来たことだったのに。なのに、あたしってやつは、リヒトはこれから、一人でものんびり暮らしていくものだって、なぜか思い込んでたのさ。ほんと、馬鹿だ。現実をちゃんと見ようとしなかったあたしは、誰よりも馬鹿だった。もっと馬鹿なのは、森の中をリヒトを探して歩き回ったことだね。食事も摂らずに、ずっと、ずっと。絶対に見つかりっこないのにさ。わかってるのに、身体が勝手に動いてたんだよ。だから、リヒトが見つかった時は目を疑った。なんでだ？　本拠地に飛ばされたはずなのに、って。でも、同時にすごくホッとしてさ。それから、自分に腹が立って、苛立って……。反射的に、リヒトに蹴りをかましてしまったのさ。ははっ、なんでかは知らないよ。

「何すんだじゃないよっ！　突然消えて、今まで何してたんだっ！」

「事情があったんだよっ！　それに俺のせいじゃねぇっ！　ほら、そこに二人いるだろ？　そいつらも巻き込まれたやつらなんだっ」

いつも通りの会話、いつも通りの感情。いや、なんでここに帰って来られたのか、という疑問は尽きない。でもあたしの心を占《し》めたのは、安心だった。ひとまず考えるのは後回しにしよう。本拠地にいるはずなのにどうしてここにいるのかとか、なぜか増えている子どもたちのこととか。何があったのかは小屋で色々聞いてみよう、と決めたんだ。

説明を聞いて、あたしは全てを察した。東の王城のヤツら、ただのポンコツじゃなかったってことだね。妨害の魔術陣とかそんなところだろう。……侮《あなど》れない。でも転移陣にかなりの魔力を使うことを考えれば、王城の妨害も同じくらい魔力を消費するはず。きっとそうまた頻繁には使えないだろうと予想をつけた。まぁ、今はそれはいい。問題なのは、あたしがこの子たちを連れて移動しなきゃいけないってことだ。まだまだ幼い女の子もいるし、きっとあたしは追われるだろうしで、予想外のミッションだ。それも高難易度。せっかく長い時間をかけて魔力を集めて、ようやく呼び寄せた子どもたちを置いていくという選択肢はない。もちろん……リヒトもだ。東の王城から逃げてきたっていうこの状況はラッキーだったんだ。これは運命だ。あたしに、逃げるなって言ってるんだよ。腹を括れセラビス。そう、あたしは冷徹な犯罪者、セラビスだ。ラビィなんて名前は仕事で使うために適当につけた偽名《ぎめい》なんだから。思い出せ、あの頃を。

何度か呼吸を繰り返して冷静になった頭で、その晩あたしは計画を練った。どうすれば無事に子どもたちを本拠地まで連れて行けるか。ルートは子どもたちにも説明した通りでいいとして、他に気を付けなきゃいけないことはなんだ？　ゴードンには、事情を書いた手紙を送ればいいね。旅の途中で立ち寄った村で出せば足が付きにくいだろう。内容は、そうだな……。たまたま森で迷ってる子どもたちを見つけたから、懐柔して連れて行くことになったって書いときゃ大丈夫か。ゴードンは人間関係に疎《うと》いし、頭は良くないから多少の違和感には気付かない。うん、十分だ。あとは細かいルートだね。回り道をしたりして、立ち寄る村や町なんかは最小限にしないと。旅に必要な道具や食材、それから情報なんかは出来るだけあたしだけが調達するようにしよう。子どもたちを連れて行ったら、どこで噂が広まって捕まっちまうかわからないし、何より子どもたちが噂を聞きつけてしまうかもしれない。そこで違和感に気付いて疑われでもしたらおしまいだ。決して怪しまれることなく、それでいて本拠地まで連れて行かなきゃ。その点はこれまで何人もの子どもを騙して攫ってきた経験が役に立つ。慣れたもんさ。いつも通りやればいい。あとは、全てが予定通りに行くとも思っちゃダメ。予定は崩れるものだと考えよう。その場その場で臨機応変《りんきおうへん》に対応していくしかないね。……よし。たとえ時間がかかっても、やるっきゃないんだから。連れていける、大丈夫だ。

この時初めて、あたしの中でリヒトが「商品」となった。認めちまえば、あっけないものだ。元々リヒトは、商品になる運命だったんだって、そう思うようにした。そしてあたしも。今後ずっと組織の人間としてこの子たちを見守ろうって覚悟を決めた。それがせめてもの償《つぐな》いで、あたしの運命なんだって、そう思ったんだ。

旅の間中、あたしは必死にこいつらは商品だと自分に繰り返し言い聞かせた。じゃないと、情に絆《ほだ》されてしまう。特にメグだ。純粋で、疑うことを知らないキラキラしたその大きな目で真っ直ぐ見つめられたり、あたしを気遣う様子を見せられる度に、心が揺れた。やめてくれ。あたしは、あんたたちを裏切る最低の大人なんだから。どうしてこんなにも簡単に人を信用出来るのか、不思議でならないよ。どんな風に育ったらそうなるんだろうってね。これまで攫ってきた子どもたちの中でも、メグは一際騙しやすい子だって瞬時に悟った。あたしにとっては助かるけど、危なっかしいったらない。だからなのかなんなのか、あたしってやつは真剣に頼まれたからって、子どもたちの修行をしてやる約束までしてしまった。それも、適当にそれらしいことを言ってりゃ良かったのに、本気になって教えちゃってさ。自分たちにとって、不利になるかもしれないのにね？　必死で訓練に食らいついてくる子どもたちを見ていたら、つい熱が入っちまったんだよ。でも、それでいいか、って思った。いつか、自分たちの力で逃げ出せるなら、それもいいかなって。あたしはきっと、逃げ出すのを止めない。助けることもしないけどね。むしろ、自分たちの力で逃げ出してくれることを、いつしか願ってしまっていたんだ。その時点で、完全に情に絆されてたんだよな。本当、自分に呆れちまうね。

あと一息で、本拠地だという時。あたしは最後の情けというものをかけた。弱音を吐いたとも言える。ここまで必死で逃げ続けて、気を張って、さすがにあたしも精神的に限界を迎えてたんだ。

「や、やっぱりいいや。一刻も早く行きたいもんね！　ごめん、変なこと言ってさ！」

本当だよ、と文句を言って欲しかった。早く先に行こうって言って欲しかった。そうしたら、あたしは――。

「変じゃねぇよ！　くだらねぇ遠慮すんなよ！　今更少し遅くなったって気にしない。俺は、だけど……」

「僕も、気にしない」

「私も！　ラビィさん、挨拶しに行こう？」

このまま、一緒に逃げだせたのに――。

今なら、まだ間に合うかもしれないって。全部を投げ捨てて、このまま逃げ出してしまいたいって。本拠地なんかじゃなく、本当に鉱山まで行ってしまおうかってさ。でも、この三人がこう答えるだろうこともわかってた。まったく、いい子すぎるんだよ、あんたたちは。そして、何を期待していたんだあたしは。自分の愚かさに、自嘲《じちょう》したよ。

こうして、今に至る。もう後には引けない。戻れない。あたしは冷徹なセラビスに戻ったんだ。

「ガキの世話なんか、あたしはごめんだったんだよ。任務でなきゃ、誰が身元不明のガキの面倒なんかみるっての？　それも、信頼させろって命令を受けてさ。報酬は弾んだから良いものの、なかなか大変だったよ。それもこーんなに長い間、さ」

ああ、でも無理だ。あの頃に完全に戻ることなんて出来ない。これは嘘さ。命令なんか受けてないし、報酬だってない。あたしが自分の意思であんたの面倒を見てたんだよ。リヒトと暮らした日々は、あたしの人生で一番輝いている大切な思い出だ。でもリヒト。どうかあたしを恨んでくれ。心の底からあたしを恨めばいい。

「ラビィ……？」

「ラビィさん!!」

もう、無理だ。無理なんだよあんたたち。あたしも含めて、チャンスを逃してしまったんだ。もう全てが遅いんだよ。初めてやった高笑いは、自分でも気持ち悪いと思った。でも、大きく声を張り上げないと、変な声が出ちまいそうだったからさ。目から勝手に、水も流れてくるんだ、仕方がなかった。

ラビィって名前は、ただの偽名。仕事をする上で長らく使ってきた名前だったから、愛着はあるけどね。本名なんかじゃない。いくら呼ばれたって、心に響かないんだよ！　あたしはセラビスだ。悪名高い、重罪人のセラビス。優しいラビィはもう、どこにもいない。虫がよすぎる。そう、虫がよすぎる考えだったんだ。これだけ犯罪を繰り返してきておいて、旅に出ようなんて考えたこと自体が、ゴードンを裏切る行為だったのに。そもそもあたしが許されるわけなかったんだ。ゴードンは、あたしの命の恩人。あんなヤツだけど、そこは変えようのない事実なんだ。たとえ、自分たちの行いが間違っているとわかっていても、ゴードンだけは裏切ることができない。だからあたしは……！

「や、やめろ、やめろよ！　ラビィ!!」

「うるさい！　やめてほしけりゃさっさと言う通り魔力を流すんだ!!」

震えそうになる手で、ロニーとメグの繋がれた鎖に火をかざした。リヒトが泣きながら魔力を流し、結果を確認できるまで。シュウシュウという二人の手足が焼ける音を目を閉じて聞いた。時折、押し殺したようなロニーとメグの呻く声がする。我慢しているんだ。まだ子どもだっていうのに、リヒトを苦しめないように、って。そう考えると苦しくて胸が張り裂けそうだった。けど、あたしは退路を断ちたかった。二人の焼け爛れた手足を見て、あたしはついにこの件の共犯者となった。この一件に関わったという証拠を刻んだんだ。もう、逃げ場はない。逃げる気も、ない。あの頃の地獄の日々なんか、なんてことなかったんだね。本当の地獄は、ここにあったんだ。ほら、やっぱり神様なんかいない。

……いや、神様はやっぱりいるかもしれない。そりゃそうだよね。あたしなんかに神様は救いの手なんか差し伸べてくれない。神様は決して諦めることなく、一生懸命頑張り続けていたあの子たちに微笑んだんだ。与えられたチャンスをしっかりと掴んで、あの子たちはこんなにも早く、自分たちの力で逃げ出そうとしている。ああ……違うね。それさえも、違う。

「……ラビィ、やっぱり、一緒に」

「さっさと行きな、クソガキども」

神様がいるってんなら、この子たちこそ神様だ。自分たちの力で、自分たちを信じて行動した結果だ。神様のおかげなんて言ったら、この子達に失礼だね？　恥ずかしい。あたしにはやっぱり、あんたたちは眩《まぶ》しすぎるよ。あたしは叫んだ。心に溜まっていたモヤモヤを、全て吐き出してしまった。神様である子どもたちに、懺悔を。十分だ。あたしはこれで満足した。だからね？　あんたたち。あたしなんかに手を差し伸べちゃダメだ。

「その覚悟はあるんだろうなぁ、セラビス」

行きなさい。振り返らずに。あたしは祈りを込めて子どもたちの前に出た。中途半端なことをしてるって、わかってるよ。今更、なんだよって。頑《かたく》なにこれだけはって守ろうとした誓いを破ってさ、結局こうしてゴードンを裏切って。何がしたいんだって思うよ。だったらもっと早くに覚悟を決めてりゃ良かったのにって。そうしたら、子どもたちが苦しむこともなかったのにね？　でも仕方ないじゃないか。あたしは馬鹿なんだ。今頃になって、大切なことに気付いてしまったんだから。あの子たちの未来を奪っちゃダメなんだってことに。あたしにとって、あの子たちの存在が何より大切なものになってたってことに。

勝てるとは思ってない。ゴードンの実力はあたしが一番よく知ってる。それに、もし勝てたとしても……。あたしにはゴードンを傷付ける資格なんてないんだ。あたしは、あの子たちにとっても、ゴードンや仲間たちにとっても、裏切り者のセラビスなんだから。あたしに居場所なんて、もう、ないんだ。あたしは腰に下げていた剣を抜いた。

「手加減なんざ、しねぇからな」

「わかってるよ。あんたが、仲間にさえ容赦しないってことくらい」

ガキィン、という金属音が響く。まだ話の途中だってのに、相変わらずせっかちだなゴードンのヤツ。少しだって時間を稼がせてくれないのかい。

「腕は、鈍ってない、みたいじゃないか」

「お前の方は鈍っててんじゃねぇか？　頭の方もよぉ？」

ギリギリと押し合い、睨み合う。でも、どんなに頑張ったって、あたしはゴードンには力で勝てない。グイッと押され、辛うじて踏ん張ってその場に止まる。ふぅ、冷静になりな。ゴードンに対して力で勝負するんじゃないよ。あたしの武器はスピードと攻撃の正確性。なら、それを使って戦うんだ。あたしは息を吐き出しながら頭を低くし、すぐさまゴードンの懐に飛び込んだ。

「甘ぇんだ、よぉっ!!」

「っ、ぁ、あああああっ……！」

だというのに、ゴードンは体勢を低くしたあたしの右下から、斜め上にサーベルを走らせた。鮮血が辺りに飛び散る。間違いなくあたしの血だ。やられた。やられちまった。あたしはそのまま仰《あお》向《む》けに倒れ込んだ。

「……ふん、俺に勝とうなんざ、百年早ぇんだよ」

ゴードンはそれだけを言い捨てて、その場を去って行った。子どもたちを追うため、迷わず階段を駆け上って行くその後ろ姿を、あたしは横目で見ることしか出来なかった。

「あ、あは……情け、な……ぐっ……」

にしても、あっさり負けすぎじゃないかい、あたし。これでも、腕にはそこそこ自信がある方だったのに。足留めにすらならないなんてね。この血の多さ、もう長くは持たないだろうね。ゴードンがトドメを刺さなかったのは、あたしに対する情けか、それとも苦しんで死ねってことか。まぁ、どっちでもいいね。

でも、せっかく即死は免《まぬが》れたんだ。それなら、まだくたばるわけにはいかないよ。あたしは、最後を見届けなきゃならない。あの子たちの行く末を。逃げ切ったにせよ、捕まったにせよ。せめて納得してから逝《い》きたい。わかってる、こんなのただのあたしの自己満足だ。けど、けどさ。全てを失っておいて、これで子どもたちが逃げきれなかったなんて、そんなの大マヌケじゃないか。最後の力を振り絞って、あたしは身体を引きずりながら階段を上った。一段上るごとに、階段があたしの血で汚れていく。今にも意識がぶっ飛びそうだ。だけど、まだ死ねない。最期に、逃げ切ったあの子たちの姿を見て、笑いながら逝ってやるんだ。そうやって必死になっていたから、すぐには気付かなかった。階段の上が妙に静かなことに。ゴードンの声も、仲間たちの声も、子どもたちの声も聞こえなければ、争うような音もない、完全な無音。こんなこと、あり得ないだろ？　静かすぎて、不気味なくらいだ。

「一体……はぁ、なに、が……？」

こうして階段を上りきった先で見た光景に、あたしは息を呑んだ。だってそこに広がっていたのは、あたしの行く末のようにただひたすらな闇だったんだから。

5　希望の影

【メグ】

階段を上りきると、言われていた通り敵がたくさん待ち構えていた。ここで一気に私たちを捕らえるという作戦なのだろう。だけど、私たちは手強《てごわ》かった。リヒトが水や風の魔術で道を開け、多くの敵を退けた。水に流されたり風に飛ばされたりと、魔力を節約している割りになかなかの威力だ。ロニーは近寄ってくる敵を木刀でガンガン倒していってる。怪我をしてて体力も今はないのに、大人が軽々と吹っ飛んでいくのを見てると、改めてロニーは怪力なんだなぁ、って実感したよ。二人ともすごい！　ちなみに私は……。正直、今やれることはないので、邪魔にならないようにひたすら攻撃を避けつつ逃げているだけである。役立たず、ここに極まれり。く、悔しい！　けど仕方ないのだ。今は二人に遅れないようについていくのが私の仕事である。

「出口がっ、見えて来たぞ！」

リヒトが叫び、私たちはそれぞれ出口を確認した。リヒトやロニーによって退けられた人たちが倒れていたり、ヨロヨロと立ち上がっていたり、まだダメージを受けてない人たちがこちらを警戒しながら迫ってきたりする隙間から、チラッと出口らしき穴を見つける。岩に囲まれているから、ここは洞窟《どうくつ》みたいになってるんだろうな。となるとたぶん、外に出たら森だ。今が朝なのか昼なのか夜なのかもわからないので外の明るさが気になるところだ。夜だったら怖いな……。でも、たとえ外が真っ暗だったとしても走り抜けなきゃいけないいんだけどね。怖がってる場合ではないのだ。

私がそう決意を固めた、その時だった。

「ああっ‼　うっ……」

「メグ⁉」

右足に激痛が走った。何が起きたのかわからない。私は走っていた勢いそのままに、滑るように転んだ。ズザーッといったので砂だらけで擦り傷も出来ただろう。でも今はそんなこと全く気にならない。それどころじゃないのだ。

「う、足、が……」

激痛の正体を探るべく右足を見ると、ちょうどふくらはぎの辺りにナイフが深く突き刺さっていた。痛いわけだよ！　こんなに痛い思いをしたのは前世含めても初めてかもしれない。急いで出口に向かわなきゃって、そればっかりに気を取られてて攻撃に気付かなかった。もっと自分でも周囲に気を配るべきだった。痛い、立てない……！　でも、立たなきゃ、逃げなきゃ。焦る気持ちばかりが募っていく。こうなったら這ってでも逃げる、という思いでズリズリと腕で前に進んだ。そうしている間にリヒトとロニーが私に駆け寄ってきてくれたのが視界に入る。

「私は、いいから……！　先に行って！」

「馬鹿！　んなこと出来るかよ！」

「メグ、僕に、乗って」

でも、このままじゃ三人とも捕まっちゃうよ。ロニーだってもうボロボロで……！　せめて二人だけでも逃げてほしいのに。助けだって呼べるかもしれないもん。でも、そうだよね。私だって逆の立場だったら置いていくなんてこと、出来ないもん。優しい二人がこうして戻ってくることくらい、わかってる。悔しい……。最後の最後でも足を引っ張ってしまう自分が。ロニーが私に背を向けてしゃがみ込み、リヒトが私を抱えて背に乗せようとしてくれた。だけど、そんな私たちをさらに絶望へと突き落とす声が背後から聞こえて、三人揃ってその動きを止めてしまった。

「もう鬼ごっこはおわりにしようぜ、ガキどもよお？」

ゴードン!?　このナイフを投げたのは、ゴードンだったの？　いや、そんなことより何よりも……。え、そんな、ラビィさんは？　見ればゴードンが手にしているサーベルには、ベッタリと血が付いている。まさか、嘘でしょ!?

「てめぇ……！　メグになんてこと……！　ラビィは!?　ラビィはどうしたんだよっ！」

「さあなぁ？　自分で確かめて来たらどうだ？」

激昂《げっこう》するリヒトに対し、ゴードンはニヤニヤと嫌な笑みを浮かべてゆっくり歩いてこちらに向かってくる。あの血は、やっぱりラビィさんの……？　ショックが大きすぎて、頭が回らない。愕然《がくぜん》としている間に、これまで倒して来た敵が、次から次へと起き上がってくる。軽い攻撃しか出来てなかったから、復活するのが早かったみたいだ。外へ逃れるタイミングを完全に見失った。いくらロニーが背負ってくれるっていったって、ここを突破出来るだけの手が、私たちにはもうない。ゴードンも、もう目の前まで……！

「痛そうだなぁ、おい？」

「っ！　あああああっ!!」

一瞬の油断が命取り。そのずんぐりとした体型に似合わず素早い動きで私の目の前までやってきたゴードンが、右足に刺さったナイフを乱暴に引き抜いた。近くにいたリヒトもロニーも、その動きに反応さえ出来なかった。もちろん、私もだ。そのせいで足にはさらなる激痛が走り、血が噴き出して止まらない。そんな私の目に映るのは、引き抜いたナイフを左手で持ち、振りかぶるゴードンの姿。あ、無理だ。避けられない。

「メグーーーっ!!」

ただ、その光景を黙って見上げることしか出来ないでいたその時、リヒトが両腕を広げ、私を背に庇うように前に出た。そしてそのまま、ナイフを持ったゴードンの腕が振り下ろされる。聞こえてきたのは、ドッという鈍い音。

「つぐ、あ……っ!!」

すぐに勢いよくゴードンがナイフを抜いたことで、血《ち》しぶきが辺りに舞う。呻き声を上げながら、ゆっくりと膝をつくリヒト。え、何……？　何が、起きたの？　呆然としている間にドサッというリヒトの倒れた音が耳に入り、次いでじわじわと広がる赤い水溜りが目に飛び込んでくる。これは、血？　誰の？　リヒト、の……？

「あ、あ、あ……や、やだぁっ！　リヒト！　リヒトぉぉぉっ!!」

「リヒトっ!!」

私の目の前で倒れ込み、呻きながら微かに震えるリヒト。こうして叫んでいる間にも、血が地面に広がっていく。私はすぐにリヒトに覆いかぶさった。呼吸が荒い。でも、まだ生きてる！　止血をしなきゃいけないって思った。その一心で、パニックになりながらもどうにかリヒトを仰向けにさせて、両手で刺された傷口を抑えた。私の両手が一瞬で真っ赤に染まる。やだ、やだ、止まれ！止まれーっ!!　あり得ないほど手が震える。視界いっぱいの赤に目が回りそうだ。

「これ以上、傷つけ、させない……っ！」

ロニーが私たちとゴードンの間に立ち、木刀を構えた。そんな、ロニーだってもう限界のはずだ。それ以前に、これだけの敵に囲まれたらもうどうすることも出来ない。諦めるしかないの？　再び捕まって、魔術陣に魔力を流し続けなきゃいけないのかな？　このまま抵抗していたら、ロニーまで血を流すことになっちゃう？　そんなの、絶対にダメ！　でも、でも……！　リヒトの血も、全然止まらない。私の右足から流れる血も。何から考えたらいいのかわからない。次にどう動くべきなのか、何も思い浮かばない。頭が一切、働かなかった。

「いいよなぁ……。人としての価値のあるヤツは」

「え……？」

混乱する頭で、ポツリと呟かれたゴードンの言葉がやけに耳に残った。どういう意味か、なんてわからないけど、非情なゴードンの口からから初めて聞いた、感情のある言葉だと思った。

「殺しやしねぇから安心しろ。はぁ、最初からこうしときゃ良かったんだ。そうしたらこんなに面倒なことになってなかったのによ……。もう二度と、自力で逃げ出せないような傷を作ってやらなきゃなあ？　拘束しただけじゃ、お前らすぐまた逃げ出すもんな⁉」

ゴードンがナイフを放り投げ、サーベルを構えた。血だらけのナイフが地面に落ち、キンッと洞窟内に響く音が聞こえた。周囲に集まってきた敵、みんながニヤニヤ笑ってる。リヒトの魔術やロニーの木刀で退けられた人たちだ。こんな子どもにやられたと、面白くない思いをしたからこそ、痛めつけられている私たちを見ていい気味だと思っているのが見て取れた。悪意だ。こんなにもたくさんの人から悪意を向けられたのは初めて。ガタガタと全身が震える。ロニー、逃げてよ。まだ走れるロニーだけでも、どうにか逃げてほしい。私たちを守るように立たないでよ。戦おうとしなくてもいいよ。逃げることだけを考えなさいって散々教えられてきたじゃない。お願い、逃げて。そう叫びたいのに声が出ない。いやだ、いやだ、いやだ！　ロニーまで傷付けないで！　ゴードンがサーベルを振り上げる様子が、スローモーションに見える。やだ、やめて。もうこれ以上、血を流さないで。見たくない、見たくないよ。

――助けて！！！

「ル、さん……っ！　ギルさぁぁぁぁんっ‼」

悲鳴を上げるように口から勝手に飛び出してきたのは、大好きな人の名前だった。なんでかはわからない。ただ、そう呼ぶのが当たり前のように、呼吸をするのと同じくらい自然に出てきた名前だった。呼んだところで意味はないってわかってる。でも、気のせいかも知れないけれど、心が震えたのだ。ダメかな？　希望にすがったら。だけどここから、どうしたら助かるというのだろう。

サーベルがロニーの目前にまで迫ってきているというのに。私がすぐに来るだろう凄惨《せいさん》な光景を覚悟した、次の瞬間。

——空間が、闇に包まれた。

真っ暗闇だ。けど、あったかい。私は……。知ってる、この温かさ。闇じゃないんだよね。これは、影。希望の影だ。

「ギル、さん……」

今度は確信を持って静かにその名を呼ぶと、次第に影が晴れていった。目の前には、ずっと会いたかった人の後ろ姿。全身黒い服に身を包み、フードを被った長身の男性。頼もしすぎる立ち姿。さっきまで立って木刀を構えていたロニーがポカンとしたまま座り込んでいる。

ギルさん。ギルさんだ。私の願望が見せた幻じゃないよね？　本当に、来てくれたんだよね？　潤みそうになる目をパチパチと瞬きすることで堪える。本当は今すぐにでも駆け寄りたいし、声を聞かせてほしい。存在を確認するためにもしがみついてわぁわぁ泣きたいし、たくさん聞いてもらいたいことがある。でも、再会を喜ぶのはもう少しだけお預けだ。すぐに私は周囲の状況をザッと観察した。まず、たった今までサーベルを振り上げていたはずのゴードンは……。ギルさんを前に、白くなっていた。え？　あれ、ゴードンだよね？　いや、だって本当に白いんだよ。四十代後半くらいの見た目だったゴードンだけど、髪は焦げ茶だったし、同じ色の髭だって立派だった。モサモサだったけど。なのに今、目の前にいるゴードンは髪も髭も真っ白になっていて、見ているこっちが可哀想になるくらいガタガタ震えている。心なしか痩《や》せたようにさえ見えるのだ。ど、どういうこと？

少し考えて、私は気付いた。ゴードンは、ギルさんの殺気にあてられたんだって。何もしてないのに、殺気だけでゴードンは死を覚悟するほどの思いをしたんだ。それほどの、恐怖。それほどの、力量差。ふと周りに目を向けてみれば、あんなにいたお仲間たちも髪を真っ白にさせていたり、白目を剝いて気絶していたり、泡を吹いている人でいっぱいだった。中には発狂して泣き叫んでいる人もいて、死屍累々《ししるいるい》というかなんというか……。この光景を直視するのは色んな意味で顔が引きつってしまうよ。つくづく、規格外な実力の持ち主なんだなぁ、私の保護者様たちって。この場合は、ギルさんだからなのかもしれないけれど。自分たちがこれだけ苦労して、こんな有様だったからこそ、それを痛いほど実感させられた。

それにしても、何人もが正気を失ってしまうほどの殺気をギルさんが放った、ってことだよね。どうも私やロニー、リヒトには影響がなさそうだけど……。ギルさんが人間相手にここまで容赦しないなんて。呆気にとられつつギルさんの背中を見ていると「おい」という、一体どこから声を出しているんだというほどの低い声が辺りに響いた。その声の迫力により、意識を失っていた人たちは半ば強制的に目を覚まし、飛び上がって震え始める。そ、そんなに⁉

「誰が、メグに、こんな傷を負わせた……っ⁉」

……はっ⁉　ギルさんの怒りの原因は、私だった━！　私は改めて自分を見下ろす。殴られた頰はまだほのかに腫《は》れてるだろうし、両手両足は火傷で酷いことになってるわ、足から血が止めどなく流れてるわ、リヒトの血で手も服も血まみれだわ、おそらく返り血で顔まで血塗《ちまみ》れなのが予想されて……。わぉ、スプラッター！　というか、よく見なくても私、かなり重傷なんじゃ？　魔力もほとんど残ってないし。こう、アドレナリンが出てたのかな？　あまり感じなかったけど、今になって足がめちゃくちゃ痛くなってきたし、なんか色々しんどい！　こんな姿を、ちょっと膝を擦りむいたくらいで大騒ぎする保護者に見られたら？　うん、そりゃあ怒るよねー……って、ダメダメ現実逃避しちゃ！　遠い目になってる場合じゃない。ど、どうやってこの場を収めよう⁉　今まで一番の難題だっ！

「う……っあ、あの……メグの、知り合い、ですか」

そんな混沌《こんとん》とした空気をどうにか打ち破ってくれたのはリヒトだった。使い慣れてないくせに、なぜか敬語になっているのは仕方ない。むしろ、この状態のギルさんに話しかけられる勇気に盛大な拍手を送りたい！　しかも声を出すのもやっとな重傷なのに！

「助けに、来てくれた、んですよね……？　なら、まず、メグの手当てを、してやってくれ、ませんか……」

リヒト、私のために勇気を出して声をかけてくれたっていうの？　自分の方がよっぽど危険な状態なのに。たどたどしくそう告げるリヒトの声で、ようやくギルさんが振り向いてくれた。魔物型の時のようなギラギラとした瞳。それを見てリヒトもロニーも一瞬ひっ、と声を上げている。私も、こんなギルさんの目は初めて見たからちょっと驚いた。でも、そのことにすぐ気付いたのだろう、ギルさんは一度目を閉じ、それからゆっくりと開く。完全に開いた時にはいつもの人らしい目に戻っていた。ほっ、良かった。それよりも！

「私より、リヒトが……。リヒトが重傷なの！　お願いギルさん！」

「いや、俺は、いいから、メグが……」

違う、そうじゃないの。リヒトは黙ってて！　私はリヒトに向かって手でストップ！　と制した。うっと口を閉ざしたリヒトを確認し、続いてギルさんに向かって両手を差し出しながら訴える。

「魔力、ちょーだい!!」

未だに難しい顔をしていたギルさんが、私の言葉で呆気にとられたかのように数秒停止した。だって仕方ないじゃない！　精霊たちに、というかせめてシズクちゃんにだけでも魔力を渡せれば、回復薬をお願い出来るんだもん！　直接的な魔力の譲渡《じょうと》が出来る人は少ないから私が魔力をもらうことは出来ないんだけど、精霊にならば間接的に渡してあげられる。やり方はたった今考えたものだ。まず一度、ギルさんには魔力を放出してもらう。そうすることで、この周囲に少し魔力を充満させるのだ。でもここは人間の大陸だから、放出した魔力のほとんどがあっという間に消えてしまうだろう。それでも、放出されたことで魔素となったわずかな魔力を精霊がすぐに吸収出来たら、ちょっとは魔術が使えるんじゃないか、っていう考えなんだけど……。効率はすごく悪いよ？　たぶん、放出した魔力の二割を吸収出来るかどうかだと思う。つまり、ギルさんには魔力を無駄にさせてしまうのだ。でも、今は緊急事態なので許してほしい。ギルさんなら断らない気がするし。目的のためには容赦なく魔力を吸い取る、ショーちゃんの気持ちがよくわかった気がする。

「わかった。それでやってみるとしよう。俺は治療系魔術は不得意だからな。ルドから傷薬を預かっているが、ここまで酷い怪我となると、お前の精霊の薬が一番いいのはたしかだ。ここまで、酷い、怪我を……」

ギルさんは一度そこで言葉を切ると、恐る恐るといった手つきで私に手を伸ばしてきた。黙ってその様子を見ていたら、ふわりとした温かさが私を包み込む。

「すまない、すまない……っ！　こんなになるまで待たせてしまった……！　守って、やれなかった……！　約束をしたのに」

力強く、それでいて私の怪我に負担をかけない絶妙な力加減でギルさんは私を抱きしめてくれた。ああ。懐かしいなぁ、この温もり、匂い。耳がピッタリとギルさんの胸にくっついているから、その声が振動として伝わってくる。心配させてしまったんだなぁって、思った。それと、またギルさんを怖がらせてしまったんだって、胸がギューッて締め付けられた。だって、あのギルさんが、小刻みに震えているんだもん。私はそっと手を伸ばし、ギルさんの背中をさすった。

「でも、助けにきてくれた。信じてたんだよ？　ちゃんと間に合ったよ、ギルさん」

本当にありがとう、私がそう囁くと、ギルさんは抱きしめる力をほんの少し強めてくれた。


それから、ギルさんは手際よく治療を始めてくれた。治療系魔術は苦手だと言ってはいたけど、その手際は慣れているように思えた。私の周辺に魔力を適度に放出しつつ、リヒトの手当てをしていくその手腕はさすがである。空気中に放たれた魔力が魔素に変わった分だけを、シズクちゃんが余す所無く吸収したことで、どうにか三本分だけ傷薬は作ってもらえた。ギルさんももう少し魔力を提供しようか、と提案してくれたんだけど、やっぱり自然に発生する魔素と勝手が違うようで、これ以上は無理だとシズクちゃんが謝ってくる。

『申し訳ないのだ、主殿……』

「謝らないで、シズクちゃん。むしろ、無理を言ったのは私の方なのに、頑張ってくれてありがとう」

シズクちゃんの薬はものすごい効果があるから、致命傷《ちめいしょう》となる傷にだけ使うことになる。だから本数はそこまでいらないのだ。あまりたくさん使っても身体に負担がかかるしね。この匙《さじ》加減がとても難しいのである。医療チームはその辺をいつも見極めているから本当にすごいよね。だから、素人判断であまり薬を使うわけにはいかない。とりあえずリヒトの刺された傷と、私の刺された右足の血は止まったから、それで十分だ。おかげでだいぶ楽になったよ。主に精神的な面でね。それ以外の怪我はギルさんがルド医師から預かってきたという痛み止めを使ったのと、私やギルさんが持っていた包帯での応急処置だ。腫れた頬は冷やして、とりあえずは完了である。

「ごめんね、ロニー。後回しになっちゃって」

「僕は、大したことないから」

そうは言ってもロニーはほとんど魔力が残っていないし、両手両足は私と同じように酷い火傷だ。だから、とギルさんがロニーの治療を始めようとしたんだけど、ロニーは待ったをかけた。

「あの、僕より、あの人を、助けてもらえませんか？」

そう言って指差した先には、血を流して倒れているラビィさんがいた。いつの間に⁉ 全然気付かなかった。どれだけ私、自分のことでいっぱいいっぱいだったの。ラビィさん、あの傷で階段を上ってきてくれたのかな？ まだ生きてる、よね……⁉ 心臓が早鐘《はやがね》を打つ。だって、すごくたくさん血を流していて、遠くからでもわかるくらい青白くなった顔でぐったりとしてるから。

「ギルさんっ、お願い……！」

慌ててそう頼んだけど、ギルさんは顔を顰めた。な、何？　シズクちゃんの薬はあと一本あるから、それを使えば命は助かるはず。何も心配なことはないよ？　でもギルさんの言葉はどこまでも冷ややかなものだった。

「……あの女は、冒険者ラビィだろう？　お前たちを、攫ったという」

低い声で、怒りを押し殺したようにギルさんが言う。本気の怒りが伝わってきて一瞬、言葉に詰まってしまう。ギルさん、すごく怒ってるんだ。

「し、知ってたの？　でもそれは違くて……。あ、いや違わなかったんだけど……。あれ？　えっと、でもそうじゃなくて！」

なんとか誤解を解きたくて、でもそれは別に誤解でもなかったんだけど！　あー、なんて説明したらいいんだろう!?　うーうーと唸りながら慌てる私を見て、軽くため息を吐いたギルさんは、ポンッと私の頭に優しく手を乗せる。それから無言で立ち上がり、ラビィさんの元へと向かってくれた。

「……後で、話を聞かないといけないからな。死なれては困るだけだ」

「ギルさん……！　ありがとう！」

ギルさんの言う理由はちょっと、その、アレだったけど、それでも治療をしてくれるのが嬉しくて涙ぐんでお礼を言った。思うところはあったとしても、ちゃんとこちらの言いたいことを察してくれたんだよね！　ギルさんはやっぱり優しいっ！　紳士は取る行動が違う！　私はそのままギルさんを目で追った。その時、もう一つの聞きたかった声が私の耳に届く。

『ご主人様ーっ！　ただいまなのよっ！』

「ショーちゃん！」

ふわりと私の周りを飛んで、顔の前でフヨフヨ漂いながら、私の最初の契約精霊であるショーちゃんが笑顔で挨拶してくれた。その元気そうな姿に心底ホッとしたよ！　良かったぁぁぁ！

『影鷲ったら、移動ちーと、ってやつなのよ？』

それでもやっぱり少々お疲れ気味なのだろう、ショーちゃんはふわりと私の前に降り立ち、ちょこんと座ると、私が以前教えた単語を駆使《くし》して報告をしてくれた。ああ、ギルさんは影を通って来られるからね。まさしく移動チート、反則級の能力である。移動だけに限らない気はするけども。そんなすごいギルさんをここまで案内してくれたのがショーちゃんなのだという。ショーちゃんは助けを呼んでっていう私の指示をこれ以上ないほど完璧にこなしてくれたのだ。有能すぎるよ！

「ショーちゃん、本当にありがとう。おかげで助かったよ！　大好き！」

『えへへー、ショーちゃんもご主人様大好きっ！』

うふふ、と微笑み合って、ほんわかとした雰囲気が漂う。でもすぐにハッとなった。ショーちゃんは今、自分のことを「私」ではなく「ショーちゃん」って言ったよね？　こういう時は、お疲れで甘えたい時だから……。

『ご、主、人、様ぁ？　ちょびーっと、魔力ちょーだいっ、なのよっ』

「やっぱり!?」

でも今回、ショーちゃんはかなり頑張ってくれた。まさしく私の命の恩人！　きっとたくさん移動して魔力を消費したのだろう。明るく言ってくれてはいるけど実は結構、限界なのかもしれない。このままショーちゃんが消えてしまうなんてことになったら、後悔してもしきれない！　よし、私も耐えるぞ。さあ、ショーちゃん！　私の魔力を召し上が……あーっ!!


ショーちゃんに魔力を吸い取られてぐったりしている私。でも、魔術陣に嫌々魔力を流していたことに比べればなんてことはない。むしろ、ショーちゃんの安心したような笑顔を見られたのだから、私は満足である。いいのよショーちゃん、まだここは魔素がない場所だからね、魔石の中でゆっくりしててね。

「なぁ、あの恐ろしいくらいイケメンな人さ、メグの……保護者?」

ほんのりと幸せな気持ちでその場に横になっていると、隣で同じように横になっていたリヒトがそっと聞いてきた。恐ろしいくらいイケメンって、言い得て妙だ。私たちの治療中はマスクをしてなかったもんね。子ども相手で状況が状況だから怖がらせないように、というギルさんなりの配慮かもしれない。初めて出会ったときに怯えてしまったことを思い出すなぁ。ラビィさんの元に行く時にはすかさず装着していたから、今はもう顔がよく見えないけど。

「うん。書類上のパパだよ。私を拾ってくれて助けてくれた人、って前に話したでしょ？　それがギルさん」

「パパって年齢には見えねぇよなぁ。あとめちゃくちゃ強者オーラ出てるし」

目は心配そうにラビィさんを見つつも、驚きと好奇心が勝ったようで、リヒトはそんなことを呟く。たぶん、ラビィさんも薬を使ってもらえたから、もう大丈夫そうって思ったんだよね。あとは、たとえここにいる敵が全員で襲いかかって来たとしても、ギルさんがいれば一瞬で全てを解決してくれるだろうな、っていう安心感が尋常じゃないのだ。さっきのあのギルさんの様子を見てれば嫌でも思い知らされるよね。もちろん、そんな相手に襲いかかろうだなんて敵の誰も思わないだろうけど。わかるよ、リヒト。だから私も、もう意識を手放しちゃいたくなる。どこが痛くて苦しいのかもよくわからないくらい、全体的にしんどいし。でも、ここで倒れちゃうと、この先みんながどうなるのかを見届けられない。あーでもそろそろ限界……。

『ご主人様ー！　もうすぐ頭領と魔王が来るよ！』

「えっ、お父さんと父様が⁉」

しかし、ショーちゃんからの報告に私の意識は引き戻された。あの二人にこの状態で気を失ってる私を見せちゃダメだ。最高レベルの過保護なんだから！　ギルさんの対応がこれ以上ないほど平和で良心的だったと思い知らされる事態になりかねない。事実、敵の誰も怪我をした人はいなかったし、平和的な解決だったと思うよ！　精神的なダメージは深く深く刻み込んでいたけど。で、でも、あの二人はダメだ。下手したら大陸が沈む。耐えろ、私。あと一息‼

「待て、今お父さんと父様って言ったな？　お、お前、父親が何人いるんだよ？」

リヒトが盛大に顔を引きつらせている。あ、そうか。ちゃんと説明してなかったよね。うっかりである。戸惑うリヒトに、私は笑って答えた。

「大丈夫、父親は三人だけ、とかいう言葉自体おかしいからな？」

「待て。父親は三人だけだから！」

まぁ、そうだよねー。私もだいぶ基準がおかしい自覚はある。でも仕方ない、みんな父親なんだもん。ちょっと関係性が複雑だけど、ちゃんと父親だ。

「前に話したでしょ？　お父さんが前世の実の父親で、父様が今の実の父親なの」

「で、あのギルさんが保護してくれた父代わり、か。ややこしいなおい」

「みんな優しいよ？」

それは何よりだけどそういう問題か？　と首を傾げるリヒト。まぁいいじゃないの、細かいことは。あはは、と笑って誤魔化す。

「その、二人の、父親とは、同じギルドに、住んでるの？」

そうだ、ロニーもあの話を聞いていたよね。日本のことや、転生や転移のことは詳しく説明したわけじゃないから、その辺についてはわからないだろうけど。でもこうして質問してきてくれるってことは、複雑な事情を知った上で受け止めてくれてるってことだよね。どう考えても普通の幼女じゃないのに、気味悪がるわけでもなく当たり前のように普通に接してくれるのが嬉しい。これに関してはリヒトもだけど。

「ううん、一緒なのはお父さん……。前世の父親だけなんだ。父様は一緒には暮らしてないけど、手紙のやり取りはしてるよ」

せっかくなので、父様から来る手紙はすっごく長いんだよ、とここぞとばかりに力説する。私が便箋《びんせん》一枚か二枚なのに対し、父様からの手紙は軽く十枚は超えるのだ。おかげで読み書きがかなり上達したもん。普通に読めるし書けるけど、前世の私が知るものとは違ったから、特に書く時にずっと違和感があったんだよね。でも手紙を書くようになったことで、だいぶ慣れたので、文通をしてくれる父様には感謝している。

「メグもそうなのか。俺も、知らない言葉と文字のはずなのに、なんか話せたし、読めたんだよな」

「なんだか、不思議だよね……。私の場合は、この身体が知ってたんじゃないかなっていうのも考えられるけど。でも文字を見る機会はあったとしてもこの年齢でそんなに覚えられないよね。やっぱり同じような、不思議な力が働いてたのかなぁ」

日本との繋がりや、転生と転移に関する不思議は、まだまだ謎だらけだ。お父さんも、ミコラーシュさんと共に長年研究してるみたいだけど、これといった成果は出てないって言っていたし。というか、お父さんは随分前からその研究については諦めていて、私と再会出来た今となっては、もはや目的ですらなくなったからあまり身を入れて調べたりはしていないっぽいんだよね。転移してきたお父さんとリヒトが二人とも多くの魔力を持っている、っていうのも気になるし……。これを機に、また研究に力を入れてもらえたりしないかな？　私も色々、調べられればいいんだけど。もっと成長しないと難しいだろうなぁ。

「さぁな。ま、よくはわからないけど、言葉がわかるおかげで助けられたなって今なら思う。魔力の多さは……。便利ではあるけど正直、厄介な方が大きいな」

戦争真っ只中《ただなか》で、しかも魔大陸に転移したお父さんと違って、人間の大陸に転移してきたリヒトにとって、魔力は確かに邪魔だったかもね。こんな事件にも巻き込まれちゃったわけだし。そんなことを考えていた時だ。突然、地面が揺れるほどの咆哮が響き渡った。ビリビリと肌で感じる威圧感に、リヒトやロニーが身を強張らせる。けど、私はこの感覚に覚えがあった。というかむしろ、慣れ親しんだものである。

「二人とも、大丈夫だよ。あれは……」

私が安心させようと口を開くと、うわっ、というロニーの声が耳に入ってきた。顔を向けると、ロニーは顔を青ざめさせながら洞窟の入り口に目が釘付けになっていた。

「嘘、あ、あれ……魔王様、だ……！　それに、隣の人も、見たこと、ある！」

あ、そっか。鉱山にいたロニーは、転移陣を使った父様を見たことがあるのかも。同じ理由でお父さんのことも。わ、ロニーが緊張でガチガチに固まってる。そういえば一般的に魔王というのは畏怖の対象なんだよね。なんというか、私の中ではちょっと残念な超絶イケメン、というカテゴリーに分類されているから、そのことを忘れがちなんだけど。

「えっ、魔王!?　なんで魔王がこんなとこに……」

リヒトが怯えたようにそう口にしたことで、ふと思い出す。あ、そっか。これはまだ言ってなかったね。

「落ち着いて、大丈夫だから。だって、魔王が私の父様だもん」

ちなみにその隣にいるのがお父さんだよ、と私が言うと、数秒の間を置いて二人が絶叫《ぜっきょう》した。落ち着くどころか、余計に興奮させてしまったようである。え、えへ？

6　ただいまと言うために

洞窟の中に駆け込んで来たのは三人だった。お父さんと父様と、あとあれは受付にいつもいるアドルさんだ。見かけたら挨拶するくらいの接点しかない人だけど、小柄で穏やかで丁寧な人、という印象がある。珍しい人選だなぁ、なんて思いながらぼんやり見ていたんだけど、私の存在に気づいた三人は私たちの数メートルほど手前でピタリとその動きを止めた。どうしたんだろう？　と首を傾げている私の前で、三人はそれぞれ違う反応を見せた。

「め、メグさん⁉　急いで医療チームに診せないと！」

一番に声を上げ、最も冷静かつ的確な行動に出たアドルさんは、慌てて私の元へと駆け寄ってくれた。その顔は痛々しそうに歪められ、心から私を心配してくれているのが伝わってくる。下手に触れたら痛い思いをさせてしまいますよね、と手をワタワタと所在《しょざい》なさげに振っている姿に何だかほっこりした。

「アドルさん？」

「はい、そうです。名前を覚えていてくれたんですね……。こんなに怪我をして、さぞ辛かったでしょう。もう大丈夫ですからね」

やや涙声でそう言ってくれるアドルさんにつられて、私までウルッときてしまったよ。見た目の印象と違《たが》わず、優しい人なんだなぁと胸が温かくなった。

「め、ぐ……!?」

続いて反応を見せてくれたのはお父さんだった。その場で立ち尽くし、ワナワナと震えて青ざめ、この状況をすぐには呑み込めていないように見えた。応急処置をしたとはいえ、パッと見ただけでもわかる大怪我っぷりだもんね、私。まだ身体中のあちこちや服が、自分の血やリヒトの血で汚れたままだし。でも、お父さんだ……。その姿を改めて確認出来て心底ホッとする。ものすごく心配させてしまって本当に申し訳ない気持ちと、やっぱり助けに来てくれた、っていう嬉しさと、再会出来た喜びで胸がいっぱいだよ。私はちょっと動けないので、固まってないでこっちに来て欲しいな。

「お父さん」

「っ、メグ!」

そんな気持ちを込めて呼びかけると、再起動を果たしたお父さんがすぐにこちらに駆け寄ってくれた。それから私の怪我の具合を一つ一つ確認していく。優しく腫れている頬に触れ、それから手首、足首に巻かれた包帯を痛ましい目で見つめて、右足の真っ赤な血で染まった包帯を見る。

「神経が傷付いてないといいんだが……」

「それはわかんない……。でも、シズクちゃんの薬を使ったから、きっと大丈夫だよ！　痛み止めのおかげで今は痛くもないし」

「そうか……。だが、これでもし後遺症《こういしょう》が、いや傷痕が少しでも残ろうものなら俺はこの大陸を沈めることも辞さないぞ」

「そこは辞して⁉」

なんか、わりと本気で言ってるのが怖いんだけど。あと出来るだろう実力があるところが厄介すぎる。……あ、これ、嫌な予感がするなぁ。そういえばこの場には、誰よりも私に対して過保護な人が来てるんでした。私はその人物、父様の方に恐る恐る目を向けた。あれ？　まだ固まったままだ。いや、それはそれで怖いんだけど、大丈夫？　そう思った時だ。

「……っ‼」

父様は、バターンッという大きな音を立て、ショックを受けて目を見開いた表情のまま、その場に倒れてしまったのだ。な、なんでぇぇぇ⁉　倒れたいのはこっちなんですけどぉっ⁉　残念魔王は健在だ！　なんかもう、色々と予想外過ぎる。

「アーシュのヤツ、思考が停止したな。はぁ、起きた時がめんどくせぇな」

ため息を吐きながら首を横に振りつつお父さんが呟いた。それは確かに大変そうだ。父様が目覚めた時に大騒ぎする姿が簡単に想像出来るよ。ちょっと落ち着いたことだし、せめて服くらいは替えておこうかな？　私は収納ブレスレットのウィンドーを開き、着替えやすそうな服を選んだ。

服はこの大陸に来た時、最初に着ていたシンプルなワンピースにした。戦闘服でもよかったんだけど、あれはちょっと目立つし、少しでも楽な格好が良かったからね。ちなみに足は裸足のままだ。

靴下も靴も、傷に障《さわ》るからね。

「メグさん、無理はしてないですか？　ああ、私に医療の心得があれば良かったのに！　もっと勉強をしておくべきでした……！」

身体に付いた血を濡れたタオルで優しく拭い、着替えも終えて少しさっぱりしたところで、アドルさんが再び声をかけてくれる。脱いだ服をしまってくれたり、飲み物を渡してくれたり、甲斐甲斐しく世話を焼きつつ嘆《なげ》いたりと、何だか忙しい人である。私を気遣う気持ちからだというのがわかるから、こちらも一緒になってあわあわしてしまう。アドルさん、優しさの化身みたいな人だなぁ。

「だ、大丈夫です、アドルさん。ギルさんが、応急手当てしてくれたから」

「でも、これは酷すぎます……！　早くちゃんとした治療をしないと、傷痕が残りかねませんし！」

傷痕が残る、という単語にピクリと反応したのはお父さん。あ、暴れないでね……？　さっきの会話がふと蘇ってヒヤヒヤしちゃうよ。

「……それは由々しき事態だよな。何に変えても阻止すべき案件だ。よし、今すぐギルドに戻るぞ」

「ま、ままま待ってください！　私たちにはこの無残に倒れている者たちを運ぶという仕事が残ってるんですよ⁉　皇帝との約束じゃないですかっ！」

暴走し始めたお父さんをアドルさんが必死に止めた。っていうか皇帝⁉　ど、どんな約束をしたんだろう。あまりにもすごい立場の人が会話に飛び出して目を丸くしてしまう。リヒトやロニーも唖然《あぜん》としている。だというのに、お父さんの暴走は止まらない。

「うるせぇ、こんな雑魚《ざこ》どーでもいい‼　灰も残らず焼き尽くせ！」

「む、焼き払うか？」

「やめてくださいってば！　魔王様もこのタイミングで目覚めないでくださいよ！　あーもう‼」

焼き尽くす、という単語にムクリと起き上がった父様は、目が据わっていてホラー感満載。こ、怖い……！　リヒトとロニーが身を寄せ合って怯えてるじゃないか。いや本当に、なんてタイミングで起き上がってきたの、父様。荒ぶるお父さんと父様コンビをどうにか落ち着かせようと奮闘《ふんとう》するアドルさんがかわいそうになってきた。ああ……。道中ずっとこの人たちの面倒を見てくれていたんだねって思うとお姉さん、涙が出そうだよ！　すみません、すみません、うちの父たちが本当に。

「頭領」

そこへ、ラビィさんの手当てを終えたギルさんがやってきた。良かった、ギルさんが来てくれたことでこの二人も落ち着いてくれるかも。ホッとしたのも束の間で……。

「焼き尽くすなら、屋外にしてくれ」

「ダメだよ!?」

ギルさんもまだ激おこモードでした。アドルさんの心が折れる音が聞こえた気がする。その動きが止まってるもん。諦めそうになるのも無理はない。私はこの保護者たちを甘く見ていたようだ。

はぁ、倒れる前にあともう一仕事する必要がありそう。まったくもー！

「お父さん、父様、ギルさんも。ちょっと一度ここに並んで！　座って！　今、すぐ!!」

私はまだ身動きが取れないので、ビシッと人差し指を立てて三人に声をかけた。私に呼ばれた三人はキョトン、とした顔をしつつも素直に言うことを聞いてくれる。大の男三人が黙って指示に従い、私の前に座る様はとてもシュールだったけど、今はそんなことを気にしている場合ではない。

私は事の次第と自分の気持ちを、簡潔かつ丁寧に説明した。

「……というわけだから、私はちゃんと最後まで、決着がつくまで見届けたいの。焼き払っちゃダメ！　わかった⁉」

説明しながらだんだんヒートアップしていった私。腕を組んでプンスカお説教する私を、お父さんと父様は感心したように、ギルさんは居た堪れなさそうな表情で最後まで聞いてくれた。ちなみにアドルさんは感動の涙を流している。余程、苦労をしてきたのだろう。ほんと、うちの父たちがご迷惑おかけしましたっ！

「なんか、メグ、頼もしくなってるな……？」

「娘の成長か。願わくばこの目で過程を見届けたかったぞ……！」

「……すまん。我を忘れかけた」

謝ったのはギルさんだけである。この二人は反省の色が見えないな。それどころか感激に目を潤ませているほどだ。どこまでも親馬鹿で娘の私としてはとても複雑だ。いや、今はもっと反省してほしいところなんですけどね！　私は二人に向けて再び口を開いた。

「お父さんたちはそれぞれでやらなきゃいけないことがあるんでしょ？　私はこうして無事に助けてもらったんだからもう安心して？　仕事があるならちゃんとそれを、やら、な……」

あれ？　あれれれれ？　なんだか力が入らない。説教中に意識がフワフワしてきた。もう本当に限界なんだな、私。座ったままの状態ではあったけど、それすら維持出来ないくらい弱ってるようだ。フラーッと身体が傾いていくのを感じる。

「メグ！……ふぅ、驚いたぞ」

「まったく、無理しやがって」

そんな私を父様がぽすん、と受け止めてくれた。安堵のため息が上から降ってくる。ありがとう父様、と小声で伝えると、当然であろう、と弱ったように微笑まれてしまった。そんな私たちの様子を見て、お父さんも心配そうに顔を覗き込んでくる。まだ意識はあるけど、もう指一本動かせそうにないや。えへへ、お父さんも、心配かけてごめんね。

「お前たちも、まだ子どもなんだ。無理はよくない。後のことは俺らに任せて、ゆっくり休んでおけよ」

それからすぐに顔を上げたお父さんは、これまで軽く放置されていたリヒトとロニーに向かって声をかけた。ちゃんと案じてくれたことに安心したよ。そうだ、この二人のことも紹介しないといけない。

「えっ、いや、でも俺は……」

戸惑うように返事をしたのはリヒト。遠慮してるのかな？　こういう日本人気質を見ると、何だか親近感が湧いちゃうな。お父さんはそんなリヒトの様子を見て、ポンッと頭に手を置いて問いかけた。

「お前、家は？　ちゃんと送り届けてやるが、その前にしっかりとした治療をしないとな。一度預かることを家の人に伝えておきてぇんだよ」

家の人、という単語にピクリと反応をしたリヒトは、そのまま口ごもってしまった。そりゃあそうだよね。日本には当然帰れないし、ここでの保護者であるラビィさんだって……。すると、そんなリヒトを見たお父さんは何かに勘付いたようだ。こういうの、すぐに察せるところがあるんだよね、お父さんって。それ以上は聞かずにリヒトの頭をくしゃりと撫で、微笑んでいる。

「ま、後のことは後で考えるとしようぜ。大丈夫だから。……よく頑張ったな」

後は任せろ、と言うお父さんの力強い言葉を聞いて、リヒトはどんな反応を見せたかな？　涙ぐんだりしてるかな？　父様に横抱きにされて力尽き、ぐったりと目を閉じてしまった私にはもう確認出来ないけど、優しい空気に包まれているのは雰囲気でわかった。

「あの。僕は、帰る場所が、あって」

続いて、ロニーの戸惑うような声が聞こえてきた。そうだ、ロニーの家は鉱山だもんね。本当に、あと一歩の距離でこんなことになったから、早く帰りたいだろうな。あ、でもロニーはドワーフとして自分は変わり者だからってことで、微妙に確執《かくしつ》みたいなものがあるっぽいんだよね。なんとなく顔を合わせ難かったりするのかもしれないけど……。ご両親とも、一度きちんと話せるといいなぁ。ロニーにも、幸せになってもらいたいもん。

「ああ、お前のことはお前の父親から頼まれてる。ロナウドで間違いないな？」

「えっ、あっ……そう、です」

声をかけられたお父さんは、今度はロニーに向かってそう問いかけた。あれ、そうなの？　でもよく考えればそうか。お父さんたちは鉱山を通ってきたんだから、そこでロニーの親に会っててもおかしくないよね。ご両親だって突然ロニーがいなくなって心配してたんだ。だからこうしてお

父さんに頼んだわけでしょ？　それがわかっただけでも良かったって思うよ。

「お前の親父には俺から交渉してやる。ひとまず俺のギルドに来い。その火傷の痕くらいなら完璧に消せる医療チームがうちにはいるからな。その話を出しゃあロドリゴだって、一度ギルドに行くこと自体は許してくれんだろ」

お父さんの言い方からすると、なんかロニーのお父さんっていうのはちょっと、その、頑固なところがあるのかな？　気難しい人っていうか。それはある意味、息子が大事なんだっていうことの裏返しでもあると思うんだけど。

「だがその後のことは……。自分で決めるんだ」

「え……」

ロニーの驚く声が聞こえた。お父さんって、人のことを見透かしたような物言いをすることがあるよね。昔っからそうなんだ。いつも一番欲しい言葉をくれるの。もしかしたら鉱山で、ロニーのお父さんから何か話を聞いたのかもしれないけど、そういうのをちゃんと覚えていて、そこから察する能力っていうのかな、そういうのに長けてると思うのだ。

「お前も戦ったんだろ？　言わなくてもなんとなくわかる。ひと回りもふた回りも成長したお前なら……。自分のこれからのことも決められるだろうよ」

そして、子どもだからって適当な扱いはしないんだ。一人の人としてきちんと認めてくれる。そういう扱いがすごく嬉しくて、自信に繋がるのだ。だからお父さんは色んな人たちから慕われて、信頼されているんだ。特級ギルド、オルトゥスの頭領として先頭を切って歩いて行けるんだ。そんなお父さんが、とても誇らしいよ。

「僕のこと、何か聞いた、の？」

「いや。ドワーフにしては珍しく、鉱山より森にいたがる変わり者だ、ってことくらいだな」

お父さんの言葉を聞いたロニーは複雑な心境になったのか、黙り込んでしまった。ああ、やっぱりロニーのお父さんとロニーは根本的な考えが合わないのかもしれないな。たぶんだけど、ちゃんと鉱山でしっかり仕事をしてもらいたいお父さんと、他のことに興味がある息子って感じ。これまで一緒に旅をしてきて感じたんだけど、きっとロニーにはやりたいことがあるんだ。あまり自分の気持ちや思っていることを表には出さない。けど、自分の考えはしっかり持ってる、芯《しん》の通った少年だって私は思う。と同時にロニーはすごく優しいから……。自分のお父さんに本音を言い出せずにいるのかもしれない。自分が変わり者だってこと、気にしていたもんね。それを負い目に感じているんだと思うのだ。

「うちのギルドにもドワーフが一人いるんだがな」

黙ってしまったロニーに対し、お父さんは唐突にそんなことを口にした。オルトゥスのドワーフといえば、恥ずかしがり屋のカーターさんのことだね。噛み噛みすぎて、ショーちゃんの通訳がないといまだに話していることを聞き取れない人なんだけど、いつも私のために使いやすい家具を作ってくれる優しいドワーフだ。

「えっ、ギルドに？　人の多い場所なのに……」

ロニーの反応からすると、ドワーフは通常、人との付合いはしないのかもしれない。種族柄ってやつ？　あ、カーターさんのどもり癖はそういう環境で育ったから、っていうのもあるかもしれないな。

「変わり者のドワーフだろ？　案外いるもんなんだぜ？　そういう自分の道を自分で見つけるヤツってのは」

きっとニッと無邪気な笑顔を見せてるんだろうな。そうだよ、人と関わるのが少し苦手なカーターさんでも、自分が住んでいた場所を離れてオルトゥスで活躍しているのだ。いくらお父さんが誘ったとしても、それを決めたのはカーターさん自身。本人にもやりたい、という強い熱意がなきゃ出来ないことだ。カーターさんも、実は熱い男なんだよね！　ロニーの事情はわからないけど、こういうドワーフもいるんだよ、っていう前例を聞いたことで、少し気が楽になってくれてたらいいな。ロニーが自分に自信が持てるようになりますように。


ドタバタと、慌ただしくお父さんたちが動き回る気配がする。それもそうだよね、ここは犯罪組織の巣窟《そうくつ》。ギルさんの殺気にあてられて戦意喪失しているとはいえ、全員を捕縛しておかなきゃいけないんだもん。それに、私たちが呼び寄せてしまった魔大陸の子どもたちの保護もしなきゃいけないし……。やることはたくさんだ。忙しく動き回るお父さんたちの邪魔にならないよう、私やリヒト、ロニーは片隅に置かれた簡易マットの上でぐったりと横になってその光景をぼんやり眺めていた。

「拘束の魔道具が足りねぇな。うちからも大量に持ってきておけば良かったぜ」

「うむ、皇帝から預かったものでは全く足りぬ。ギルが影で縛ってくれているが……。この大陸では魔術の拘束は少々、不安要素があるからな」

「面倒くせぇが、縄で縛ってくしかねぇな……」

そう言って、お父さんたちは協力してどんどん組織の人たちを縄で縛り上げていく。その手際の良さよ……。普段は魔術で拘束しているというのに、こういう作業も手馴れているのがさすがである。あの大人しそうなアドルさんでさえ、テキパキと動いて縛り上げているんだから、人は見かけによらないものだ。オルトゥスのメンバーだからこそかもしれないけど。

それにしても、こんなにたくさんの人がいたんだな。よくこんな人数から逃げようとしたよね、私たち。百人は超えてるんじゃないかな。本拠地にこれだけいるんだもん、外に出ている残党も相当数いそうだな。本当に大きな組織だったんだ。今更だけどその恐ろしさに身体が震えた。……震えが止まらない、な？　あれ、何だか暑くなってきた。もしかして、熱が上がってきたのかな。刺し傷があるし、魔力も何度か使い切ってるもんね。熱が出るのはある意味当然かも。

「リヒ、ト……？」

「ん……メグ？　ああ、お前も、か」

見れば、リヒトも目を潤ませて息を荒げている。お腹を刺されて同じように魔力を枯渇させているんだから、それも当然か。

「二人とも、大丈夫？」

ロニーはどうだろう？　しんどそうにしてるし、わずかに頬が赤いから微熱くらいは出てそうだ。ロニーも大丈夫？　って聞きたかったんだけどうまく声にならず、ヒューヒューと喉から息が漏れるだけ。呼吸も苦しくなってきて、自然と息が上がってしまう。

「メグっ、リヒトっ……！」

どうやらリヒトも私と似たような状態らしい。ロニーの焦ったように私たちを呼ぶ声が遠くから聞こえてくる。その声に気付いたのか、数人の足音がこちらに近付いてくるのがわかった。

「どうした⁉」

「二人とも、きっと、すごい熱が……」

ロニーの言葉にスッと首筋に手が入れられた。二人ともかなり高いな……。とお父さんの呟く声が聞こえたから、これはお父さんの手だ。

「こいつはやべぇな……。痛み止めを使ってもいるし、魔力回復薬も飲んでるっていう。これ以上薬を飲ませていいかの判断が俺には出来ねぇからな。すぐにオルトゥスに戻るしかねぇが……」

焦ったような声色でお父さんが数秒黙り込んだ。ごめんね、足を引っ張って。まだここを離れるわけにはいかないもんね。でも、苦しい……熱い……。

「よし。ギル、アドル。鉱山に行って転移陣を使い、一足先にオルトゥスに戻れ。ロドリゴ相手に交渉するのは……。アドル。お前に頼めるな？」

「は、はい！　任せてください！」

すぐに決断を下したお父さんは、ギルさんとアドルさんに指示を下す。

「一秒でも時間が惜しい。本当は俺も今すぐ帰りてぇとこだが……。ここに飛ばされてきたらしい子どももそこそこいるしな。せめてもの救いは、あの子どもたちが全員、元気だってことだが、しばらくはここを離れらんねぇ。アーシュ、お前もだからな」

「わ、わかっておる！　ギル、アドル、二人とも頼むぞ」

そっか、お父さんと父様はここに残るんだ。せっかく会えたのに、何だか寂しいな。仕事だってわかってる。でも熱のせいですぐに感情が昂《たかぶ》るのか涙がどんどん溢れてくる。寂しい、よぅ。

「お父さ……父さま……すぐ、戻って、ね？」

だから、ついそんな弱音を吐き出してしまった。今くらい、いいよね？　もちろんだ、って即答してくれた二人は、交互に私の頬をそっと撫でてくれた。それから簡単な連絡が頭上で交わされ、大人たちはすぐに行動を開始した。

「もう少しの我慢だ。きっと寝ている間に終わっている。少し眠れ」

「ギル、さ……」

ギルさんにそぉっと抱き上げられ、そのままふんわりとしたクッションか何かの上に寝かせられた。しばらくすると、両隣にリヒトとロニーも運ばれてきた気配がする。うっすらと目を開けてみると、見たことのある籠《かご》の中に私たちは寝かされているようだった。なるほど、コウノトリ便か。両隣にも順番に目を向けると、二人とも目を閉じて苦しそうにしているのが見えた。ああ、ロニーも熱が上がってきたのかも。

「アドルは三人の側にいて見守っていてくれ。いつも以上に飛ばす。保護を頼んだ」

「補助と保護なら私の得意分野ですから、任せてください！　いくらでも飛ばしていいですよ！」

そんな二人のやり取りが何だか心地いい。ギルさんはもちろんだけど、アドルさんもとっても頼もしいなぁ……。

どうやらいつの間にか意識を失っていたらしい。ふと、誰かが叫ぶ声で覚醒した。初めて聞く、ややどすの利いた低い声と、寝ている子が起きてしまいますから、とそれを窘《たしな》めるアドルさんの声。何か揉めてるのかな？　目を閉じたまま聞き耳を立てた。

「ロナウド！　おい、無事にって約束はどうした⁉」

あ、そうか。この人、ロニーのお父さんなんだ。ってことは今は鉱山に着いたってことかな？はは、ずっとここを目指して旅をしてきたのに、こんな状態で通過することになるとは思わなかったなぁ。ロニーのお父さん、どんな顔してるんだろ。やっぱりロニーと似ていたりするのかな？

「ええ、ロドリゴさん。その通りですよ。私たちは約束をまだ守れていません」

焦ったように叫ぶロドリゴさんとは対照的に、アドルさんが極めて冷静な声色で話している。約束、か。無事にって言ってたし、ロニーを元気な状態で連れて帰るっていう約束だったのかなぁ、などとぼんやりした頭で考える。

「ですから、ここを通してください。オルトゥスに戻り、医療チームに診てもらえば確実に元気な姿の息子さんを連れてきますから」

わぁ、アドルさんたらやり手だぁ。もはや屁理屈《へりくつ》と言ってもいいくらいの言い分ではあるけど、それは事実でもあるもんね。ルド医師やメアリーラさん、そしてレキのいるオルトゥス医療チームの腕は確かだから。

「うるさいっ！　もうたくさんだ！　お前らは約束を破った！　いいからロナウドを置いてどっか行け！　転移陣も使わせん!!」

突然の怒鳴り声にビクッと身体を震わせた。私だけじゃなく、リヒトやロニーもうっすらと目を開けている。そんな私たちにアドルさんがすみません、起こしてしまって、と優しくポンポンと肩を叩いてくれた。それからムッとしたように抗議の声を上げる。

「いい加減に……」

「いい加減にしろ!!」

けど、またしても私たちの方がビクッと揺れる事態となった。アドルさんの言葉を遮るように怒鳴ったのは……。ギル、さん？　私を含め、アドルさんも驚いて目を見開いている。ギルさんを知っている人なら誰もが同じ反応をするのではなかろうか。

「こんな状態の子どもたちを見て、お前は何も思わないのか!?」

こんな風に声を荒げるギルさんなんて、初めてだ。私たちのためにすごく怒ってくれてる。洞窟に助けに来てくれた時とはまた違った怒りだ。でも、さっきと違ってこのギルさんはまったく怖くはない。言葉に力が込められているだけだってわかるもん。

「……すまない。怖がらせたか？」

だから、いつもの静かな声で私たちに声をかけて来た時も、全然怖いとは思わなかったよ。色々、声をかけてあげたかったんだけど、今の私はゆるゆると首を横に振ることしか出来ない。それでも、ギルさんには意図が伝わったみたい。ホッとしたように優しく頭を撫でてくれたからね。

「……ロドリゴさん。子どもたちがこんな目に遭わされて、怒っているのは貴方だけではないんです。ロナウドくんの、子どもたちの命が大事だと思うのなら、今すぐ転移陣を使わせてください！　こうしている間に、手遅れになってもいいんですか⁉」

少しの沈黙を挟み、今度はアドルさんが冷静に言葉を紡いだ。さっきの口調とは違って、言葉に力が込められているのがわかる。アドルさんも、真剣なんだね。ロドリゴさんに対して怒ってるんじゃなくて、ただ、わかってほしいだけなんだ。お願い、ロドリゴさん。ギルさんやアドルさんを、信じて。

「……必ず、元気になるんだろうな？」

数秒後、囁くようにロドリゴさんが声を出した。通じたのかな？　そうだよね、心配なだけなんだよね？

「お約束します。状態が酷いですから、時間は少しかかると思いますが」

アドルさんの返答を聞いて、また少し沈黙が流れた。それからザッという靴音が聞こえてくる。どこかに行っちゃうの？　そう思った時、ぶっきらぼうな声でロドリゴさんが告げた。

「……付いてこい」

その声を聞いて、ギルさんとアドルさんも歩き出す。その足音でちょっと聞こえにくかったけど、さっきよりももっと小さな声で告げた悪かったな、という一言も、私の耳には届いたよ。ありがとう、素直になれないロドリゴさん。

それから数分くらい、籠に揺られることとなった。鉱山の中を歩いて移動しているんだと思う。

子どもとはいえ、三人も寝ている大きな籠をギルさんが軽々と抱えているのが地味にすごい。真っ暗だし、寝てるから景色は見えないし、あちこち曲がってるみたいだしで、どこをどう進んでいるのかはわからなかった。見てたとしても覚えてられない気はするけど。鉱山に住むドワーフならみんな迷わず進めるのかな？　もはや特殊能力だよね。ただでさえすぐ道に迷う私からしたら、尊敬してやまない人たちだよ、ドワーフ！　しばらくすると、大きな扉の開く音が聞こえた。どうやらこの扉の奥に入っていくみたいだ。

「魔力はどうするんだ。さっきは魔王だったろ」

「俺が流す」

そんな会話が聞こえてきたから、きっとここに転移陣があるんだろうな。……転移陣か。なんかそれを聞いただけで恐怖を感じる。酷い目に遭ったもんね。けど、大丈夫。今ここにはギルさんとアドルさんがいるんだから。そう何度も自分に言い聞かせて心を落ち着けた。

「ギルさん、大丈夫ですか？　この大陸でそこそこ魔力を使ったんじゃ……」

魔力の提供を申し出たギルさんに、アドルさんが心配そうに聞いている。けれどギルさんの答えはあっさりとしたものだった。

「どの程度の魔力が必要かは一度通った時にわかっている。全く問題ない」

「本当、どんだけ魔力を保有してるんですかね……。大丈夫そうならいいんですけど」

さっきシズクちゃんに魔力を分けてもらうために、無駄に放出させてしまったから大丈夫かなって心配になったけど、どうやら本当に大丈夫そうだ。鉱山の転移陣にどの程度の魔力が必要かはわからないけど、私たちが魔力を流し続けたあの転移陣と効果は一緒だから、必要な魔力にそこまでの差はないのかな？　いや、ここの転移陣はそもそも、物資のやり取りをするために使われているはずだから、かなり大きいものになる。それこそ、この部屋丸ごと分。だとしたら私たちが流したものより数十倍は魔力も必要、だよね？　それなのに、この余裕。……いやはや、どこまでも規格外だなぁ。

「今回、俺は渡らない。こっちで魔王とオルトゥスの頭領を待つ」

「わかりました。……お世話になりました、ロドリゴさん。まだしばらくは、頼むことになりそうですが」

「ふん……。今度こそ、約束を破るなよ」

「一度も破ったつもりはないのですが……。いえ、そうですね。必ず！」

そっか、ここで一度ロドリゴさんとはお別れなんだね。いつか、落ち着いたら私も改めて挨拶に来たいな。ロニーが鉱山に戻る時に、一緒に行けたらいいんだけど。そんなことを思っていたら、膨大な魔力が放出されるのを感じた。ギルさんが転移陣に魔力を流し始めたらしい。ついに、人間の大陸を離れる時が来たのだ。

心配はある。そりゃもう色々とね。リヒトやロニーの今後のことも気になるし、まだあの洞窟に残ってる子どもたちにもごめんねって言いたい。それに……ラビィさんのこと。また会えるだろうか。ちゃんと言葉もかけられなかったから、せめてもう一度だけでも会いたい。でも、難しいよね……。だって、魔大陸に帰るんだもん。一緒に過ごした日々を思い出すと、どうしても涙が溢れてくる。裏切られて、酷い目に遭わされたけど、それでもラビィさんにたくさんお世話になったのは事実なんだ。けど、今はゆっくりと身体を回復させるのが先だっていうのもわかってる。うん、元気になったら、また落ち着いて考えよう。今はただ、みんな無事でありますように、と願うのみだ。

しばらくすると転移特有の感覚が襲ってきた。もはや慣れたものではあったけど、今みたいに身体が弱っている時に感じるのはなかなかキツいものがある。うっ、気持ち悪いし、目が回るぅ。さっさと意識を手放しておけば良かったものを、色んなことが気になりすぎて上手く眠れないのだ。身体が怠すぎると上手く寝れないんだよね。社畜《しゃちく》時代の、疲れすぎて眠いのに寝れなくて辛かったあの記憶をこんなところで思い出すとは。本当、どうでもいいことばっかり覚えてるんだから。

気持ち悪さにギュッと目を瞑っていると、突然スゥッと魔力の巡りがスムーズになるのを感じた。それだけで苦しかった呼吸が少し楽になる。すぐに魔大陸に来たんだってわかった。こんなにも空気が違うものなんだ。そういえば、人間の大陸に飛ばされた直後は、ものすごく体調が悪かったなぁ。それも何だか、遠い昔の出来事のように思える。ああ、魔素があるって素晴らしい。あ、そうだ。精霊たちにも教えてあげないとね。

『わ、本当なのよー！　うわぁい！　フウ、ホムラ、シズク！　魔素があるのよーっ』

ショーちゃんの声を聞いてみんなが一斉に外へと飛び出した。ショーちゃんはロニーの精霊にも声をかけてくれたらしく、ロニーの胸元からスイッと橙色《だいだい》の光も飛び出していくのが見える。大地の精霊なんだよね。あの子にも助けられたな。たくさん魔素を吸収して、みんな早く回復してくれるといいな。良かった、みんな嬉しそう。元気に飛び回る姿に自然と笑みが溢れた。ずっと気になってたことだったから。だって狭い魔石の中で我慢ばっかりさせてきたんだもん。ごめんね、しばらくは自由にしていていいからね。心の中でそう声をかけるとみんなの「はぁい！」という可愛い返事が聞こえてくる。癒された。主人は大変満足です！　それにしても久しぶりだな、精霊の光が溢れるこの光景。本当に、魔大陸に帰ってきたんだなぁ……。そうしみじみと感じて幸福感に包まれる。

「メグ、あとちょっとでオルトゥスに着くからな」

優しく告げられたギルさんのその言葉に、期待感が増した。要は胸がウキウキしたのだ。こんなに身体は怠いのにおかしな話だけど、精神的に落ち着いたおかげで気持ちとしてはかなり晴々としている。そうか、もうすぐ帰れるんだ。帰りたかったあの場所に。みんなが待っていてくれる、私の家に。

ふと視線を上に向けると、ちょうどギルさんが影鷲姿になって翼を広げているところだった。青空をバックに見るその姿も久々で、胸がいっぱいになる。今度は、夢なんかじゃないんだ。大丈夫。次に目が覚めた時はみんなに「ただいま」って言えるから。その時のことを楽しみに思ったら急に眠気が襲ってきた。魔素を感じて、やっと安心出来たんだと思う。私はようやくゆっくりと目を閉じ、夢の世界へ旅立つことにした。

紅葉採集

ある日のこと、いつも通り専用の受付カウンターで元気にお仕事をしていたら、お父さんがわざわざ私に用があると話しかけてきた。え？　お仕事ですよそりゃ。みんなに笑顔で挨拶したり、ちょっとした雑談をすることも立派なお仕事だ。異論は認めない。

「紅黄《こうおう》の森？」

「そうだ。この世界にはさ、四季ってもんがあんまりねーだろ？　だから雪を見ようと思ったら山の上の方に行かなきゃなんねーし、桜もない。だがここからそう遠くないとこに、紅葉《こうよう》が見られる森があんだよ」

で、お父さんが持ちかけてきた話というのはこうだ。なんでも、オルトゥスのあるリルトーレイ国には名所となっている森があるらしい。そこは土地から溢れる魔力の影響なのか、木々の葉の色が赤や黄色に色づいているんだって。なるほど、紅葉だ。

「季節によって色が変わるんじゃなくて、ずーっとその色だから四季を感じるも何もねーんだけどよ。なんとなく、日本の秋を思い出せる場所なんだよ。メグは行ったことねーんじゃないかと思ってな」

「うん、初めて聞いたよ！　行ってみたい！」

そう言うと思ったぜ、とお父さんはニッと笑う。そして、ここからが本題だ、とその場に屈《かが》んで私に目線を合わせた。

「そこにある葉はな、薬にも使われてるんだ。それを集めてきたいんだが……。俺は忙しい」

お父さんはわざとらしく腕を組んで困り顔を作って見せた。それから悪戯《いたずら》っぽく片目を開けて私を見ている。わざわざこの話を私に持ってくる、ということは。

「行く！　私、採りに行ってくるよ！」

「お、そうか、行ってくれるか！　いやぁ、助かるぜ！」

両拳を握りしめて食い気味にそう言うと、お父さんは嬉しそうに笑って私の頭を撫で回した。な、なんかわざとらしいな？　ムッと口を尖《とが》らせてお父さんをちょっぴり睨む。

「も、もうー、子ども扱いしすぎじゃない？」

「何言ってんだ、お前は子どもだろ。諦めろ」

そうだけど！　そうだけどさぁ！　最初はそれにまんまと引っ掛かってしまう辺り、私も内面がだいぶ幼女なんだけどさぁ！　はぁ、もういいや。言われた通り、素直に諦めよう。でも、これって任務だよね？　いくら近くの森だっていっても、この街からは出ることになるだろうし、そんな外での任務を許してくれるのって珍しくない？　自分で言うのもなんだけど……。私、めちゃくちゃ皆さんに大事にされてるじゃない？　いや、オブラートに包みすぎた。ものすごく過保護に心配されまくっているでしょ？　街の中のお仕事でさえ、ギルドの外ってだけですごく心配されるのに、不思議だなって。それも、お父さんが言い出したのだ。それはつまり、同行者が他ならぬお父さんの信頼している人選で、それでいてその森が安全だということなんだろう。

「それで、誰が一緒に行ってくれるの？」

だから、最初の質問はこれであった。お父さんは軽く目を見開いたけど、ニヤッと笑ってすぐに答えてくれる。ギルさんかな？　なんて思っていたけど、その口から飛び出したのはまさかの名前だった。

「ジュマだ」

「ええっ⁉」

ジュマって言った？　それは、あの、ジュマ兄のこと？　赤い鬼の、元気いっぱいを通り越してやんちゃで色々と残念なところのある、ジュマ兄⁉……ごめん、悪意はないの。ただ、そういうイメージだからつい！　もちろん、ジュマ兄が実力者だってことは知ってるよ？　でも、子どものお守りが出来るようなタイプではない、というのが正直な感想なのである。まぁ、私は基本的なことは自分で出来るからお守りは別に必要ではないけどっ。

「お前はさ、長旅も経験したし、随分逞しくなったろ？　護衛さえしっかりやってくれる相手なら、大丈夫だって判断した。その点におけるジュマの実力は確かだしな」

ポン、と頭の上に手を置かれて言われた言葉に、一瞬だけぽかんとしてしまう。それからその言葉の意味をゆっくりと理解して、じわじわと嬉しさが込み上げてきた。私、ちょっぴりだけどお父さんに認めてもらえた……？　ううん、お父さんじゃなくて、オルトゥスの頭領に。

「だが、身を守る魔道具をたくさん持っていってもらうし、サウラも一緒に行ってもらうけどな！　お前なら大丈夫だって思ってるけど、それとこれとは別にして心配なもんは心配なんだよっ」

あ、そうですよねー。ジュマ兄と二人で「はい、行ってらっしゃい」なんてことにはなりませんよねー。知ってた！　でも、サウラさんが外に出るなんて珍しいよね。いつも受付カウンターの奥で仕事をキビキビこなしてるのに。そんな疑問を漏らしていると、この話をサウラさんに伝えた時にそれなら自分もついて行くって聞かなかったんだ、とお父さんが苦笑を浮かべて教えてくれた。

「サウラにとってもいい気晴らしになるしな。ずっとギルドに籠って仕事ばっかしてたって、よくないだろうし。これも任務ではあるけど、外に出ていい景色見りゃ気分転換にもなるだろ」

おお、働く部下に優しい上司だ。それでこそお父さん！　確かにサウラさんは有能だけど、時には違う場所に行って肩の力を抜いて欲しいもんね。

「……あー、でもどうしても戦力に不安が残るんだよなー。サウラはトラップ張らねーと戦えないし、いざって時ジュマが二人を守れるか？　やっぱり心配だ。他にも人を付けるか？　だってジュマだし……。ジュマなんだよなぁ……。あー、やめようかな」

って！　今感動してたのに！　あとなんかその言い方だとジュマ兄がどこまでもダメな人みたいになってるからね？　いや、気持ちはちょっとわからなくもないけどさっ。

「大丈夫！　ね、大丈夫だから！　今更、取り消しとかなしだよっ⁉」

慌ててお父さんにしがみつきながら訴えると、クックッと笑われてしまった。か、からかったなぁ⁉　本当にすぐそうやって私で遊ぶんだから！　もうっ、と言いつつポコスカとお父さんを叩いてやった。全く効果もなければ反省もしていない様子に余計に頬が膨らんでいく。

「頭領ー？　そーんな余裕ぶっていいの？」

「サウラさん！」

と、そこへ私たちのことを見つけて受付カウンターから出てきたのだろう、サウラさんがふふん、と笑いながら腰に手を当てて話しかけてきた。

「どういう意味だ？」

「別にー？　ただ、女の子っていうのは扱いに気を付けなきゃダメなのにって思っただけよ。今は素直にプンプン怒ってくれるけど、年頃になったら反応さえ示してくれなくなるかもねって」

いわゆる、反抗期というやつを言ってるんだな？　すぐに私はピンときた。でも正直なところ、環だった頃もこれといった反抗期はあんまりなかったんだよね。仕事の忙しいお父さんと顔を合わせる機会が少なかった、っていうのもあるかもだけど、俗《ぞく》にいう「お父さんキラーイ！」っていう現象がなかったのだ。基本的にお父さんは常に大好きだったから。そりゃあ、からかってくることも多かったけど、心の底から嫌だって思ったことはない。その時その時では怒ったけど、家族なんだしそういうものだって思ってたんだよね。でも、あの頃の友達にそれを話した時は「あり得ない」とか「父親になんか近寄りたくもない」とか言ってくる子もいたっけ。私と一緒で、お父さんと仲良し派も半分くらいはいたけど。

「い、いや、メグは昔から、そんな態度をするような子じゃ……」

というわけで、それを知っているお父さんの反応もこんな感じなんだけど、どことなく不安そうには見えた。ふむ。私も、今後お父さんを嫌いになったり無視したりする、なんてことにはならないだろうけど、ちょっとは反省してほしい。やられっぱなしなのも癪《しゃく》だし、ここは一つ、サウラさんに乗っかっておくとしよう。

「お父さんは、いっつもそうやってからかってくるから、嫌っ」

ハッキリそう告げてからプイッと顔を背けて見せた。たまにはちゃんと言わないとね！　じゃなきゃ、これからもずーっとからかってくるもん。……ま、一度や二度ハッキリ言ったくらいじゃ、たとえ反省してくれたところで同じことを繰り返す気はするけど。だって、お父さんだし。そんな風に軽く考えてたんだけど……。

「め、メグ⁉ そう、か……」

あれ？ なんか思っていたよりもずっとダメージを受けてない？ 顔がマジだ。心の底から落ち込んでる顔だ。え？ 嘘でしょ？ そんなにショックを受けることなの⁉ しかもお父さんはそのまま、あとの説明は頼んだぞ、ってサウラさんに声をかけてフラフラと立ち去ってしまったし。あれぇぇぇ？

「……ちょっといじめすぎたかしらね？」

「あれぇ……？」

あとに残された私はサウラさんと困ったように首を傾げ合った。ちょっと本気で落ち込んでたよね、どうしよう、と囁き合う。

「まぁ、頭領のことだからすぐに元通りになるんじゃないかしら。それより、紅黄の森に行く日のことだけれど」

「あ、はい！ サウラさんも、一緒なんですよね！」

お父さんのことは少し気になったけど、サウラさんも忙しい身。今のうちに当日の予定を聞いておこうと、一度そのことは置いておくことにした。

「ええ！ 護衛はジュマがしっかりやってくれるだろうから、私たちは葉の採集に集中出来るわ。

頑張りましょうね」

　採集する葉は三種類。紅色の丸っこいものと、黄色くて先が尖ったもの。そして炎のように真っ赤な細長いものの三つだ。この中でも最初の二つはどこにでもあるけど、三つめの細長い炎葉《えんよう》という葉はなかなか見つかりにくいんだって。これこそが魔道具作りに必要なものなのだという。えっ、薬にするんじゃないんだ？

「葉っぱが魔道具になるなんて珍しいでしょ。でも、この葉に含まれる成分が、魔道具に魔術を定着させるのに適してるんだそうよ。詳しいことは私もよく知らないんだけどね！　そしてこれは紅黄の森にしかないの。だからウチのギルドはこの街に建てられたのよ」

　そうなんだ⁉　思わぬ創設の裏話を聞いたなぁ。ちなみに、一般的に魔術を定着させるために使うのは、鉱山で採れる魔石が主流なんだって。炎葉を使った魔道具作りはオルトゥス独自のものなんだとか。使用していることについては隠してないけど、その使用方法はオルトゥスだけの秘密なんだそう。技術力の高さの秘密をちょっと知ったよ！　へぇ、そんな珍しくも貴重な素材を集めに行くのか。頑張らなきゃ！

「でも、結構な数の魔道具を作ってるけど、炎葉がなくなったりはしないのかな。そこにしかないなら、その……」

　いつかは、なくなってしまうんじゃなかろうか。貴重な素材の割に、オルトゥスは色んな魔道具をポンポン作ってる気がしたから。すると、サウラさんが感心したように答えてくれた。

「メグちゃんはいいところに気付くのね。えらいわ！　でもこれに関しては大丈夫よ」

曰く、炎葉は生えてくる時期が不規則だから、一度に全てを採りきるなんてことはそもそも出来ないのだという。そのせいで採集のたびに違う場所を探さなきゃいけないのが、見つけるのが難しいという理由の一つなんだって。さらに、一枚の炎葉から取れる成分をそのまま使うわけではなく薄めて使うため、そこまでたくさん量が必要ないらしい。成分って……なんだろう？　液体？　それとも魔力的な何かかな？　葉っぱがどのようにして魔道具に使われるのか謎すぎる。サウラさんに聞いてもわからないらしいから、仲間内でも秘密なのかもしれない。オルトゥスだけの秘密の技術……。詮索はやめておこう。

「それに、オルトゥスで作られる魔道具全てに使ってるわけじゃないもの。一般的な売り物は主流の魔石を使うから。特別製の物だけにしか使わないわ。値が張るしね！」

なるほど、それもそうか。でも、オルトゥス内部で使われてる魔道具は全て炎葉製品なんだって。このブレスレットや私がもらった魔道具のあれこれも。ひぇぇ、何気なく使ってたけど見る目が変わりそうだよ……。

それからサウラさんとは日時を話し合い、ザッと当日の流れを確認させてもらった。当日は朝食後にホールで待ち合わせをして、揃ったらすぐに出発。一時間もかからないくらいで着くからそこから採集開始、間にお昼休憩を挟んでまた採集、日暮れ前に帰る、というスケジュールだ。日帰りでこなせそうだけど、私一人だったらちゃんと見つけられるかが不安になってるところだ。しかしその辺りはサウラさんもジュマ兄もいるし。任務失敗なんて未来が全く想像出来ない。改めて頼もしすぎるよね。こうして確認を終えたサウラさんは、ジュマにも伝えておくわねー、と言い残して受付業務へと戻っていく。その後ろ姿を眺めながら、そういえば移動方法を聞いてなかったな、ということに気付いた。何か乗り物に乗るのかな？　今回はギルさんもいないからコウノトリ便ではないだろうし……。まぁ、当日聞けばいいかな？　たくさん歩くかもしれないから、前日はしっかり休んでおこうと決めた。ふふ、なんだか楽しみになってきたー！

やってきました、紅黄の森へ任務に行く日です！　森での散策になるからと、本日は長袖長ズボンスタイルとなっております。戦闘服でいいかなーと思ってたんだけど、可愛いからこれを着てってサウラさんにお願いされたのだ。まぁ、こだわりはなかったし、貰った服もしっかりしたものだったから文句はなかったので今日は言われた通りに着たんだけど……。サウラさんに会って服を指定されたその理由がわかった。なんと、サウラさんも私と同じ服を着ていたのである！　お揃いのサロペットだー！　いつもの黄緑ワンピースドレス以外の服なんて貴重なお姿っ！　私が水色や紺といった青ベースなのに対し、サウラさんは黄緑や深緑などの緑ベースになっていて色違いなのも素敵である。どう？　と微笑みながらその場でクルンと一回りしたサウラさんはとっても可愛い！　お互いに似合うねー、と褒め合った。優しい世界っ！　これはますます楽しみになってきた！　いや、ピクニックにでも行きそうなテンションになってるけど、ちゃんと任務で、お仕事だってことはわかっています。気を引き締めねば。キリッ。……でも実は、ちょっとばかり気になっていることがあるんだよね。

「……お父さんが、こっちに近寄ってこない」

そうなのだ。あの日、落ち込んだように立ち去ってからというもの、お父さんが自分からは私に近寄ってこないのだ。私が声をかければ答えてくれるし、避けられているわけではないんだけど、どこか余所余所《よそよそ》しかったり、すぐにどこかに立ち去ったりしてしまう。今日だって、お父さんが言い出した任務なのに、見送りにくる様子もない。そりゃあ、お父さんは頭領だし、いつも仕事で忙しいのは知ってるけど、ここ最近はギルド内にいるって聞いてる。初めて街の外まで任務に行くんだから、ちょっとくらい顔を見せてくれてもいいのに……。なんて、ワガママだよね。はぁ。私、まだまだ精神面が子どもなんだなぁ。それが頭ではわかってしまうこの居た堪れなさよ。でもさ！　だってさ！　サウラさんやジュマ兄には何度も注意点を話したみたいなのに、私には何にも言ってくれないんだよ？　様子がおかしいにも程がある。何？　拗ねてるの？　それとも私が本気で嫌って言ったと思って落ち込んでるのかな？　どのみちこのままなのは寂しいよ。

「思っていた以上に気にしてるわね……。うーん、私も追い討ちをかけたものねー。一緒に考えるわ！　でもまずは今日の任務を頑張りましょう！」

「そう、ですよね。うん！　頑張る！　ありがとう、サウラさん」

何はともあれ仕事に影響が出るのは良くない。思考を切り替えて取り組まないとね！　お父さんのことは帰ってから考えよう。私はペチペチと軽く自分の頰を叩いた。

ギルドのホールでサウラさんと待っていると、すぐにジュマ兄がやってきた。何やら大判の布をタスキ掛けにしており、背中には大きなリュックを背負っている。大荷物だなぁ。収納魔道具を使わないのだろうか。

「お、二人とも早ぇな！　準備出来てるぞー！」

来たわね、とサウラさんが呟き、スタスタとジュマ兄の方へと近付いていく。あ、待ってー。

「ところで、歩いて行くんですか？」

二人でジュマ兄の前に着いたところで聞いてみると、あら、言ってなかったかしらとサウラさんが頬に手を当てた。するとジュマ兄が突然、私の前にしゃがみ込む。それからタスキ掛けにしている大判の布をサッと広げた。……なんか、嫌な予感がするんだけど。

「オレが運ぶからさ！　メグはこっちな！」

まさかの抱っこ紐《ひも》ーっ!?　ニカッと笑いながら布を広げ、さぁ入れと当たり前のように言われて戸惑う私。抱っこ紐と言っても幅が広めだからこう、ハンモックに乗るような感覚で座れるっちゃ座れるけど……。なんでよりによって抱っこ紐なのか。そしてそうなると、サウラさんは？　そう思ってサウラさんの方を見てビックリ！

「サウラさんはそこなの!?」

「ん？　そうよー。私はちょっとやそっとじゃ落っこちないからここで十分。でもメグちゃんは落ちたら大変だもの。そこならジュマも危ないと思った時にメグちゃんを支えられるし、安全よ！」

さも、当然という顔でサウラさんはジュマ兄の背負うリュックの上にちょこんと座っておりました。ジュマ兄も特に何も言わず、通常運転である。ぴょんっと飛び乗ったというのに身体が傾くどころか微動だにしないあたり、ジュマ兄の強靭《きょうじん》さがわかるというものだ。小柄だけど鬼族なんだもんね。でもそうか、たしかに私だったらリュックの上にしがみついてはいられない。落ちないようにするので必死になって、それだけでヘトヘトになっちゃう。平気でそこに座っているサウラさんの隠された実力の高さも知れたよ。

「抱えてもいーんだけどさ、なんかあった時に両手が使えた方がいいし」

「えっ、なんかって？」

「でっかい魔物の襲撃とか？　オレ的には大歓迎だけど、今回はサウラとメグ連れてるから戦ったりはしないぞ！　ちゃんと全力で避けるから！」

な、なるほど、魔物の襲撃ねー。まぁたしかに両手が使えた方がいいに決まってる。でもジュマ兄が全力で避けるほどの強力な魔物の襲撃なんかがあったら泣くぞ、私は！　軽く怯えていると、サウラさんがコロコロ笑って大丈夫よと言ってくれた。リルトーレイ国から出ることはないし、この国は比較的安全だからって。少なくともジュマ兄が手間取るような魔物はいないという。そっか、なら念のためってことか。もう、驚かせないでもらいたい！

さて、いつまでも躊躇している場合じゃないよね。ジュマ兄に抱えられる形が一番安全なのはわかるので、恐る恐る抱っこ紐の中に入り、布を少し広げて腰掛けるように座った。ふぉぉ、なんだこのフィット感。予想以上に収まりが良すぎて驚いた。布にすっぽり包まれている感じがなんとも居心地がいい。トクントクン、というジュマ兄の心音も聞こえてきて程よくあったかいしで、なんだこれ。うっかりしてると寝ちゃう気がする。落ち着け私。ハンモック、そうこれはハンモックだと思おう。決して抱っこ紐に収まる赤ちゃんではない。

「じゃ、行くぜー！　サウラ、落っこちるなよ？」

「私を誰だと思ってるのよ。気にせず行っちゃって！」

……ん？　なんか不穏な会話が聞こえてきたんだけど。ジュマ兄は軽く足を伸ばしたりと柔軟をして身体を解してるし。そして私は思い出した。ジュマ兄が天翔鬼《あまとき》という空を翔ける種族だったということを。

「メグもしっかり捕まってろよー！　しゅっぱぁぁぁっ!!」

「おわぁぁぁっ!?」

すぐさまギルドの外に飛び出したジュマ兄は、そのままタンタンッと軽やかな足取りで空を駆け上がった。は、速いーっ！　みるみる内にギルドの建物が小さくなっていって、あっという間に背の高い木より上へと上っていた。地面を走っているかのように空を翔けるジュマ兄はなんだかとても楽しそうだ。私はすぐにこの感覚に慣れずにガシッとしがみついている。

「きゃーっ！　最高ねーっ！　気分爽快!!」

サウラさんはキャッキャッとはしゃいでいる。可愛い。リュックの上に座ってるだけだというのになんたる余裕。スペックの高さが垣間見《かいまみ》えてよりサウラさんへの尊敬値が上がったよ。二人がとっても楽しそうなので、私もちょっと顔を外に出してみようかな。あまりのスピードに身体が硬直してしまってジュマ兄にガッチリとしがみついちゃってる状況なんだけど。お、落ち着いて私。コウノトリ便で空は何度か飛んだことがあるじゃないか。大丈夫、大丈夫。まぁ、安心安全設計の飛行船とジェットコースターくらいの差はあるけどこの際、気にしたら負けだ。ジェットコースターだって安全設計ではあるんだから。せっかくなので楽しむ余裕を持ちたいし！

「ふ、ふわぁぁ……キレー！」

えいっ、と勇気を出して見た景色は、想像よりもずっとずっと綺麗だった。風がビュンビュン顔に当たるのもなかなかいい。コウノトリ便はスピードが速すぎるから遠くの景色しかのんびり見られないし、真下はとても見られないし。あとはいつもは保護魔術で守られているから、こんな風にダイレクトに空気を肌で感じるのは新鮮である。サウラさんがキャアキャア言って喜ぶ気持ちも良くわかった。

「ほら、メグちゃんわかる？　見えてきたわよー！」

いつの間にか向きを変えてジュマ兄に肩車されてるような形になっていたサウラさんがピッと指し示しながら教えてくれた。よくこんな風に移動しながら体勢を変えられるなぁ、なんて思いつつその指の先を見ると、紅く色づいた箇所があるのが確認出来た。まだ距離はあるけど、たしかにオルトゥスから結構近い場所にあるんだなぁ。遠目からだからよくはわからないけど、本当に紅葉が広がってるように見えて感嘆の息を漏らした。

「炎葉がたくさん見つかるといいわねー。ジュマ、もっと高く！」

「だぁっ、サウラ！　お前動きすぎっ！　ちっとはメグを見習えよー！」

ジュマ兄の頭に両手を置いてほらほら、と催促《さいそく》するサウラさんは無邪気で可愛い！　けど、ジュマ兄が髪をぐちゃぐちゃにされている姿にはちょっとばかり同情した。わ、私たちはほら、運んでもらってる立場だから……！　いや、でも普段たくさんジュマ兄に迷惑をかけられているのはサウラさんの方だから、このくらいは許容すべきとも言えるかもしれない。うん、私は大人しくしておくね！

結局、紅黄の森に着くまでサウラさんはひたすらはしゃぎ続け、ジュマ兄も文句を言いながら空を翔け続けた。体感で四十分くらいかな？　どんどん森が近付いてきて、景色が紅や黄色、オレンジに染まってきた頃、この辺にしましょ、とサウラさんが指示を出す。ジュマ兄がそれに従い、螺旋階段を下りるような感じで少しずつ高度を下げていった。

「はい、お疲れ様。ふふ、楽しかったわー！」

「こっちは妙に疲れたぞ。気持ち的に！」

ブーブー文句を言いながら、ジュマ兄が私を抱っこ紐から下ろしてくれる。そんなジュマ兄に対してサウラさんは、どうせ体力的には問題ないんだからいーでしょ、とどこ吹く風だ。まぁ、体力お化けだもんね……。だから気持ち的にって言ってんだろー！　と騒いでいるし。うん、元気そうだ。

「じゃあ早速、行動開始ね！　私はこの辺りに拠点を作ってから探索に向かうわ。二人は一緒に探してきてちょうだい」

腰に手を当てて出された指示に、私は目を丸くした。えっ、森の中をサウラさんが一人で歩くとにならない？　危なくないかなぁ？　そんな私の心配が顔に出ていたのだろう。サウラさんがいい子ねー、と言いながら私の頭を撫でてくれた。

「私はこう見えて、オルトゥスに来る前は一人であちこち旅して回ってたのよ？　そりゃあ戦う力はないけど、逃げ足と隠れる技術は誰にも負けないもの。捜索だって得意よ？　それぞれ別の場所を探した方が効率もいいしね」

ほえー、そうなんだ！　サウラさんってば結構アクティブなんだね。いつも受付で仕事して外に出ることがないから、ずっとそういう環境にいたのかと思ってたよ！　私の知らないサウラさんをまた一つ知れた。

採集する素材はジュマ兄が知っているとのこと。あとは日が真上に昇った頃にまたここに集合とだけ決めて、私とジュマ兄は一足先に探索に向かうこととなった。

「メグ、疲れたらすぐ言えよー。抱えてやるから」

「ありがとうジュマ兄。でも、出来るだけ頑張る！　精霊たちもいるし、最後まで自分の力でやってみたい！」

「おー、そっか。頼もしくなったなー！」

ワシワシと雑に私の頭を撫でるジュマ兄だったけど、私の意見を尊重してくれるのは嬉しいな。成長したところ、見せるんだから！　私は気合いを入れて歩を進めた。サクサク、といういい音が聞こえたので下を向く。足元にいっぱい落ち葉があるから、それを踏んだ音だ。うわぁ、懐かしいな。環だった頃、落ち葉の季節はあえてその上を歩いて音を楽しんだっけ。大人になってからも、時々やってたんだよね。仕事に追われ始めてからはそこまでの余裕がなくて本当にこの感覚は久しぶりなんだけど……。ああ、やっぱり好きだな、この音。この感覚。この世界でまたこんなことが出来るなんて思ってなかったよ！　教えてくれたお父さんには感謝だ。

お父さん、私がちゃんと任務を終えて帰ったら、ちゃんと褒めてくれるかなぁ？　……ダメダメ、今は葉っぱを探すのに集中しなきゃ。まずはその任務を達成出来なきゃ、お話にならないもんね！

よし、やってみせるぞー！　赤や黄色、時々茶色の落ち葉をサクサク踏みしめる音を楽しみつつ、私はキョロキョロと周囲を見回す。集める葉っぱは全部で三種類だったよね。すぐに見つかる、という紅色の丸い葉っぱは低木《ていぼく》に生えていて、黄色くて先の尖った葉っぱはその葉が付く幹まで黄色い木の、高い位置に生えてるんだって。紅色のは私でも簡単に採れそうだけど、黄色いのはどうかなぁ？　精霊に手伝ってもらえば、採れるかな？

「ジュマ兄、炎葉はどんなところに生えてるの？」

私がそう聞いてみると、ジュマ兄はニッと笑ってそれが面白ぇんだよ、と言いながら教えてくれた。

「炎葉はな、地面の下に生えてんだぜ！」

「え？　土の下に埋まってるってこと？　それって根っこ？」

「いや、本当に地面の下に、生えてるんだよ」

どういうこと？　と首を捻る。地面の下なのに、葉っぱが生えてる？　細長くて真っ赤な葉っぱが？　ものすごく異世界っぽい不思議現象だ。

「もっと言うとな、炎葉は花なんだ。真っ赤な炎のように揺らめく花。まーそう見えるってだけらしいけど、それが地面の下に咲くんだよ。面白ぇだろ？」

だからなかなか見つけられないし、貴重なんだって。へぇぇ、そんな花があるんだ。見てみたいな。でも、ジュマ兄曰く、花が咲いた後の炎葉は薬の効果がないのだそう。蕾《つぼみ》が出て、花が開くまでのわずかな間に採取した葉っぱじゃないといけないらしい。その上、地面の下にある、か。たしかに貴重なものだっていうのがわかる。ようやく見つけた！　と思って掘ってみると、花が咲き終わった炎葉だった、っていうのはよくあることらしい。萎《しお》れた花がついているし、葉の色も茶色になるからすぐわかるんだとか。

「実は、花が開いてるのもすっげぇ珍しいんだぜ？　一晩で枯れるらしくってさ。花が咲いてるの見たヤツって、少ないと思うんだよな。オレも見たことねぇ」

一晩で枯れちゃうんだ。なんて儚い……！　でも、炎のように揺らめく花かぁ。くっ、いつかは見たいものである。そんな話をしていたら、あっ！　とジュマ兄が声を上げて走り出した。その姿を目で追うと、ジュマ兄の辿り着いた先には低木が。おいでおいでと手招くジュマ兄の元へ駆け寄ると、低木にたくさんの丸くて紅い葉っぱが！

「一個目の素材、見つけたな！」

「やったー！　これかぁ。どうやって採ればいいの？」

「葉っぱが破れないようにだけ気を付ければいーんじゃねーかな？　あ、前にあんまりギリギリのところで摘むなって怒られたっけ？　あー、忘れた」

大雑把《おおざっぱ》なジュマ兄らしいお答えだ。やれやれ。それなら、その助言通り、少し余裕を持って葉を摘むことにしましょ！　破れないように、ってことだから状態が綺麗なものを選んだ方が良さそうだよね。あとは、一箇所から採りすぎないように気をつけて、と。全部採っちゃうと、次に生えてこなくなったりしたら困るもん。私は専用の袋を収納ブレスレットから取り出して、黙々と紅い葉っぱを集めた。

それからまた散策を続けていると、今度は私が黄色い木を発見した。たぶん、ジュマ兄も気付いてたんだろうけど、わざわざ私が発見するまで黙っててくれたっぽい。木に駆け寄ってこれー？と聞くと、大袈裟《おおげさ》にすげぇなメグ！　って褒めてくれたからね。そういう気遣いは出来るんだなぁ、なんてちょっと感心してしまった。嬉しいよ、ジュマ兄！

「どうする？　自分で採りに行ってみるか？」

「うん、やってみる！　一緒について来てくれる？」

「ははっ、あったり前だろ！　任せとけ！」

それなら万が一失敗して落ちてしまっても大丈夫だろう。ま！　フウちゃんが私を落とすわけないけどね！　フウちゃんのことは信頼しているのだ。というわけで早速ショーちゃんに声をかける。この木の一番上にある葉っぱをフウちゃんの力を使って採りに行きたい、というイメージをしただけで、すぐにわかったのよー！　という頼もしい返事が戻ってくる。優秀すぎるぅ。

「フウちゃん、お願いね」

『任せてっ！　主様っ』

ショーちゃんから細かい指示を聞いたフウちゃんは羽をバサッと広げて返事をすると、すぐさま私の周りを一周くるっと飛んだ。その瞬間ふわりと優しい風が私を包み、ゆっくりと上昇していく。まだ渡せる魔力がそんなにあるわけじゃないので、真っ直ぐ浮かび上がるだけである。でもそれで十分。そんな私の隣をジュマ兄がピョンピョンと跳んでついて来てくれた。空中で止まることは出来ないらしい。なるほど、ジュマ兄は宙に浮かび続けるのに動き続ける必要があるのか。

「ジュマ兄、これを採ればいいの？」

そうこうしている間に葉っぱに手が届く高さまで来ていたようだ。どの葉っぱかわかるかな？ っていうのが不安だったけど、わかりやすく真っ黄色な葉っぱだったので間違える心配もなさそうだ。

「おー、そうだぞ。これは残さず採ってもいいぜ。またいくらでも生えてくるからな！」

完全に黄色ではなく、ところどころ赤かったり黄緑のもあったけど、それは薬にならないから採らなくていいとのこと。全部黄色なのを採ればいいんだね！ うん、わかりやすくていい。ふと下に視線を向けると、結構高い位置に来たっていうのがよくわかる。ここから落ちたら助からないだろうってくらいだ。それなのにあんまり怖くないのは、さっきジュマ兄の抱っこでもっと高い位置まで昇っていたからだろう。慣れってすごい。でも、空中のふわふわした状態で採るのはなかなか難しいな。さっきは地面にしっかり足をつけての作業だったからなんの問題もなかったけど。破れないように気をつけながら採らなきゃいけないし、この葉っぱは先が尖ってるので刺さると地味に痛いし、足元にも気をつけなきゃいけないし。フウちゃんは疲れてないかな？ って心配にもなったりしてさっきほど集中して集められない。採集の仕事はギルドの依頼の中でも簡単な方だとはいうけど、どんな仕事でも大変な部分はあるなって実感した。しっかりやり遂げないとね！

色々なことに気を付けつつもせっせと採り続けたことで、かなりいっぱい集まった、と思う。というのも、専用の袋はいくら入れても重さも見た目も変わらないから実感がないのだ。見える範囲に黄色い葉っぱもなくなったことだし、そろそろ降りようとフウちゃんに声をかける。はぁい、という可愛らしい声とともに、今度はゆっくりと真っ直ぐ地面に向かって高度が下がっていった。ゆっくり、というところにフウちゃんの優しさを感じるよ。

「うし、こんだけ集まりゃ十分だろ！　もう日も真上に来るし、一度戻るぞー」

「あれ、いつの間にそんなに時間が経ってたんだろ？」

ジュマ兄の声に空を見上げると、木々の葉っぱの隙間から射し込む日の光が真上から降り注いでいることに気付く。夢中になってたから気付かなかった。

「でも、まだ炎葉が見つかってないよ？　探してもいないし……」

今回の一番難しいミッションである炎葉の採集がこんなんで大丈夫だろうか。少しも探してなかったし、そう思ってしょんぼりしているとジュマ兄はニッと笑って私の頭をくしゃりと撫でた。

「たぶん、サウラがもう見つけてると思うぜ！　あいつ、探すのめちゃくちゃ得意だからさ」

「そうなの!?　サウラさんすごいなぁ。戻ったらもう持ってるかな？」

「どうだろうなー。戻ってからのお楽しみだな！」

どんな葉っぱなんだろうなぁ。期待に胸を膨らませながら、私たちは拠点までの道を歩いた。

「あら、おかえり！　私もさっき戻ってきたところよ！」

拠点に戻るとすでに簡易テーブルに昼食の準備をしていたサウラさんが出迎えてくれた。この場所の準備もしてくれて自分も採集に向かったのに、戻るのも早く昼食まで用意していてくれているとは！　出来る女性、それがサウラさんだ。

「サウラさん、炎葉は見つけた？」

一通りお礼を言った後、ワクワクしながら早速サウラさんに聞いてみた。私が食い気味に聞いたからだろう、サウラさんは一瞬キョトンとしてしまったけど、ジュマ兄の顔を見て得心がいったのか、ニコリと笑って答えてくれた。すみません、でもずっと気になってたからつい！

「ふふっ、見つけたわよー！　でもまだ採ってはいないわ」

「え？　見つけたのに採らなかったの？」

見つけるだけでも難しいと言われているのに、しれっとこなすなんてさすがサウラさんだ。でも、まだ採ってないってことは手元にはないのかぁ。採って来られなかった事情があるのかな？　そう思って首を傾げていたら、ツンと人差し指で鼻を突かれた。あう。

「どんな風に生えているのか、メグちゃんも見たいかなって思ったの。お昼ご飯を食べたら一緒に採りに行きましょ？」

わ、わ、私のためー⁉　優しすぎるサウラさん！　確かにどんな風になってるのか気になってたからすごく嬉しい。昼食後の楽しみが出来てしまった。万歳してピョンピョン飛び跳ねていたらサウラさんにもジュマ兄にも笑われてしまったけど、楽しみだから気にしなーい！

「もう、メグちゃんは可愛いわねー。いつもの採集作業より何倍も楽しいわ！　さ、そうと決まれば早くご飯を食べて、炎葉を採りに行きましょ！　他二つの素材は集められたかしら？」

「！　うん！　サウラさん見て！　ちゃんと一人で採れたよ！」

サウラさんのその言葉に、私は待ってました！　とばかりに集めた袋の口をバッと広げて見せた。どのくらい入ってるかは分からないけど、いっぱい集めたっていうのは見ればすぐにわかってもらえると思って。褒めて、褒めて！　サウラさんはどれどれ？　と言いながら袋の中を覗き込む。

「すごいわ、メグちゃん。たくさん採ってきてくれたのね。木の上のも一人で？　さすがメグちゃん！」

サウラさんはたくさん褒めてくれるので調子に乗ってあれこれ話してしまう。聞き上手で褒め上手っ。理想の上司ナンバーワンである。えへへ、嬉しい。美しい紅葉に囲まれて、サウラさんの優しい言葉とジュマ兄の楽しそうな笑顔と共に食べるおにぎりは、とっても美味しかった。もう本当に軽くピクニック気分である。これは任務ではあるけど、お昼休憩くらいはそんな気持ちで楽しんでもいいよね。それにしても、ジュマ兄はすごくいっぱい食べるなぁ。一体、そのおにぎりは何個目だろう？

「そろそろ行こうぜ！　暗くなる前には戻りてぇんだろ？」

食後のお茶を飲み終えた頃、一足先に食べ終わっていたジュマ兄が頭の後ろで手を組みながら声をかけてきた。待たせてごめんね。おにぎり二個しか食べてないのに遅くて……。でもちゃんとお茶も飲み終わったのを見届けてから声をかけてくれたところに、ジュマ兄なりの気遣いが窺《うかが》える。やっぱりジュマ兄も、出会った頃に比べてかなり人に気を遣えるようになったよね？　人、というか私にって感じだけど。大人が相手だと相変わらずだし。

「そうね！　メグちゃん、もう行けるかしら？」

「はい！　行けますっ」

荷物をホイホイと手際良く片付けながら聞いてきたサウラさんにシュバッと手を上げて返事をす

ると、じゃあ行きましょうかと笑顔が返ってきた。もうここには戻らないらしいので、全部片付けるとのこと。私もサウラさんの元に荷物を持って行ってお手伝いもしたよ。みんなでやれば早いからね！　とはいっても収納魔道具にしまうだけだからそんなに時間もかからないんだけど。ジュマ兄が背負って来たリュックに大きな簡易テーブルやら椅子やらがどんどん入っていくのは見ていて面白い。収納魔道具だからこんなに大きなリュックタイプじゃなくても良さそうなのになぁ？　と思ってジュマ兄に聞いてみると、元々大きな袋タイプにしておくとより中に入る容量も増やせるし、値段も安く抑えられるんだって。さらにジュマ兄自身、荷物を持ってるって感じがするからあの形がお気に入りなのだそう。武器である大剣といい、大きいものが好きだよねぇ、ジュマ兄って。好みは人それぞれである。

「じゃ、私について来てね。そんなに遠くないから」

全ての荷物を片付けてジュマ兄がリュックを背負ったところで、サウラさんを先頭に私たちは歩き始める。いよいよ炎葉が見られるんだ、と思うとドキドキする！　紅葉をサクサクと踏む足取りもリズミカルになってしまう。それもそのはず、知らない間にスキップしていたようだ。どんだけ浮かれてるの、私。

「あ、あそこよ！　メグちゃんいらっしゃい」

歩くこと十五分ほど。赤と黄色の世界を楽しみながらだったから、あっという間だったな。おいでおいでと手招きするサウラさんに小走りで近寄っていく。しゃがみ込むサウラさんの隣に私もしゃがむと、そこには面白い光景が広がっていた。

「え、これって……根っこ？」

「ふふ、正解！　炎葉はね、こうやって逆さまに育っていくのよ。面白いでしょ？」

土の上に細くて茶色い根っこが上に向かって生えていて、風に揺られている姿はなんとも不思議な光景だ。似たような色の草も生えている中にあるから、確かにこれは見つけにくい。良く見つけたなぁと感心してしまうほどだ。でも近付いて良く見てみると明らかに根っこなのがわかる。

「炎葉は空気中に含まれる魔素が栄養源なんじゃないかって言われているの。だから根っこから養分を吸収するという点では、他の植物と変わらないと言えるわ。まぁこれも有力な仮説ってだけでまだはっきりとは解明されていないんだけど。なんせ研究所のトップであるミコラーシュがその点に興味を持たないものだから、研究が進まなくてねー」

ミコラーシュさんは、というかオルトゥスの研究担当のメンバーはほとんど自分の興味のある分野にしか手を出さないという。その分、専門分野においてはものすごい力を発揮するけど、それ以外の研究は滞ってしまうんだって。自由である。それがいいところではあるんだけどね。好きなことを好きなように研究出来るなんて、とてもいい環境だよオルトゥス。いつか炎葉の不思議に興味を持ってくれる研究者が現れることを祈るしかない。

「この周辺を探せば他にも見つかるぞ。お、ほらあっちにも根があるぜ！」

ジュマ兄の声に私も周辺を探してみると、比較的すぐに同じような根っこを発見。あ、あっちにも！　良くみると結構たくさんあるなぁ。なるほど、群生《ぐんせい》してるのねー。でも、以前そこにあったからって次に来た時また同じ場所にあるとは限らないらしい。ああ、そういえば言ってたよね。むむむ、一筋縄じゃいかないとは。どこまでも不思議植物だ。

「ジュマは採らないで！　あなたがやると力加減を誤って葉が傷付きかねないわ」

「へーへー、ここで待ってるよ」

　土を掘ろうと手を出しかけたジュマ兄にサウラさんがストップをかけた。あー、まぁ、さっきの赤い葉っぱとか黄色い葉っぱも数枚破いてたもんね……。貴重な炎葉はあんまり無駄に出来ないだろうからその判断は正しいと思う。ジュマ兄は元々採集には興味がなさそうだったから、素直に言うことを聞いてその場にあぐらをかいて座り込んだ。

「優しく周りの土をどかしていくのよ。そのうち葉っぱが見えるから。っと、これはハズレね」

　そう言ってサウラさんが見せてくれたのは茶色い細い葉っぱ。たしか、花が咲き終わってしまった後の葉っぱがそうなるんだよね。良くみると、上の方に萎《しぼ》んでしまった花らしきものがくっついている。そっか、これだけたくさん根っこを見つけても、薬になる炎葉が見つかるとは限らないんだ。ちゃんと見つかるといいなぁ。

「う、わ……サウラさん！　これ⁉」

　茎《くき》や葉を傷付けないように、と気を付けながら慎重に掘り進めていると、暗い土の中から真っ赤な色が目に飛び込んできてびっくりした。思わずその場に尻餅《しりもち》をついてしまうくらいに。慌ててサウラさんを呼ぶとすぐに駆け寄って確認してくれた。

「そう！　これよこれー！　すごいわ、メグちゃん！　最初から見つけられたのね！」

　嬉しそうにまたしても褒めてくれたサウラさんは、最後までやってみましょうかと私の手を引いて起こしてくれた。よ、よし。最後まで気を抜かないように気を付けよう。そーっとそーっと周囲の土をどかしていくと、その鮮やかな赤がさらに目に飛び込んでくる。そしてついに全貌《ぜんぼう》が見えたところで優しく土から拾い上げる。

「ふわぁ、すっごく綺麗……」

炎葉を目の前に掲げて見てみると、炎のように真っ赤な細長い葉っぱがキラキラと輝いているように見えた。先端には赤い花の蕾のようなものがついている。花が咲いてないからなんとも言えないけど、めちゃくちゃ綺麗でシャープなチューリップって感じだ。これが、炎葉。

「状態もとてもいいわ。メグちゃんは採集が上手ね！　安心して任せられるわ！　誰かと違って」

「うるせー！　人には向き不向きってのがあんのー！　でも、メグすげーな！　よかったなー！」

二人に褒められてやる気がさらに急上昇！　単純なのはわかってます。よぉし、もっと見つけるぞー！　私は気合いを新たに、時間の許す限り土を掘り続けた。

「もうすぐ日が沈み始めるわね。今掘っているので最後にしましょう」

黙々と作業を続けること数時間。かなり夢中になってたな。午前中もそうだったけど、私はこういう作業が結構好きかもしれない。今後は採集系の仕事をもっと色々受けてみたいな。そうして集めた炎葉は全部で三枚。少ないなって思うかもしれないけど、いつも大体そんなものなのだそう。一枚しか採れないこともあるっていうから十分かな？　一枚も採れないなんてことはないらしいから、しれっとオルトゥスの実力の高さがわかるよね……。

「ん？　あれ、ハズレ、かなぁ？　でもちょっと違う？」

最後の一本を掘っているると、赤くもないけど枯れているのとも違う色味の葉っぱが見えてきた。赤いけど、今までみたあの鮮やかさが足りないというか。気になってもっと奥まで掘ってみる。すると、茎の先が徐々に赤くなっていってることに気付く。

「えっ、あ、うわぁ……!!」

そうして掘り返してみて今日一番のビックリ！　なんと、茎の先には鮮やかな花が咲き誇っていたのだ！　こ、これってもしかしなくても、炎葉の花だよね!?　うわぁうわぁすごい！　ユラユラと揺らめくような赤い花はなんとも幻想的だ。蕾の段階でチューリップに似てるなって思ってたけど、やぱり似てる。花びらがチューリップより少し多くて先がギザギザしてるけど。

「炎葉の花!?　す、げぇ！　オレ初めて見た！」

「私もよ！　うーん、メグちゃんの強運は本物ねー」

私はものすごく運がいいらしい。二人でさえ初めて見るというこの花を、初めての採集で見られるなんて。でも、この花は珍しいけど薬としての効果はないのがわかっているのだそう。そこだけは残念だなぁ。……ふと、脳裏に過《よぎ》ったのはお父さんの顔だ。

「これ、お父さんにお土産に渡しても、いいかなぁ？」

仲直りのきっかけにならないかな、と思ったのだ。別に喧嘩をしていたわけではないけど……。このままお父さんに避けられ続けるのは嫌だもん。

「ふふ、それはいいわね。きっと頭領も素直になるわよ。そんな素敵なお土産があったら！」

「えへへ、そうだといいな」

サウラさんからも許可をもらえたので、この花だけは私の収納ブレスレットにしまうことにした。時間の経過がないから、このままの状態で持ち帰れるはずだ。花が咲いている時間は短いらしいしね。この花、どうにか押し花に出来たりしないかな？　帰ったらミコラーシュさん辺りに相談してみようかな？　そんなことを考えながらふふふ、とサウラさんと微笑み合っていると、突然ジュマ兄の静かに、という緊張感の漂う声が耳に飛び込んできた。すぐにジュマ兄の方に目を向けると、森の奥の方を睨みつけているジュマ兄にただごとじゃない雰囲気を感じとる。サウラさんがギュッと私を抱きしめてくれた。魔物か何かがいるのかな？

「……そんなに近くはねーけど、こっちを狙ってるなー。倒してくるから離れていいか？」

ふ、と鋭い眼差しを緩めていつもの調子でこちらを向いたジュマ兄が、サウラさんに許可を取る。飄々としたその様子は、私に安心感を与えてくれた。ああ、大丈夫なんだなって。

「いいわ。メグちゃんの見えない場所で倒してきてちょうだい」

「りょーかい！」

簡単なやり取りを済ませたジュマ兄はすぐさまその場から消えてしまった。速すぎて見えなかったよ!?　頼もしいけど、そんな存在が今近くにいないというのがちょっぴり心細くもある。そんな私の心情を察したのか、サウラさんがポンポンと私の背をさすってくれた。

「ジュマに任せておけば大丈夫よ。他の魔物がいたらこの場を離れたりしないもの。それに、もしものことがあっても私のトラップで足留めくらいは出来るから。私はこんな見た目だから、頼りないかもしれないけど」

苦笑を浮かべながら励ましてくれるサウラさんに、首をブンブン横に振って答えた。頼りないなんてとんでもない！

「サウラさんがいるから平気！　ジュマ兄のことも信じてるし……。私にも精霊たちがいるから！」

「あら、メグちゃんも頼りになるわ！　それならなんの心配もいらないわね？」

私たちは再び笑い合う。やっぱりサウラさんはすごいな。身体は小さくても存在感と頼り甲斐が段違いだ。それに、私だって前までの私とは違う。これでもかなり成長してるのだ！　まだまだ頼りないけど……。これからもっともっと頼りにしてもらえるようになろう。ジュマ兄が戻ってくるまでの数十分間で、私はそう決意を固めた。

「いやぁ、今日は一日身体なんか動かせねーと思ってたけど、最後の最後でいい獲物が狩れたぜー！」

戻ってきたジュマ兄は、それから終始ご機嫌だった。なんでも、大型の狼《おおかみ》型魔物が群れになってこちらを狙っていたのだとか。紅黄の森に魔物が出てくることはあまりないらしいけど、美味しそうな魔力を感知して出てきたんだろうな、とジュマ兄はニコニコ語った。……美味しそうな魔力って、もしかしなくても私のことだろうか。魔王の血を引いているから魔物を引き寄せやすいっぽいことは薄々気付いていたんだよね。でも父様のように力があるわけじゃないから見事に魔物ホイホイになってるってわけだ。じ、実力をしっかりつけなきゃいけないって心の底から思ったよ。そうじゃなきゃ、一人で森まで採集に行くのだって気軽に出来ないし、一緒に行く人たちに迷惑をかけまくりだもん。ジュマ兄は大喜びで一緒に来てくれるっぽいけどね！

「それで、何頭いたの？」

行きと同じようにリュックの上に優雅に腰掛けながらサウラさんがジュマ兄に聞いている。私はもちろん抱っこ紐にインだ。程よく温かくて包まれている感じが眠気を誘う。しかし、今日は最後まで起きていたいので会話を聞いてどうにか睡魔を誤魔化している。

「六、七……わかんねぇ！」

「あんたに聞いた私が馬鹿だったわ……。ま、帰ってから魔物の解体業者に聞くのが一番早いわね」

ジュマ兄は狩るのにいちいち数なんか数えてないってことがわかったね。よほど楽しかったんだろうなぁ。ちなみに、狩られた魔物の使い道は魔物にもよるけど、余す所無く有効活用されるらしい。武器や防具、道具はもちろん薬になったり日用品に使われたりなどもするんだって。私たちが普段何気なく使っているものが魔物産、なんてことはよくある話なのだ。魔物といえど、無駄な殺《せっ》生《しょう》はしないのが常識だから、依頼があるか、襲われてやむを得ない時だけ狩ることが許されてるんだよね。今回の場合は後者である。日頃、暴れる機会がないから鬱《うっ》憤《ぷん》が溜まりやすいジュマ兄にとって、とてもいい気晴らしになったってことだ。サウラさんも久しぶりの外での仕事でかなり表情が明るくなったし、二人とも今日はいい気分転換になったみたいで一安心。もちろん、私も初めての体験でとても楽しい一日だったよ！

「夕焼け空が綺麗ねー。紅黄の森と同じ色だわ！」

空を見上げて風に靡《なび》く髪を片手で押さえながら、サウラさんが目を細めている。私もひょいっと抱っこ紐から顔を出して空を見上げた。わ、本当に真っ赤だ。さっきまでいた森の中でこの空を見たら、空と木々との境界線が分からなくなりそうだなぁ。

「もうすぐ着くぞー！」

ジュマ兄の声に空から前方へと視線を移す。見慣れた街の景色が見えてきてどこかホッとした。やっぱりここが私の故郷になってるんだなぁ。ハイエルフの郷はあんまり記憶がないからお祖父ちゃんの家って感じだしね。実際その通りだし。そして、日本のあの家でもなく、ここの場所をそう思えるっていうのがなんだか不思議。その気持ちの変化が寂しくもあり、嬉しくもある。あの家とオルトゥス、どちらにもいた唯一の人物の顔を思い浮かべて、私は収納ブレスレットをそっとさすった。

「戻ったか」

オルトゥスに着くと、入り口ではギルさんが待ち構えていた。もうすぐ帰ってくると思ってここで待っていてくれたらしい。出迎えてくれたのが嬉しくて、思わずジャンプしながらギルさんの腕の中に飛び込んだ。危なげなく受け止めてくれたギルさんは、そのまま私を抱き上げてくれる。はぁ、癒される。しかし、今日はまず向かわなきゃいけないところがあるのだ！

「サウラさん、行ってきてもいい？」

「もちろんいいわよ。あとは私とジュマで任務完了の報告をしてくるから」

本来なら採ってきた物を買取業者の元へ持って行き、依頼をこなしたという手続きまでするのが仕事なんだけど……。今は早くこれを渡したい。サウラさんは全く気にした様子もなく、あっさり許してくれた。優しさに甘えちゃってごめんなさい！

「げ、オレも⁉」

「当たり前でしょ⁉　魔物も解体業者に渡さなきゃいけないじゃないの！」

「あ、そうだった」

ジュマ兄も、面倒ごとを押し付けてごめんね！　しっかり二人に謝ると、二人とも笑って気にするなと言ってくれた。ジュマ兄に関してはまた一緒に森に行こうぜとまで言ってくれたけど、多分それって私、魔物をおびき寄せる餌だよね？　言わないけど。微妙な心境で立ち去っていく二人の背を見送っていると、ギルさんがどこかに行くのか、と聞いてきた。

「あ、うん。お父さんのところ！　ギルドにいる？」

「頭領か。……今は書斎にいるようだな」

「仕事中かな？」

「そうだろうが、お前なら大丈夫だろう。行くか？」

仕事中に邪魔するのは気がひけるけど、こういうのはタイミングだ。帰ってきたばかりの今渡しに行くのが一番いいのである。迷惑にならないようにまた後で、なんて思っていると結局ずるずると渡せずに無駄な時間が過ぎたりするのだ。サウラさんとジュマ兄に依頼完了手続きを頼んでまで行かせてもらったのは、そういった言い訳で退路を断つためでもある。コクリと頷くと、ギルさんは私を抱っこしたままお父さんの書斎まで連れて行ってくれた。自分で歩けって？　正直、今日はもうヘトヘトなので甘えることにします！

書斎の前までやってくると、ギルさんは私を下ろしてくれた。ドキドキしながらいつまでもドアをノックしない私を見て首を傾げていたけれど、何も言わないで待っていてくれている。察しのいいイケメンである。しかし、いつまでもこうしていても仕方ない。私は意を決してドアをノックした。中からお父さんの返事が聞こえてきたのを確認し、そぉっとドアを開けた。

「メグ、無事に仕事は終えられたのか？」

最初から私だって気付いていたのだろう、一歩部屋に入るとお父さんがそう声をかけてきた。どことなく固い声色だ。まだ気にしてるのかな。デスクの前に座ったまま動こうとしない。いつもなら、駆け寄ってくれるのに。キュッと自分の眉間にシワが寄るのを感じた。

「……抱っこ」

「……ん？」

私は今、たぶん怒ってるんだと思う。ムッとしたのだ。ねぇ、お父さんはいつまでその態度を続けるつもりなの？　言いたいことがあるなら言えばいいのに。そう思ったら勝手にポロポロと涙が溢れてきてしまう。そんな私を見てようやくお父さんがギョッとして立ち上がった。背後でギルさんも狼狽ているのがわかる。

「抱っこしてよぉ、お父さぁん……！」

「め、メグ……！」

うわぁん、と声を上げて泣いてしまう私に、お父さんはやっと駆け寄ってきてくれた。そしてそのまま私を抱き上げ、そっと背中を撫でてくれる。相変わらず戸惑った様子なのは変わらない。ズビズビと鼻をすすりながら、私は収納ブレスレットから炎葉の花を取り出す。鮮やかな赤い花を前に、お父さんとギルさんがハッとしたのが気配でわかった。

「炎葉の花をね、見つけたの。お父さんに、お土産……」

ズイッと花を差し出しながら、どうにかそれだけを伝える。お父さんは花を素直に受け取ると、マジマジとそれを見つめて感心したように息を吐いた。

「花を見つけたのか。それはすげぇな。俺も昔一度だけ見たきりだぞ。でも、いいのか？　どうして俺に……」

お父さんが最後まで言い切る前に、私はギュウッとお父さんの首に腕を回して抱きついた。お父さんは驚きつつも片腕で私をしっかり支えてくれている。

「お父さん、私はね、大人になってもお父さんが大好きだよ。からかってばっかりなのは嫌だけど、でも、ずっとずーっと大好きなのは変わらないんだよ」

環の時だって、呆れたりたまに怒ったりすることはあっても、ずっとずっと大好きだったんだから。そのくらい、わかってよ。私のお父さんでしょ？

「……ああ、そうか。そうだったな。お前はお前だった。悪かったよメグ」

ありがとうな、と耳元で呟きながら、お父さんも私を抱きしめ返してくれた。昔とは姿が違うし、今の私はメグであって環じゃないのはたしかだ。だからもしかするとお父さんは不安だったのかもしれない。でもね、今は血の繋がりのない私たちだけど、ちゃんと親子だって信じて欲しかったんだ。ちゃんと言葉にして伝えないとダメだったよね。私も不安にさせてごめんね、と小さな声で呟いた。

「でも頼むから二度と『お父さん嫌』とか『嫌い』とか言うな。……結構、クる」

ギュッと力を込めて言ったお父さんの言葉は、力の込め具合からしても本気だってことがわかった。でも、それはそれである。お父さんさえ、私をからかいすぎなければいいだけの話なのだ。

「お父さん次第かなー」

「ぐっ、わかったよ。気をつけます」

「よろしい！」

軽口を叩き合った私たちは、互いにクスクス笑い合う。それはとても心地良い空気だった。ちゃんと仲直りが出来たことと、全身に伝わるお父さんの温もりのせいで、一気に安心してしまった私はその日、そのままお父さんの腕の中で眠ってしまったらしい。それを知ったのは、翌日の朝。街の外での初任務で疲れてもいたからね！　仕方ないね！……情けない。

ちなみにその後、お父さんの私に対するからかい癖は……。治ってない。ですよね！　わかってた！　でもいいんだ。あの時の炎葉の花をミコラーシュさんに頼んで押し花のしおりにしてもらい、大事に保管してるって知っているから。ちゃんと分かり合えた親子の絆《きずな》は強いのだ！　でも……ほどほどにしてくれないとまた拗ねるからねっ？　お父さんっ！

あとがき

皆様こんにちは、五回目の挨拶となります。あとがきへようこそ！　阿井りいあです。

特級ギルドが書籍という形となってからあっという間に一年以上が経過しております。当初はまさか一年後もこうして本を出せているとは思ってもみませんでした。私にとってこの物語は趣味から始まったものでしたので、それを色んな方々に読んでもらえて、応援していただけていることを心から嬉しく思っておりますし、感謝しきりです。皆様の存在があるからこそ続けられています。本当にありがとうございます。


さて、五巻となる本作ですが、読まれた方はお気づきでしょう。か、な、り、内容が重くなっております。これまでのほのぼの、のほほんとしたあのゆるゆる特級ギルドはどこへ!? というくらいヘビーな内容が詰め込まれた巻となりました。

そうなのです。特級ギルドの世界は、実は結構色んな問題を抱えているのです。ただ、主人公であるメグの周辺がほのぼのしているだけで。その辺りをメグはこの事件で身を以《もっ》て思い知ったのではないかな、と思っています。優しいだけの世界ではいられないのはどこも一緒ですね。世知辛《せちがら》いですね。ですが、そんな中でもメグらしく、明るく優しくほのぼのと成長していって欲しいなと思うのです。

本編が重たくなってしまいましたので、今回は書き下ろしでほっこり成分を補給したいと考えました。せっかくなのでこれまでの短編二本という形ではなく、中編という形にしたのもそんな思いからです。（各特典ＳＳもほのぼのですよ！）そう考えた場合、出演させるのはどこまでも能天気なジュマと元気印のサウラかな？　ということで二人にスポットを当ててみました。ホッと息を抜ける作品に仕上がったのではないかな、と思っております。お楽しみいただけていたら幸いです。

最後に、本作を出版するにあたり、ご尽力いただきましたＴＯブックス様をはじめ、担当者様方、いつも素敵なイラストを描いてくださるにもし様、またご協力いただいたすべての皆様に心からの感謝を申し上げます。コミカライズを担当してくださる方々や、漫画家の壱《いち》コトコ様にも感謝の念に堪えません。

そして本作を手に取り、お読みくださったすべての読者様にも。いつも本当にありがとうございます。

特級ギルドの物語が、キャラクターたちが、皆様の心の癒しとなりますように。

おまけ漫画

コミカライズ第3話

漫画：壱コトコ

原作：阿井りいあ

キャラクター原案：にもし

Welcome to
the Special Guild

調査のためにメグを置いてきてしまったが
ザク
ザク
この目で見てないと心配だな
…
俺とメグが最初にあった時
メグは魔術の使い方すらわかっていない様子だった
にょっ!?
……む
ぱち

ああ……
おはよう
しまった…
子どもに
寝顔を見られる
失態を
犯してしまった
寝顔も
イケメン……
サッ
スッ
使うといい
どこから
出したんだろう?

顔
洗わなくていいのか？
……？
お水ないでしゅ
出せばいい…？
ハッ
……魔術使ったことないのか？
これくらいしっかりした子どもなら
簡単な生活魔術くらい息をするようにできて当たり前だ
なさそうだな…
魔術！きたこれ魔術!!
きゃーっ
そう
記憶喪失でもない限り

ということはまさか…
？
？
コホンッ
頭の中で水を思い浮かべるんだ
スッ
フワッ
……こうして
水を出す
わあ…!!

じろーー
ポヨン
うおぉぉぉ……
お前もやってみろ
ぱぁぁぁ
!!!
頭の中で水をイメージ
スッ
お兄さんのように手の上に出てくるように……

ポン
で
できた……！
魔術は
問題なく
使えるみたいだな

お前
名前は
え
えっと……
どうしよう
私は長谷川環《はせがわめぐ》だけど
この身体の子の
名前がわからない
環と名乗って
いいのか…
……わから
ないのか
う……
はい
……
ってか
自分の名前すら
わかんないって
なにさ
くぅぅ

幼いって言っても
ちゃんと喋れる
年齢なんだから
自分の名前も
言えないなんてこと
ないだろうに
……いっそのこと
記憶喪失という
使い古された
設定を使うべきか
ゴゴゴゴゴ
ゴヅゥ～～ん
……メグ
だな
え……
なんで…
ああ
すまない

サラ
これだ
お前の耳飾り
ピクッ
これに『メグ』と書かれているんだ
きっとこれがお前の名前だろうと思ってな
エルフ特有の尖った子どもの耳
エルフ族は子どもに守護の魔術を込めた特殊な耳飾りをつけさせるのが習《なら》わしである
とシュリエに聞いたことがあった
その耳飾りは生涯大切にし耳から外すことはほぼないらしい

シュリエも
シンプルながら
強力な魔術が
込められていた物を
身に付けていたな
この子どもの
耳飾りは繊細で
とても美しい
秘められた魔術も
非常に強いものだ
親
もしくはこの子に
耳飾りを与えた者が
??
?
ぎゅむっ
この子をとても大切に
思っていたことが
よくわかる
……あれ?
な なんか形が
変じゃない……?

私のよく知る耳の形より先が尖ってる気がするんだけど……
ままさか
ああ……心配しなくていい
お前のことは信用できるお前の保護者が現れるまで俺が保護する
途中で放り投げたりしないさ
それに
ギルドにはお前と同じエルフがいるしな
!!!!

エルフの特徴とも言える尖った耳
それを見られたことに対する怯えととれるその反応
無理もない
うんうん…
私もはや人間ですらない!!
ギャーッ
噛み合わない二人
エルフというのはその美しい容姿ゆえに狙われやすい種族だ
持って生まれた強力な魔術に加え特殊体質を持って生まれやすいという恵まれた種族だからこそ
胸糞悪いことに人間の大陸では高値で売買される
しかもメグはろくに抵抗もできないであろう子ども
記憶はないとはいえもしかしたらこれまでに何かしら事件があって
身体に刻み込まれた恐怖を感じてるということも十分有り得る
本物だ…
あわわ

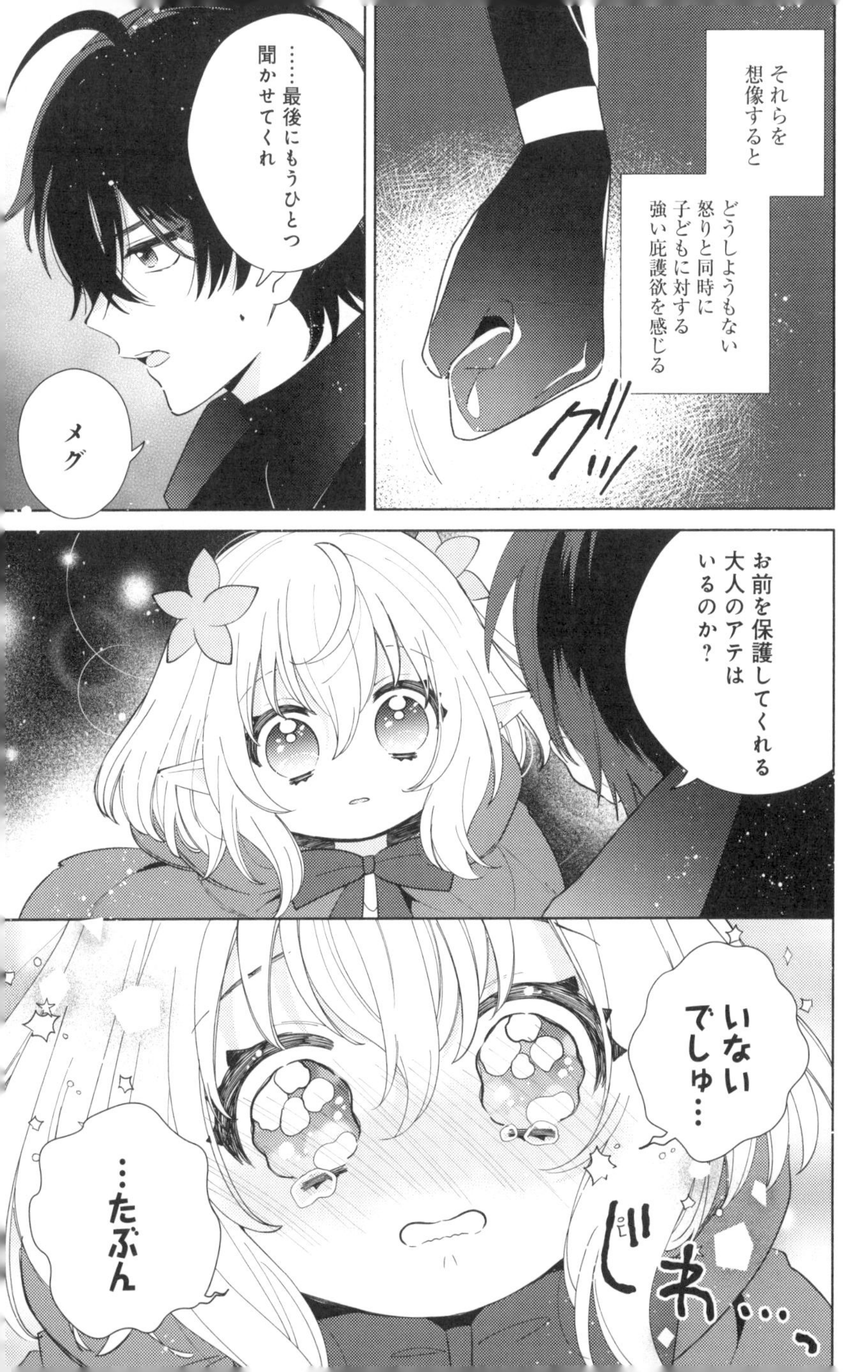

それらを想像すると
どうしようもない怒りと同時に子どもに対する強い庇護欲を感じる
グッ
……最後にもうひとつ聞かせてくれ
メグ
お前を保護してくれる大人のアテはいるのか？
いないでしゅ…
…たぶん
じわ…

右も左も
わからない状況
さぞ不安で
ギリギリの
状態だったの
だろう
かわいそうに

どうして
こんな状態に
なっているのかは
わからないが
メグを
見つけたのが
俺でよかった
なんとしても
守りたい
そう思った
さて
そろそろ
行くか

行くって…
…どこへ？
もちろん
ギルドだ
メグ
お前もギルドに
連れて行こうと
思う
ここに残りたい
というのなら
別だが……
ぜひ
連れて行って
くだしゃい！
お願い
しましゅ！
わっ

ギルドにいるメンバーはだいたい信用できるヤツらだ
まぁそうじゃなきゃメンバーにはなれないわけだが
その中でも特に信用できるヤツにお前のことを相談しようと思う
……万が一ギルドに置けなかったとしても俺が面倒見てやる
あの
でも
……
……お前今そんなに頼っていいのかとか思って遠慮してるだろう
コツーン
あうっ……だって……

こんなに小さいくせに遠慮している
逆に俺が保護しなければ1人でどうするつもりなんだと延々説いてやりたいところだが
……人に甘えられる環境ではなかったのかもしれないな
ここまでくるといっそ痛々しい
頼むから頼ってくれと願わずにいられなかった
よし メグ 行くぞ
あいっ!

ドドーン
……ドア?
岩山にドア?
この様子じゃここがダンジョンだということすら知らなかったと見えるな

強力な
保護魔術を
かけていたとはいえ
俺が来なかったら
飢え死んでいても
おかしくなかった
メグをこの場に
置き捨てた奴に
殺意を覚える
ゴゴゴ
? ?
…まったく
ゴゴゴ
ギイイッ
グルルル…
ひっ……!
びくっ

ななな
なんかいるーーー!!
なんか
おかしいのがいる!!
レオガーの
キメラか
見た目だけで
子どもが
怖がるには
十分な魔物では
ある

メグが怖がる時間を最短にすべく一瞬でケリをつけてやろう
大丈夫だすぐ終わる
ここで待ってろ
スッ
!?
ヴォン
ギルしゃん!?あぶないの！
トンッ

にっ
ゴ
オ
ォ
オ
オ
オ
ダ
ッ
メグのためにも
ここで1つ
派手にやって
安心要素を
増やしてやるか

ギルさん危ない！
ふえ……？
ゴトッ

ストンッ
オォ…
ぎっ

ギルさん強っ！
ギルしゃんしゅごい!!
かっこいいでしゅ!!!!
恐怖より驚きが上回ったようだな
たたたっ
これでこの階層のボスは倒したから一気に外へ出られる
まだまだこのダンジョンは続くが攻略する気はないだろう？
え？
ここダンジョンだったの？
ただの岩山じゃなかったんだ……
でもダンジョンって魔物とか出てくるものだよね？
ぞわっ
私
本当に危険な場所にいたんだ……

じゃあ戻るが……
少し隠蔽の魔術を
かけさせてもらう
いんぺい……？
このまま
お前を連れて
ダンジョンから
出ると色々と
厄介なことに
なりそうだからな
こくり
ああ
スッ

この水晶に俺が触れれば一瞬で外に出られる
声は出さないでくれ
さすがに声を出されたら隠蔽が解けるからな
しゅばっ
わかりまちた！
行くぞ
ヵ
ッ
ぎゅっ

メグの耳飾りの魔術は正直力を込めすぎだ
よほど大事に育てられた箱入り娘と言われればそれも有りなのかもしれないが…
メグの痩せた身体や質素な服装からそうとは考えにくい
にも関わらずここまで強力な保護魔術を必要とする
となると必然と答えは見えてくる
メグは誰かに狙われている

まあ ギルドに居れば身の安全に関しては問題ないだろうが
ザク
ザク
昨夜別れ際に泣いていたな
あれからどうしているだろうか…
そわ…
今となっては何よりメグの元気な顔が恋しい
ザク
さっさと調査を終わらせて早く帰ろう
ザク
続きはCOMICコロナにてお楽しみ下さい!

特級ギルドへようこそ！5
～看板娘の愛されエルフはみんなの心を和ませる～

2020年11月1日　第1刷発行

著　者　阿井りいあ

編集協力　株式会社MARCOT

発行者　本田武市

発行所　TOブックス
〒150-0002
東京都渋谷区渋谷三丁目1番1号　PMO渋谷Ⅱ　11階
TEL 0120-933-772（営業フリーダイヤル）
FAX 050-3156-0508

印刷・製本　中央精版印刷株式会社

ISBN978-4-86699-061-3